ONDER DE RODE LOPER

Van Ate de Jong verschenen ook:

Alle dagen feest (spelletjesboek)
Het bombardement
De stalen Madonna
Kauwgum en ander kattenkwaad (kinderboek)

ATE
DE JONG

ONDER DE RODE LOPER

Faction-thriller

De Kring

Dit verhaal is deels gebaseerd op gebeurtenissen die plaatsvonden tijdens de opnames van de films *De ontdekking van de hemel* en *Enigma*. Veel personages, situaties en tijdstippen zijn om romantechnische redenen veranderd of zelfs geheel gefictionaliseerd.

Ik dank cast en crew van *The Discovery of Heaven* en *Enigma*, we blijven voor altijd een zigeunerfamilie. Daarnaast veel dank aan Edwin Krijgsman, uitgeefster Marie-Anne van Wijnen en haar publiciteitsmedewerkster Roxane, en de proeflezers, onder wie mijn Maria; zij hebben het boek naar een veel hoger niveau getild.

Omslagontwerp: © bij Barbara, Barbara van Ruyven
NUR 330: spannende boeken
ISBN 9789462971271

Dit boek is ook verkrijgbaar als eBook
www.uitgeverijdekring.nl/onder-de-rode-loper

Sneeuw

Mulisch zegt weinig tijdens het diner.

'Smaakt het?' vraagt Robert Ruys terwijl ze het hoofdgerecht eten.

'Het is niet de keuken van het Amstel Hotel,' antwoordt de schrijver. 'En dat klopt ook, want het ís niet de keuken van het Amstel Hotel.'

Iedereen lacht en Ruys bestelt een nieuwe fles wijn, waarvan de prijs niet onderdoet voor een betere fles in het Amstel Hotel.

Moniek schopt onder tafel tegen het been van haar man. Klaas-Jan denkt haar te begrijpen en haalt een dubbelgevouwen contract uit zijn binnenzak. Ze schopt nog eens, ditmaal harder, en schudt met haar hoofd: nee, dat bedoelt ze niet. 'Jouw beurt,' zegt ze zacht.

'Echt?' vraagt hij fluisterend, terwijl de anderen aan de lippen van de meester hangen, die een wijsheid debiteert.

'Ja.'

'Hij slaapt altijd zo...'

'Nú.'

'Als de receptie iets hoort, bellen ze meteen.'

Moniek schuift haar stoel zuchtend naar achteren. Snel stopt Klaas-Jan het contract, dat om een handtekening smeekt, terug, staat op en geeft zijn vrouw een verontschuldigende zoen op haar krullen.

'Ga je kijken of jullie kind slaapt?' vraagt Carla.

Klaas-Jan knikt.

'Wij hadden zo'n geluk met Maike, die sliep altijd door

alles heen,' glundert Mulisch' echtgenote. 'Harry blies weleens rook uit zijn pijp in de wieg. Soms hoestte Maike, maar ze werd nooit wakker.' Ze omarmt haar bijna tienjarige dochter, die naast haar aan tafel zit, en drukt haar tegen zich aan.

'En daarna flikkerde je die pijp zeker het raam uit?' zegt Moniek.

'Nee, waarom?' vraagt Carla verbaasd.

'Sinds de geboorte van Tony wordt er in mijn huis niet meer gerookt.'

'Nou Moniek,' onderbreekt Robert Ruys haar, 'vorige week ging er nog een stickie rond in jouw keuken en dat liet je niet aan je voorbijgaan.'

'Met alle ramen open! In de babykamer kon je niks ruiken.'

Ruys grinnikt pedant en verandert snel van onderwerp nu hij ieders aandacht heeft. 'Harry, het gerucht gaat dat jij nieuwe veroveringen alleen een tweede nacht gunt als hun damesscheetjes ruiken als parfum.'

'Wat een onzin,' bromt Carla. 'Dan zou ik het geheim bezitten voor de beste parfum ter wereld.'

'Is het waar, Harry?' dringt Ruys aan.

Mulisch' gezicht blijft volkomen in de plooi. 'Ik kan niet ontkennen dat ik een goeie parfum kan waarderen.'

Op het moment dat Klaas-Jan het restaurant weer betreedt, declameert de schrijver net een uitspraak die rijp is voor opname in een citatenboek. 'Het is wat het is, en als het is wat het is dan moet het zo zijn. Maar als het niet is wat het moet zijn, dan is het nog steeds wat het is.'

'Doet me denken aan de deeltitels in *De ontdekking van de hemel*: Het begin van het begin, Het einde van het begin, Het begin van het einde, prachtig,' zegt Robert Ruys. 'Die teksten nemen we zeker op in de film.'

'Zou Spielberg zulke teksten gebruiken?' wil de auteur weten.

'Spielberg denkt Hollywood, wij denken kwaliteit,' verzekert Klaas-Jan hem, terwijl hij weer gaat zitten.

'Spielberg wint Oscars. Harry's vorige boek *De aanslag* won ook een Oscar. Wat zijn jullie kansen?' vraagt Carla.

'Ik heb mijn hele leven naar het regisseren van *De ontdekking* toegewerkt,' beweert Ruys.

'Hoe dan? Met het presenteren van tv-quizzen?' vraagt Moniek met een nauwelijks verholen grijns.

De opgewonden regisseur heeft genoeg gedronken om het sarcasme in haar stem niet te horen.

'Als kind liep ik al met een kokertje van een wc-rol voor mijn oog. Dan deed ik alsof dat een cameralens was.'

'En wat zag je dan door dat kokertje?' wil Mulisch weten.

'Het einde van het einde.'

Iedereen lacht, behalve de auteur.

'Slaapt Tony?' fluistert Moniek naar haar meelachende man.

'Ja ja, alles goed,' antwoordt Klaas-Jan zacht en gehaast.

'Luier verschoond?'

'Niks aan de hand.' Snel mengt hij zich weer in het gesprek. 'Wat Robert probeert te zeggen is dat we de film diepgang willen geven, dat we niet tegen de geest van je werk in willen gaan.'

'Als Robert dat wil zeggen, waarom zegt hij dat dan niet?'

'Ik ga er een absoluut meesterwerk van maken!' roept de onervaren, overmoedige regisseur, geholpen door twee flessen witte wijn in zijn lijf.

'Heb je genoeg geld voor een meesterwerk?' vraagt de gelauwerde schrijver.

'Als we geld tekortkomen, dan klop ik gewoon bij Joop aan. Die doet alles voor me,' pocht Robert.

'Joop?' Carla kijkt haar man vragend aan. 'Joop wie? Joop de wielrenner? Joop de bakker?'

'Joop van den Ende. We zijn zó met elkaar.' Robert vlecht zijn vingers in elkaar.

'Als Van den Ende erbij betrokken raakt, dan wil ik er niks meer mee te maken hebben. Die man is in staat om een musical over Auschwitz te maken, als-ie er geld mee kan verdienen.'

Niemand durft Mulisch tegen te spreken.

'Is de Holocaust tenminste nog ergens goed voor geweest,' mompelt Robert na een lange pauze.

Iedereen kijkt naar Mulisch. Hij lacht niet, dus het blijft stil.

'Harry, wil je het contract tekenen? Anders kunnen we niet verder en stort het hele plan in elkaar. Je uitgever kent de inhoud en is met alles akkoord.' Klaas-Jan haalt het contract uit zijn binnenzak, vouwt het open en overhandigt het aan Mulisch.

De schrijver neemt het aan en geeft het aan zijn vrouw, die het weer dichtvouwt en in haar tas doet. 'Ik zal ernaar kijken.'

De auteur en zijn echtgenote staan op. Ze willen nog een avondwandeling maken en de feeërieke sfeer in zich opnemen, die Chamonix door het vers gevallen pak sneeuw weerkaatst. Er worden handen geschud en vriendelijke woorden uitgewisseld, men omarmt elkaar, en na al dat wat opgeklopte enthousiasme verlaten het echtpaar en hun dochtertje het restaurant.

De stemming van Klaas-Jan daalt meteen tot onder het vriespunt. 'Als we zijn handtekening niet snel krijgen, hangen we aan de hoogste boom.'

'We hebben toch een deal-memo?' probeert Robert Ruys zijn producent op te monteren.

'Ja, met een nagemaakte handtekening. De Nederlandse geldschieters trappen er allemaal in, omdat niemand ooit zou bedenken dat het een vervalsing is. De Engelsen zijn minder naïef. Die willen een notariële verklaring dat de handtekening echt is. Als we niet uitkijken, draaien we jaren de bak in voor fraude.'

'Als ik dan toch aan de hoogste boom moet hangen, dan liever ladderzat.' Robert bestelt een nog duurdere fles wijn.

'Lekker?' Hij wrijft met zijn blote handen verse sneeuw in haar gezicht. 'Meer?'

Nee, dat wil ze niet. Ze probeert hem weg te duwen en als dat niet lukt beweegt ze haar hoofd heen en weer, waardoor haar haar vol witte vlokken komt te zitten.

'Stop,' zegt ze met ingehouden stem, 'iedereen kan ons horen.'

'Prima. Kunnen ze meegenieten.'

'Niet om een uur 's nachts.'

'Sneeuw smaakt 's nachts het allerbeste.'

'Straks krijgen we de politie op ons dak.'

Klaas-Jan schept opnieuw een hand verse sneeuw op en pleistert het samengeperste poeder op haar mond.

'Stop, stop,' smeekt Moniek.

'Je klinkt als een puber.' Hij buigt zijn gezicht naar haar toe om haar te zoenen.

'Niet hier, nee, niet in de berm naast een parkeerplaats.'

'Nou en? Ben je de bosjes naast het zwembad vergeten?'

'Toen was het vijfendertig graden.' Moniek duwt heel even haar tong tegen de zijne. Zodra Klaas-Jan in haar tong probeert te bijten, trekt ze terug. 'Nee. Veel te koud.'

'En die keer achter in de auto? Toen vroor het zo erg dat de banden kraakten.'

‘Jij wou niet in het logeerbed, omdat je je schaamde voor je ouders en daarom...’

‘Wat zij eens waren, zijn wij nu. Wat zij nu zijn, zullen wij worden,’ onderbreekt hij haar grinnikend.

‘Niet leuk.’ Ze stompt hem van zich af en krabbelt overeind. Ze klopt de samengeklonterde sneeuw van haar jas. Daarna tikt ze met de hak van haar ene schoen tegen de neus van de andere om de vastgekoekte brokken los te schrikken. ‘Ik ga kijken of Tony slaapt. Laat jij alvast het bad vollopen?’

Ze wacht niet op hem en loopt in de richting van hun hotel. Ze hoort haar man nog iets over opbellen zeggen. De helderheid van zijn woorden wordt echter opgezogen door het witte tapijt voordat de betekenis haar oren kan bereiken.

Het smalle voetpad loopt parallel aan de oude dorpsstraat. De huizen hebben allerlei kleuren, vooral oranje en bruin, sommige mosterdgeel. Omdat het spaarzame lantaarnlicht alleen de onderkant van de gebouwen bestrijkt, lijken de gevels in het donker eindeloos hoog. De bovenste verdiepingen vloeien samen met de majestueuze bergen die het dal omsluiten.

Er lopen niet veel mensen buiten, alleen wat restaurantpersoneel op weg naar huis. Ze letten niet op het aangeschoten Nederlandse echtpaar.

Splatsjjj. Een sneeuwbal spat tegen Monieks achterhoofd uit elkaar. Ze draait zich geschrokken om.

‘Eén-nul!’ juicht haar man breed grijnzend.

‘Flauw.’

‘Maar wel raak.’ Klaas-Jan rent achter zijn vrouw aan en omarmt haar van achteren. ‘Je bent de geilste zangeres van het oostelijk halfrond.’ Hij zoent zijn echtgenote overal waar zijn lippen haar gezicht kunnen raken.

Ze draait zich naar hem om en kijkt hem doordringend

aan. ‘Voel je je weer schuldig, meneer de producent? Heb je weer iets met een of andere sloerie gehad?’

Hij schudt zijn hoofd en laat triomfantelijk een tweede sneeuwbal in zijn hand zien. ‘Wedstrijdje?’

‘Dit spul verandert in ijs,’ klaagt Moniek en ze loopt resoluut door, richting hotel.

Klaas-Jan moet zich haasten. Als hij zijn vrouw bijna ingehaald heeft, glijdt hij uit en schuift tegen haar aan. Als een kegel tuimelt ze omver. Het werkt ontnuchterend. Ze helpen elkaar weer op de been. ‘Waarom ga je met die slijmbal van een quizmaster in zee? Harry ziet niks in hem,’ zegt ze, terwijl ze opnieuw sneeuw van haar kleding afklopt.

‘Denk je?’

‘Tijdens het diner heeft Mulisch om jou gelachen, om mij, zelfs om zijn eigen vrouw, maar nooit, niet één keer om Ruys. Harry is niet achterlijk. Hij weet dat hij jullie ballen tot moes kan knijpen.’ Moniek steekt haar arm door die van Klaas-Jan, zodat hij niet opnieuw onderuit zal gaan. ‘Van den Ende en Mulisch passen niet bij elkaar.’

‘We hebben het geld nodig.’

‘Niet van hem. Hij heeft geen klasse, je verliest je geloofwaardigheid.’

‘Geld kent geen klasse.’

‘Joop van den Endes geld stinkt naar stupide tv-quizzen en oppervlakkige musicals. *De ontdekking van de hemel* geurt naar kwaliteit.’

Ze wandelen naar de zijkant van het hotel. De sneeuw knerpt onder hun schoenen. ‘Ik zou Mulisch een stuk aardiger vinden als hij het contract tekende,’ mokt Klaas-Jan.

‘Je pakt het helemaal verkeerd aan. Je moet Carla voor je karretje spannen om hem te laten tekenen.’

‘Hoe dan?’

'Via de kinderen. Hun dochter Maike betekent alles voor haar. Tony betekent alles voor ons, dat schept een band, zo moeilijk is dat niet.'

'Mulisch moet gewoon tekenen. Dat is toch ook in zijn belang?'

'Als jij het moederhart van Carla streelt, dan zorgt zij dat hij tekent.'

'Ik regel een diner in het duurste restaurant van Chamonix en jij zegt dat de belangrijkste Nederlandse schrijver pas tekent als ik over luiers en huiswerk met zijn vrouw babbel. Soms hoop ik dat die hele flutfilm niet doorgaat. Al die stress is niet goed voor een mens.'

Klaas-Jan blijft staan en kijkt uit over de vallei. De donkere bergen gaan moeiteloos over in een nog zwartere lucht.

'Stel dat de film doorgaat, krijg ik dan die rol van de sexy vriendin?' vraagt zijn vrouw met een opeens overdreven dweperige stem.

'Ze is vijfentwintig.'

'Met een pruik en goed geschminkt...'

'Robert wil alleen acteurs uit Engeland, zelfs in de allerkleinste rolletjes.'

'In ieder geval kan ik de titelsong zingen.'

Haar man zwijgt.

'Doe ik daar al die moeite voor! Ik had net zo goed thuis kunnen blijven.' Moniek laat de arm van haar echtgenoot los en stapt nors verder, langs vier veranda's. Een dikke donslaag bedekt de vlonders en houten zonnestoelen.

Als ze bij de voorlaatste veranda komen, die bij hun kamer hoort, heeft Klaas-Jan haar weer ingehaald. 'Overdag hebben we volgens de receptie een prachtig uitzicht op Le Brévent. En is dat de Mont Blanc?' zegt hij terwijl hij naar een vaag zichtbare bergtop in de verte wijst.

Moniek kijkt niet eens, ze betreedt de veranda, maar Klaas-Jan trekt haar in zijn armen en begint haar heftig te zoenen, alsof het de allereerste keer is.

'Wat is er met je aan de hand?'

'Wat zou je denken van een tweede kind?'

'Jij moppert altijd over de kosten.'

'Als de film doorgaat...'

'Als je een handtekening krijgt.'

'Denk je dat Mulisch en Carla ooit ruzie maken?'

'Nee, nooit.' Moniek weet het zeker.

'Stom van ze, knallende ruzies zijn gezond.'

Terwijl Moniek de kussen van haar man met stijgende hartstocht beantwoordt, valt haar oog op de verandadeur. De deur staat op een kiertje. 'Schat, heb jij de deur opengelaten?'

'Nee.'

'Je hebt de deur toch op slot gedaan?'

'Ik denk het wel... Ik kan het me niet herinneren.'

Hij wil de veranda op lopen, Moniek trekt hem terug. 'Zijn dat jouw voetafdrukken?' Ze geeft hem de tijd niet om te antwoorden. 'Jij hebt niet zulke grote voeten. En ze gaan twee kanten op.'

'Ja, ik ben eerst naar binnen gegaan en toen weer terug. En in sneeuw lijken je voeten altijd groter.'

Moniek snelt naar de deur en gaat dan zachtjes naar binnen. Ze doet het licht niet aan, loopt op de tast naar het kinderbedje. 'Hij ligt niet in bed. Tony! Tony!' Ze houdt zich nog in, maar de schreeuw zit al in haar stem opgesloten. 'Doe het licht aan, man!'

Zodra Klaas-Jan dat heeft gedaan, trekt Moniek het dekentje uit het bedje. Het is leeg.

'Tony! Antonio.'

'Rustig, Moniek. Hij is vast uit bed gekropen.'

'Waar dan? Tonnetje?' Ze draait zich een paar keer radeloos om haar as. Ze kijkt achter een stoel en nog eens in het ledikantje.

Klaas-Jan blijft stokstijf staan en kijkt toe.

'Doe iets!' roept ze.

'Wat moet ik doen?'

'Je kind is verdwenen. Doe iets!'

'Een kind verdwijnt niet zomaar.'

'Waar is hij dan?' Ze schreeuwt zo hard, dat het op de bovenste verdieping van het hotel te horen moet zijn.

'Ik bel de receptie.' Klaas-Jan grijpt de hoteltelefoon.

Moniek rukt de kamerdeur open en rent door de gang. Onderweg trapt ze op de rand van een dienblad, waardoor de borden met etensresten en het bestek in het rond vliegen. Ze merkt het niet eens.

'Mijn kind!' roept ze in het Nederlands naar de receptioniste. Het meisje achter de balie vraagt in school-Engels waarmee ze kan helpen. Als Moniek haar heeft duidelijk gemaakt dat hun tweejarige peuter van hun kamer is verdwenen, zegt het meisje dat ze hem niet heeft gezien en pakt de telefoon om haar baas te bellen.

Moniek rent terug naar de kamer, waar Klaas-Jan nog altijd bij het ledikantje staat. 'Verdomme, Klaas-Jan, waar is Tony?'

'Moniek, kalm blijven. Een peuter is geen demente bejaarde die verdwaalt.'

Zijn woorden hebben een averechtse werking. Ze vliegt op haar man af en maait met haar armen, slaat hem waar ze hem raken kan. Klaas-Jan probeert de klappen zo goed mogelijk af te weren. 'Waarom heb je de deur niet op slot gedaan?' krijst ze.

Dan rukt Moniek de gordijnen open om licht naar buiten te laten vallen. Ze stapt wanhopig de veranda op, waar hun voetstappen een wanordelijk patroon achtergelaten hebben.

De gendarmerie komt snel; twee mannen en een vrouw. Ze zijn uiterst vriendelijk en de agente kalmeert Moniek en geeft haar een bekertje warme chocolademelk uit de automaat in de hal van het hotel. Moniek gaat, met een gezicht witter dan de sneeuw, op de rand van een houten ligstoel zitten, samen met haar man, een deken om hen heen geslagen. De agenten kijken overal, eerst binnen, nu buiten. Hun zware zaklantaarns zwaaien lichtbundels heen en weer.

Hoewel daar geen sporen in de sneeuw zijn, kijken ze ook op de andere veranda's, achter de lage houten stoelen en in de hoeken. Ze doen hun werk rustig en stil. Toch worden andere hotelgasten wakker, schuiven gordijnen opzij en kijken. Een enkeling komt naar buiten en vraagt wat er aan de hand is. De agente stelt hen gerust en verzoekt hen weer naar binnen te gaan.

'Dus u heeft uw zoontje voor het laatst om vijf over tien gezien?' vraagt de oudere agent aan Klaas-Jan.

De producent herhaalt, met ingehouden ergernis, zijn eerdere statement. 'Op dat tijdstip ben ik hierheen gelopen om te zien of hij lag te slapen.'

'En dat was zo?'

Klaas-Jan knikt.

'Hebt u gecontroleerd of hij een vuile luier had?'

Klaas-Jan antwoordt niet meteen.

'Je hebt Tony toch in bed gecontroleerd?' vraagt Moniek verbijsterd.

'Ik rook niks. Waarom zou ik hem wakker maken? Hij kuchte en sliep rustig door.'

'Kuchte? Wat bedoel je precies?'

'Gewoon een kuchje zoals hij dat wel vaker doet in zijn slaap. Niks aan de hand.'

'Niks aan de hand? Verdomme, Tony is weg! Ben je wel naar binnen gegaan? Of moest je weer zo nodig bellen?'

Voordat er een echtelijke ruzie kan losbarsten, maant de andere gendarme hen tot kalmte. 'We hebben de recherche van de Police National in Lyon gewaarschuwd. Ze zijn onderweg.'

'Het beste wat u kunt doen is rustig blijven en het overlaten aan de experts,' voegt zijn vrouwelijke collega eraan toe.

'Tony kan hier ergens in de buurt dood liggen te vriezen!' schreeuwt Moniek wanhopig.

'Mevrouw, meneer, we denken dat uw kind is ontvoerd.'

Moniek en Klaas-Jan zitten naast elkaar op het bankje voor het hotel, terwijl om hen heen rechercheurs uit Lyon met de gendarmes uit Chamonix overleggen. Het ochtendgloren heeft zijn plek achter de bergen veroverd, maar de lucht is nog venijnig kil, ondanks een brutaal zonnetje. Klaas-Jan heeft zijn arm om Moniek heen geslagen. Ze hebben hun dikke skijacks en hun dubbelgevoerde wanten aangetrokken. En toch hebben ze het koud. Ze voelen elkaar door de dikke stof heen bibberen.

'Met wie belde je?' vraagt ze.

'Ach...'

'Was het een van die lellebellen?'

'Nee.' Hij zucht. 'Het was zakelijk.'

Ze legt haar hoofd op zijn schouder en haar ademhaling klinkt als het snotterige snuiven dat meestal een huilbui aankondigt.

Voor het zover is, stappen Mulisch en zijn echtgenote uit het hotel naar buiten.

'We gaan voor het ontbijt nog even een wandeling maken,' zegt Carla. 'We proberen tot rust te komen, wij zijn ook helemaal van streek.'

'Willen jullie meelopen?' vraagt Mulisch vriendelijk.

'Nee, dank je, we blijven liever hier,' antwoordt Klaas-Jan.

'Voor het geval ze iets ontdekken,' voegt Moniek eraan toe.

Alle vier weten ze niet goed wat verder te zeggen. De eerste pistegangers passeren in vol ornaat; felgekleurde rode en blauwe pakken, skibrillen op hun helmen, klossende voetstappen door de enorme boots.

'Gaan jullie nog skiën?' vraagt Klaas-Jan aan de schrijver en zijn vrouw.

'Niks voor mij,' antwoordt Mulisch. 'Ik wil een trip maken naar het kartuizerklooster bij Grenoble. De pistes laat ik over aan de jeugd.'

'Je moet Maike laten snowboarden,' raadt de producent Carla aan. 'Ze is een leuke, dynamische meid, dat vinden kids van haar leeftijd geweldig. Doet ze vast liever dan de pijpgeur van haar vader bij kartuizermonniken opsnuiven.'

Ze lachen voorzichtig, vooral om hun wanhoop te bezweren.

Harry en Carla groeten en wandelen weg. Na een paar passen stopt zij. 'Harry, heb je dat contract nu al getekend?'

'Als we het over de prijs eens zijn, zal ik dat doen.'

'Over de prijs worden we het altijd eens,' verzekert Klaas-Jan hem.

'Dan heb je nu mijn woord, en het woord van een schrijver is meer waard dan zijn handtekening.'

'Optimistisch blijven. Het komt vast allemaal goed,' zegt Carla, en na een bemoedigend glimlachje nemen zij en haar man nogmaals afscheid.

Moniek legt opnieuw haar hoofd op de schouder van Klaas-Jan.

'In ieder geval is de trip niet helemaal voor niks geweest,' zegt hij met genoeg ironie, zodat ze begrijpt hoeveel ook hij lijdt. Ze glimlacht heel kort, dan hoort hij haar snuiven en komen de tranen. Ze omarmen elkaar. Innig. En eenzaam.

Sauna

Leo streelt de bovenkant van de leuning. Hij duwt zijn wijsvinger naar beneden. Het duurt even voor de deuk is verdwenen. Als hij naar het topje van zijn vinger kijkt, ziet hij dat het een beetje vettig geworden is. Het leer wordt regelmatig ingewreven, concludeert hij; heel verstandig in deze vochtige omgeving.

Terwijl hij naar boven loopt, ruikt hij aan het koper van het kunstig bewerkte traphek. De koperpoets verspreidt een geur van lang vervlogen tijden. De trap brengt hem van de salon naar een kleine lounge. In de zijmuren onder het schuine houten dak bevinden zich uitzonderlijk fraai gebogen glas-inloodramen, waarin Leo vlinders herkent. Of zijn het de ogen van boosaardige duivels? Hij steekt zijn tong uit en raakt een stukje gezandstraald glas; de ribbeltjes voelen prettig, maar smaken naar niks.

Alles in de lounge – de houten siertrap, de koperen leuning met de krullerige plantmotieven, de abstract gedecoreerde ramen en zelfs de blauw leren fauteuils – bezit een ouderwetse perfectie, die hem doet verlangen naar Parijs. Volgens de folder is het interieur van de verborgen schatkamer aan de Amsterdamse Herengracht afkomstig uit een Frans warenhuis gebouwd in de jaren twintig van de vorige eeuw. De ontwerpers en de vaklieden die aan deze betoverende schoonheid hebben gewerkt, moeten iets van geluk hebben gevoeld, denkt Leo.

Zijn vader zit niet in de lounge, zoals afgesproken. Vreemd, want Roel komt graag te vroeg.

Een medewerkster van de art-decosauna vraagt Leo of ze hem kan helpen. Hij beschrijft zijn vader: 'Wilde bos grijs haar, getaande huid, brede schouders, gezelligheidsbuikje, een harde, lieve stem.'

'Hij zit in het Turkse stoombad,' weet ze.

Leo kleedt zich snel om.

De opgetrokken stoomwolk hangt hoog in de cabine, waardoor Leo de gezichten van de aanwezigen niet kan zien. Iedereen draagt een handdoek om zijn middel, dat ziet hij wel. Een paar harige, ietwat kromme benen bungelen net boven de mistvrije vlondervloer en zijn onmiskenbaar van zijn verwekker. Er zitten schaafwonden op met bloedkorsten, ongetwijfeld veroorzaakt door gesleep met wrakhout en forse boomtakken.

'Leeuw? Eindelijk!'

'Ik ben precies op tijd, pap.'

'Als je naar de hemel gaat, wil je te vroeg komen. Hoe gaat het? Kom naast me zitten.'

Leo schuift op de houten bank naast zijn vader. Roels lijf is helemaal bezweet en glad. Hij omhelst zijn zoon en zoent hem zonder enige schroom op zijn voorhoofd als een kind. 'Hoe gaat het, jongen?'

'Prima. Heet hier.'

'Dit is nog niks, wacht maar tot we naar de Finse sauna gaan, dan krijgt zweten een heel nieuwe betekenis.'

'We hadden ook in een café kunnen afspreken. Waar wil je over praten?'

'Heb je haast? Geniet eerst, Leeuw, tijd genoeg voor zaken.' Roel gaat tegen de schrootjeswand zitten en sluit zijn ogen. 'Hoe gaat het met je?' vraagt hij voor de tweede keer.

'Ik vloek niet meer als een auto me geen voorrang geeft terwijl ik door rood fiets.'

'Duw je nog wel oude dametjes het zebrapad op terwijl er een tram aan komt denderen?'

Leo grijnst zonder dat iemand het ziet. 'Alleen oudjes met een rollator.'

'Dus je kwaadheid is op vakantie? Je treitert onschuldigen niet langer als reactie op je verdriet?'

'Hoelang heb je op die zin gestudeerd, pap?'

Roel opent een oog en kijkt naar zijn zoon. 'Slimpie.'

'Hoe gaat het met jou?'

'Mooie sculpturen gemaakt. Wrakhout blijft mijn favoriete materiaal. Sinds kort werk ik ook met vers gekapt hout van oude treurwilgen.'

'Worden het dan treurige beelden?'

'Het is zacht hout. Vroeger maakten ze er klompen van. Ik gebruik het voor verdwijnbeelden.'

Leo behoort nu te vragen wat verdwijnbeelden zijn, maar hij weet dat hij ongevraagd de uitleg ook zal krijgen.

'Verdwijnbeelden zijn alledaagse objecten, een bord, een hamer, een placenta met navelstreng, allemaal van hout. En daarnaast ligt een scherp mes waarmee de galeriebezoeker een stuk van het object kan afsnijden. Je kunt op dat hout kauwen. Bepaalde wilgensoorten hebben een pijnstillende kracht.'

'Beter dan aspirine?'

Roel geeft Leo een por tegen zijn schouder. 'Het gaat erom dat het object verandert. Op een bepaald moment verliest het zijn betekenis, omdat er te veel vanaf is gesneden. Vorm en betekenis zijn verbonden, terwijl het hout hetzelfde blijft; het heeft een andere functie gekregen. Het gaat over verandering, verval en eindigheid.'

'Ik kom snel kijken, pap, het klinkt absoluut interessant. Het wordt vast een groot succes.'

Roel opent zijn ogen weer en legt zijn arm om de schouders van zijn zoon. 'Ben je klaar voor de Finse sauna? Ik wil graag dat je iemand ontmoet.'

Het bovenlijf van Pierre de Waal vertoont geen grammetje overtollig vet. Toch ziet Leo dat de huid niet meer zo strak zit en ondanks het zweet een wat doffe kleur heeft.

'Pierre en ik kennen elkaar al dertig jaar,' babbelt Roel vrolijk, terwijl hij zijn oude vriend een hand geeft en naast hem gaat zitten. 'We werkten allebei bij het ministerie van Financiën. Pierre was toen al een haantje.'

'We waren allemaal doodsbang voor jou, Roel. We dachten dat je lid was van de Communistische Partij en bij de interne controledienst zat om ons aan de schandpaal te nagelen.'

'Klopt helemaal. Begin jaren zeventig kreeg je als linkse rakker altijd de mooiste vrouwen, vooral als je een paar koppen van corpsballen liet rollen.'

Beide mannen moeten er hartelijk om lachen.

De Waal geeft Leo ook een hand, stevig. 'Laatste keer dat ik jou zag zat je op een driewieler.'

'Wat doet u nu?' vraagt Leo, meer uit beleefdheid dan uit interesse.

'Ik ben directeur Structured Finance bij RijckeVorst Bank.'

'Wat houdt dat in?'

'Dat ik miljoenen verdien voor de bank door allerlei slimme, belastingvriendelijke projecten op poten te zetten voor onze klanten.'

'Pierre doet heel mooie dingen met zijn geld. Hij is een corpsbal met een hart.'

'Zoals wat?' vraagt Leo venijnig. 'Waterputten in de Derde Wereld? Of een zonnepaneel voor het Blijf-van-mijn-lijf-huis?'

Het blijft even stil. Dan gniffelt De Waal. 'Alsof ik jou hoor Roel, dertig jaar geleden.'

'Zo aardig was ik niet,' protesteert Roel plagerig. 'Ik had je beschuldigd van imperialistische Coca-Cola-misdaden. Jij financierde persoonlijk het gooien van napalm op de Vietcong.' Ook die herinnering lachen ze weg, dankzij de balsem van de tijd.

'Je vader vertelde dat je een moeilijke periode achter de rug hebt, Leo,' vervolgt De Waal ernstig. 'Je hebt je vrouw verloren, begrijp ik.'

Ondanks de hitte voelt Leo een rilling over zijn rug lopen, die via zijn rechterarm naar zijn hand trekt en daar in het niks oplost. 'Ik praat er liever niet over.'

'Begrijp ik. Je koestert je verdriet. Ik heb mijn vrouw verloren, bijna twintig jaar geleden, borstkanker, ik weet hoe het is.'

'Borstkanker is een natuurlijke oorzaak, moord niet,' zegt Leo, niet zonder irritatie.

'Verdriet is niet onderhandelbaar. Dat leer je als je ouder wordt. Er is ook geen rangorde. Het een is niet erger dan het ander, het is allemaal afschuwelijk.'

'Wat wilt u van me?'

'Je werkt op Schiphol in de beveiliging?' Leo knikt. 'Zonde van je capaciteiten. Ik wil je een betere baan aanbieden.'

Op dat moment gaat de deur open en komen twee vrouwen van een jaar of veertig binnen, hun handdoeken net boven hun borsten dichtgeknoopt. Ze groeten de drie mannen en gaan aan de andere kant van de cabine zitten. Alle twee laten ze hun handdoek tot hun middel vallen. Meteen golven de oudere mannenogen naar hun borsten, die niet meer de volheid bezitten die ze ongetwijfeld ooit hadden, maar desalniettemin aantrekkelijk zijn voor hongerige macho's.

'Waarom ontmoeten we elkaar in een sauna?' vraagt Leo om hen af te leiden. 'Zoiets verwacht je van een maffiabaas, niet van een bankdirecteur.'

'Ik heb een hernia,' antwoordt De Waal met gedempte stem. 'De Finse sauna verlicht mijn pijn, beter dan morfinezetpillen. Dus als het kan, hou ik hier kantoor.'

'Pierre heeft een kunstwerk van me gekocht,' vertelt Roel trots.

'Een moker van treurwilghout,' voegt de bankier eraan toe.

'Kunt u nog mokerslagen uitdelen? Of heeft u al het hout opgeknabbeld tegen de herniapijnen?'

De oudere mannen lachen. Dan valt het gesprek stil. De Waal lijkt geen haast te maken om ter zake te komen. Leo begrijpt dat de aanwezigheid van de vrouwen tijdelijk uitstel betekent, alsof het onderwerp alleen besproken kan worden in een rokerig achterkamertje.

'Gooi nog eens wat water op de kolen,' verzoekt Roel zijn zoon. 'We hebben een opdonder nodig. Mee eens, dames?'

De vrouwen hebben geen bezwaar. Leo pakt de houten pollepel en schept water over de hete kolen. Met veel gesis wolkt de stoom. De hitte is verzengend.

'Ik ben uiterst tevreden met mijn baan,' zegt Leo, zodra hij terug op zijn plek zit.

'Jongen, maak dat de kat wijs.' Roel klinkt bijna beledigd. 'Ik zou je niet vragen om Pierre te ontmoeten als ik niet beter wist.'

De vrouwen staan op en verlaten de cabine. De Waal kijkt op de thermometer naast de deur. 'Boven de honderd graden, dan kan je de klok erop gelijk zetten: geen vrouw blijft zitten.'

Leo schuift naar de hoek waar de vrouwen eerder zaten, zo ver mogelijk weg van de sissende kolen. Veel minder heet is het er niet.

'Onze bank financiert twee films,' begint De Waal zijn uitleg. 'Een Engelse film, *Enigma*, die wordt geproduceerd door Rolling Stones-zanger Mick Jagger. De tweede film is *De ontdekking van de hemel*, gebaseerd op het boek van Harry Mulisch. Die films kosten samen tweeënveertig miljoen dollar, bijna honderd miljoen ouderwetse guldens, maar de guldentijd is wat ons betreft voorbij, wij schakelen binnenkort over op de euro en die is ongeveer hetzelfde als de dollar. RijckeVorst Bank levert zesendertig miljoen via een zogenaamde CV-constructie. Klanten van onze bank die op het project inschrijven profiteren van een aanzienlijke belastingaftrek. En door de slimme aanpak kunnen wij hun zeven procent winst garanderen, onbelast en een paar procent hoger dan de actuele bankrente. Die winst kan oplopen tot dertig procent van hun inleg als de films een hit worden.'

'Ik heb ook geïnvesteerd,' onderbreekt Roel zijn oude vriend. 'Zo'n buitenkans laat ik niet lopen. Pierre is altijd heel goed geweest in legale belastingtrucs.'

'De bank heeft een probleem,' gaat De Waal onverstoorbaar verder. 'De Engelsen zien ons als een melkkoe en de Nederlandse producent heeft zo zijn eigen problemen.'

'Wat voor problemen?' vraagt Leo.

'Zijn kind is verdwenen.'

'Weggelopen?'

De twee oude vrienden kijken elkaar verbaasd aan. 'Leest je zoon geen kranten, Roel?'

'Alleen de sportpagina's en de stripverhalen.'

'Het jongetje is twee jaar oud en spoorloos. Men vermoedt een ontvoering.'

'Wanneer is het gebeurd?'

'Twee weken geleden. In de Alpen. Chamonix.'

'En nu wilt u dat ik dat kind ga opsporen?' Leo geeft de bankdirecteur geen kans om te antwoorden. 'Wat kan ik nou doen wat de politie niet kan?'

'We willen dat je de producties in de gaten houdt. Zowel

Enigma als *De ontdekking*. Je houdt een vinger aan de pols, beschermt onze belangen.'

'Je bedoelt de miljoenenwinst van jullie legale belastingtruc.'

'Leo, als er kinderen in het spel zijn, telt winst niet meer. Ik wil er zeker van zijn dat geen van de betrokkenen bij de filmproducties ook maar iets te maken heeft met de verdwijning van dat jongetje. We hebben met je vorige werkgever gesproken. Je hebt bij die moord in Arizona tijdens de verfilming van *Highway to Hell* uitstekend werk verricht. Ik ken je vader al jaren en ik vertrouw hem, dus vertrouw ik jou ook. Ik vraag je namens RijckeVorst Bank om toezicht te houden op de producties van *Enigma* en *De ontdekking van de hemel*. RijckeVorst mag nooit in een kwaad daglicht komen te staan. Als dat wel gebeurt, trek ik meteen de stekker uit het project. Je wordt executive producer met absolute volmacht. Je rapporteert alleen aan mij. En als je ook nog de verdwijning van dat ventje oplost, krijg je een bonus.'

'Geld motiveert mij niet,' antwoordt Leo direct.

'Dat geldt ook voor mij,' beweert De Waal. 'Ik leef volgens eenvoudige principes. Ik probeer eerlijk te zijn, vriendschappen te bevorderen en in het belang van anderen te denken.'

'Pierre, je klinkt als een vrijmetselaar,' gniffelt Roel plagerig.

'Vrijmetselaars zijn van origine een religieuze orde met een gesloten structuur,' reageert De Waal ernstig. 'Dat past niet bij mij. Ik stel dienstbaarheid boven eigenbelang.'

'Het zijn de regels van de Rotaryclub.' Leo gaat zonder hapering verder. 'De Rotaryclub is niks anders dan een handige lobbyclub voor welgestelden. Alles is gebaseerd op het principe dat je de meeste winst binnenhaalt als je het meest dienstbaar bent.'

'Ik ben al vijfentwintig jaar lid van de Rotary,' bevestigt De

Waal. 'Ik ben trots op het vele goede werk van onze afdeling.'

'Mijn antwoord bestaat uit drie letters.' Leo kijkt De Waal recht aan: 'Nee.'

'Denk erover na. Praat met je vader,' zegt De Waal. Hij staat op en laat zijn oud-collega en diens zoon achter in de hitte.

Leo wacht tot de houten deur is dichtgevallen. 'Hoeveel heb je in deze belastingtruc geïnvesteerd?' vraagt hij aan zijn vader.

'Al mijn spaargeld,' bekent Roel.

'Behoorlijk stom. Geld in film investeren is bijna altijd weggegooid geld. Heeft mumsie je hier in geluld?'

'Ze weet er niks van. En jij gaat het haar vooral niet vertellen.'

Roel gaat op de bovenste houten vlonder liggen.

'Ik wil achter op mijn erf een sauna bouwen. Een sauna is beter dan een goeie keuken, veel socialer. Wist je dat in Finland de sauna een heleboel doelen dient? Er worden zelfs doden in opgebaard. Als ik een zweetkot heb, kom je me misschien wat vaker bezoeken.'

'Volgens mij bouw je zoiets vooral om jonge meiden naar binnen te lokken.'

Roel wuift het weg. 'Zag je dat die ene vrouw stijve tepels had? In deze hitte? Hoe is het mogelijk.'

'Dat zal jij als doorgewinterde rokkenjager beter weten dan ik.'

'Ik begrijp niks van vrouwen, daarom zijn ze ook zo aantrekkelijk. Als ik bij je moeder naar haar tepels wees sprongen ze al overeind.'

'Paps...'

Roel zwijgt. Leo ook. Dan legt Roel weer een hand op de schouder van zijn zoon, die op de vlonder beneden hem zit. 'Zullen we nog een keer?'

'Moet het?'

'Niks moet, Leeuw, maar je wordt er altijd vrolijker van.'

'Nou...'

'Ik word er altijd vrolijker van.'

'Oké, dertig seconden, maximaal.'

'Woord?'

'*Verandering*? *Verval*? Nee, doe maar *eindigheid*.'

Roel barst lost. 'Komt niet uit een boog gaat nergens naartoe wil verdwijnen maar kan niet zien kan niet horen niet gek want een pijl heeft geen ogen toch weet hij dat hij vooruitgaat voelt niks kan niet voelen maar voelt wel de wind en hoort het suizen van het puntje daar splitst de pijl de lucht want lucht is er wel anders zou er geen richting zijn en geen wind de pijl weet datie heel even een mini-tel de plaats van de lucht inneemt lucht verdwijnt zijn volume is geen lucht meer en dan botst de lucht weer tegen elkaar een klein onweer dendert achter hem aan en kan hem nooit inhalen plots uit het niets knalt de pijl tegen een boom de craquelé bast splijt en de pijl duwt zich in het zachte hout en voelt dat zijn veren naar voren zullen schieten maar door dat te denken weet ik dat ik nu vooruit denk en dat die gedachte over de veren er al was voordat de woorden er waren en daarom is het voorbij de eindigheid is weer terug en meester.'

Leo wacht even voordat hij reageert. 'Dat was vierenveertig seconden.'

'Hoe kan je nou luisteren als je zit te tellen?' vraagt Roel.

Leo antwoordt niet.

'Er is niets verwoestender dan je kind verliezen,' begint Roel zijn pleidooi. 'Jij weet wat de ouders van dat verdwenen jongetje doormaken. Kun je dit niet zien als een kans, Leo?'

'Wat voor kans? Mijn dochter krijgt nooit meer...' Hij maakt zijn zin niet af.

'Hoelang spreek je de naam van je dochter al niet uit? Hoelang wil je dat nog volhouden?' Roel zwijgt. Geen zucht komt over hun beider lippen.

Uiteindelijk scharniert Roel overeind en stapt van de vlonder af. 'Kom, lunch. We hebben genoeg gezweet.'

'Een gezonde kaart voor de lekkere trek,' prijst de saunakeuken zichzelf aan.

Roel schrokt als een hongerige boerenknecht zijn lunch naar binnen. Hij heeft een salade en een ciabatta met brie besteld, waar hij om beurten happen van neemt. Tijdens het eten praat hij energiek door. 'Wie ontvoert er nou een kind?' zegt hij verontwaardigd, waarbij er een stukje tomaat uit zijn mond op zijn bord spettert.

'Op Schiphol maak ik het regelmatig mee,' legt Leo rustig uit. 'Altijd zijn het vaders die hun kind willen weghalen bij de moeders. In feite doen ze het uit liefde. Eén keer ontvoerde een pedofiel een kind. In zekere zin was dat ook uit liefde.'

Op dat moment zien ze een stuk verderop een deur van een massagekamer opengaan. Pierre de Waal staat in het vertrek, naast een massagetafel waarop een jonge vrouw ligt wier rug door een masseuse wordt behandeld.

'Dus daarom heeft jouw bankier zakelijke afspraken in de sauna. Niks hernia.'

'Dat is zijn dochter,' antwoordt Roel. 'Ken je haar nog? Ze is misschien zeven, acht jaar jonger dan jij.'

Leo schudt zijn hoofd.

'Als je de baan aanneemt, wordt zij je persoonlijke assistente.'

Leo kijkt zijn vader verbaasd aan.

'Ze wil filmproducent worden. Ze heeft twee studies gedaan, beide niet afgemaakt. En nu is ze te oud voor de filmacademie. Bij deze films kan ze een stoomcursus krijgen in zeven, acht maanden. Unieke ervaring.'

'Dus het gaat helemaal niet om bankklanten aan een flinke

winst te helpen? Of het oplossen van een ontvoering? Zijn dochter moet een leuk baantje!'

'Hé Leeuw, kijk naar je moeder en mij. We slaan elkaar graag de hersens in, en tegelijkertijd doen we alles voor jou.'

'Waarom maakt hij háár niet executive producer? Kan zíj voor hem een oogje in het zeil houden.'

'Leo, alsjeblieft.' Roel kijkt hem bijna smekend aan. 'Neem nou gewoon ontslag bij Schiphol. Dit werk zal je goed doen.'

'Ik hou van een simpele baan zonder veel verantwoordelijkheid,' zegt Leo, terwijl zijn oog opnieuw afdwaalt naar de massagekamer. Hij ziet hoe Pierre de Waal een krul van zijn dochter pakt en door zijn vingers laat glijden, alsof het een meisje van vier is.

'Weet je dat ze een kleine afwijking heeft?' fluistert Roel samenzweerderig. 'Aan haar linkervoet zitten zes tenen. Een heel klein extra teentje. Heel grappig.'

Eerst glimlacht Leo. Dan dringt pas tot hem door wat de woorden van zijn vader verraden.

'Weet hij het?' vraagt Leo.

'Weet wie wat?'

'Je ouwe vriend Pierre, weet hij dat je met zijn dochter neukt?'

'Leo, doe niet zo ordinair.'

'Hoe heb je haar ontmoet?'

Roel haalt diep adem. 'Toen Pierre mijn atelier bezocht om een kunstwerk te kopen. Ze kwam mee.'

'Je vriend koopt een kunstwerk van jou om op te sabbelen. Jij geeft hem al je spaargeld om in films te investeren. En in het geniep sabbel je op de zesde teen van zijn dochter?'

'De Waal is mijn vriend niet. Hij is een kennis, een ouwe corpsbal die heel verstandige dingen met geld doet.' De toon in Roels stem verandert. 'Ik hou van haar. Echt waar. Ze bezit een ouderwets soort goedaardigheid. En een schoonheid die niet onderdoet voor de pracht van deze art-decosauna. Hoeveel jaren heb ik nog, Leeuw? Vijf? Tien? Twintig maximaal. Ze geeft me het gevoel dat ik jong ben. Jong! Ze put me uit, 's avonds, 's ochtends. Soms denk ik dat ik erin zal blijven en daarom hou ik van haar. Ben jij nooit blind verliefd geweest, Leo?'

Onvermijdelijk voert deze vraag Leo's gedachten naar Rebecca. En even onvermijdelijk maakt de herinnering aan Rebecca een grenzeloos verdriet los, omdat hun liefde ooit grenzeloos was. Iedere keer dat hij aan Rebecca denkt, valt hij in een diepe, eindeloze duisternis. Er huist in die duisternis geen materie, geen lucht, zelfs geen ruimte, alleen pijn die zich aan niets kan hechten en zelf uit niets bestaat.

De jonge vrouw op de massagetafel komt overeind. Ze lijkt zich niet bewust van de twee mannen die vanuit de lunchzaal naar haar kijken. Leo ziet haar gezicht en van deze afstand lijkt ze geen oogverblindende schoonheid, eerder wat gewoontjes, met volle lippen, dat wel, Hollandse appelwangetjes en iets te ver vooruitstekende tanden. Haar borsten zijn mooi en vol en trotseren het gevecht met de zwaartekracht.

'Hoe heet ze?'

Roel stopt met kauwen. Hij kijkt zijn zoon aan, hij ziet in diens ogen dat het ferme nee is veranderd in een nieuwsgierig ja.

'Haar naam is mooier dan een diamant.'

Kinderkamer

Moniek zwijgt. Ze neemt lange trekken van haar sigaret en blaast de rook in een schuine, strakke lijn naar het plafond. Haar blik rust op de koperen pannen die boven het fornuis hangen, zonder ze te zien.

Leo staat op van de keukenkruk en vult zijn glas met water uit de kraan. Hij duwt het boerenbontgordijntje voor het keukenraam opzij en pakt de hendel vast om het raam te openen. Door het glas ziet hij het bataljon fotografen op de stoep, die onmiddellijk aanleggen en hem klikken met een gejaagdheid alsof ze de ondergang van de wereld vastleggen. Leo weet dat hun interesse vooral uitgaat naar Moniek. Foto's van gekwelde moeders verkopen.

Klaas-Jan komt de keuken binnen. 'Ben je al boven geweest?' vraagt hij aan Leo, terwijl hij een mand vol boodschappen op de keukentafel zet. Op dat moment gaat de telefoon van de producent. Hij kijkt op zijn display en drukt het gesprek weg. 'Wil je nog iets drinken?'

Leo maakt een klein gebaar met zijn hand, genoeg om aan te geven dat hij tevreden is met zijn kraanwater. Klaas-Jan zet een fles wodka voor zijn vrouw neer. Zijn telefoon gaat weer. Opnieuw drukt hij het gesprek weg. Hij gaat achter zijn vrouw staan en slaat zijn armen om haar heen. 'Ik hou van je,' zegt hij en hij kust haar op haar haar. 'Zal ik een fruitsalade voor je maken?'

Moniek wil geen fruitsalade en ook geen ijs voor de wodka. En ze wil niet mee naar Tony's kamer.

Klaas-Jan gaat Leo voor. Na een paar treden rinkelt zijn telefoon, die nog op de keukentafel ligt.

'Je telefoon!' roept Moniek.

'Laat maar gaan!' roept Klaas-Jan terug.

'Ik wil dat ding niet horen.'

'Zet maar uit.'

'En wat als de politie belt? Stel dat ze hem hebben gevonden.'

'Dilemma's,' verzucht Klaas-Jan zachtjes tegen Leo. Hij springt met twee treden tegelijk de trap af om zijn mobiel te pakken. Vanuit een ooghoek ziet Leo dat de producent zijn vrouw nogmaals omarmt en kust.

'Elk roddelblad belt me,' legt Klaas-Jan uit, als hij zich op het tweede trapgedeelte bij Leo voegt. 'De Franse politie heeft geopperd dat we de ontvoering misschien zelf in scène hebben gezet. Iedereen wil nu een quote.'

'Waar baseren ze die verdenking op?'

'De politie heeft vastgesteld dat we twintig minuten nodig hadden om van het restaurant naar het hotel te lopen, terwijl het nog geen vijf minuten kost.'

'Waarom duurde het zo lang?'

'Moniek en ik hadden onderweg een sneeuwballengevecht.'

''s Nachts?'

'Veel gedronken.'

Klaas-Jan opent de deur naar de kinderkamer en laat Leo voorgaan. 'Wat hoop je hier aan te treffen?' vraagt hij.

'Inspiratie.'

'Inspiratie?' herhaalt de producent niet zonder ergernis. 'Het is geen tekenwedstrijd. Het gaat over de verdwijning van mijn zoon.'

Leo blijft kalm onder de beschuldiging. 'Tony is een

vreemde voor mij en ik wil jullie niet belasten met bergen vragen. Door zijn kamer te bekijken, pik ik misschien iets op van zijn leefsfeer, dus van hem.'

'Een kind van twee jaar heeft nog geen eigen sfeer. Wat je ziet is negentig procent Moniek, acht procent haar moeder en twee procent mij.'

Leo kijkt rond in de kinderkamer. Op het plafond en een zijmuur zitten glow-in-the-dark figuren geplakt: planeten en dinosaurussen. Naast het peuterledikant ligt een speelgoedbrandweerwagen op de grond. Klaas-Jan schuift met zijn voet het autootje onder het bedje zodat Leo er niet op stapt. Het hoort, vermoedt Leo, bij de twee procent.

'Mooi huis. Huur of eigendom?'

'Ik wil het huis gaan verhuren,' antwoordt Klaas-Jan.

'Denk je dat Tony niet meer terugkomt?'

'Ik hoop elke minuut van de dag dat hij terugkomt. Elke seconde. Maar dit huis was ook voor zijn verdwijning al te duur voor ons.'

'Zit jij als succesvolle producent krap bij kas?'

'We leven op veel te grote voet. Moniek heeft geen idee wat haar cd's kosten. Ik betaal de studio, muzikanten, achtergrondzangers, promotie, de hele santenkraam, want ik hou zielsveel van haar. Jammer genoeg dekt de verkoop bij lange na de kosten niet. De schatkist is leeg aan het raken. En nu komen daar de extra kosten door Tony's verdwijning nog eens bij, advocaten, extra onderzoeken, een pr-manager.'

Leo knikt begrijpend. 'Vind je het erg als ik hier even alleen ben?'

Meteen nadat de producent de deur dicht doet, duwt Leo zijn neus in het dekentje van Tony. Hij inhaleert de laatste restjes van de geur van de peuter. Hij ruikt ook in de kast met de kinderkleding, waar de lucht wordt beheerst door lentebloesemwasverzachter. Met een slappe teddybeer die hij uit een speelgoedmand vist, gaat Leo op de grond liggen.

Zijn ogen blijven open, maar de beelden die hij ziet zijn onderdeel van de film die zich al zo vaak, zo ontzettend vaak, in zijn hoofd heeft afgespeeld. De gestoorde gek belt aan. Rebecca opent de deur. Soms zegt hij iets tegen haar, deze keer houdt hij zijn mond. Terwijl Rebecca de deur alweer, beleefd, dichtdoet, tovert de psychopaat vanachter zijn rug een geweer te voorschijn en haalt de trekker over: BOEM, de eerste kogel slaat haar naar achteren. KLIKKK, het wapen wordt een tweede keer gespannen. BOEMMM, terwijl ze nog staat te wankelen, wordt ze opnieuw getroffen en de kracht van de inslag zorgt ervoor dat haar lichaam in een rare bocht verder achterover duikelt, tegen de muur botst, op de grond zakt.

In de grijsgedraaide film stapt de schutter naar binnen om het resultaat van zijn daad te bewonderen. En dan hoort de moordenaar een kind huilen. De gek spoedt het huis in, vindt in een slaapkamer een meisje, zijn dochter, zijn dochter godverdomme! Ze is wakker geschrokken door de knallen. De man trekt haar uit het ledikantje en neemt haar mee.

Er zijn voetafdrukken van de man in het huis gevonden, ook in de kinderkamer. De technische recherche heeft haartjes van zijn dochter in de achterbak van de vluchtauto aangetroffen. Maar ze hebben zijn dochter nooit kunnen vinden, en de moordenaar zwijgt nog steeds in alle talen.

De beelden die in het hoofd van Leo geprojecteerd worden verdwijnen. Hij weet het, hij wil Tony vinden om iets van het helse schuldgevoel dat hem opvreet kwijt te raken. Hij is niet schuldig, helemaal niet, en toch, als vader is hij sinds de verdwijning van zijn dochter nooit meer zonder schuld.

'Jullie hebben gelijk,' zegt Leo, zodra hij de keuken weer binnenkomt. 'Het is een heerlijke kinderkamer, de liefde voor jullie kind kun je bij wijze van spreken ruiken.'

Klaas-Jan noch zijn vrouw reageert. Het valt Leo op dat de fles wodka al voor ruim een derde leeg is.

'Je telefoongesprek die avond in Chamonix was met de producent van *Enigma*?'

'Met de advocaat van Multi Media. Dat Engelse bedrijf produceert *Enigma*. En ze verkopen de wereldrechten van onze film *De ontdekking van de hemel*.'

'Hebben ze nog meer belangen?'

'Oh ja, zeker. Ze hebben flink wat vingers in de pap. Vooral in de muziekwereld. Zo kennen ze Mick Jagger.'

'Waar spraken jullie over?'

'Maakt dat uit?'

'Misschien.'

'Multi Media wil extra geld voor filmmuziek ten gunste van *Enigma*.'

'Hoeveel?'

'Drie miljoen dollar. En dat moest grotendeels uit de begroting van *De ontdekking* komen.'

'En krijgt Multi Media het?'

De grijns van Klaas-Jan zegt genoeg.

'Hoe reageerde die advocaat op jouw weigering?'

Klaas-Jan, glimlachend: 'We weten naar welke crèche je kind gaat.'

'Wat?!' Moniek springt van haar kruk af. 'Tony wordt gekidnapt nadat die schoft zoiets tegen jou zegt?'

'Puur toeval. Grove belde vanuit Londen. Je kan niet met zoiets dreigen en het dan binnen vijftien minuten laten uitvoeren. Dat kan gewoon niet.'

'Alles kan!' Moniek schreeuwt zo hard dat de paparazzi

buiten het kunnen horen. 'Heb je dit aan de politie verteld?'

'Het zou wel heel, heel erg stom zijn om met zoiets te dreigen en het dan ook nog te doen.'

'Of heel erg slim, omdat iedereen denkt dat het zo stom is,' zegt Leo kalm.

'Bel onmiddellijk de politie!' schreeuwt Moniek. Ze is volledig over haar toeren. Ze grijpt haar glas en slaat de wodka in één teug naar binnen. Vervolgens stapt ze naar het aanrecht om haar ogen te deppen met een theedoek.

'Mensen zeggen voortdurend dingen die ze niet menen. Hoe vaak roep jij niet "Ik vermoord je" tegen iemand die zeurt?' vraagt Klaas-Jan.

'Nooit,' antwoordt Leo direct.

De telefoon van Klaas-Jan gaat weer. Voordat hij het gesprek kan wegdrukken, grijpt Moniek het toestel. 'Sodemieter op, stelletje lijkenpikkers. Schoften Laat ons met rust!' schreeuwt ze.

Ze trekt het gordijntje weg van het keukenraam en roept allerlei verwensingen naar de fotografen buiten. De paparazzi maken onmiddellijk gebruik van dit buitenkansje en schieten plaatjes die het urenlange kamperen op de stoep goedmaken.

Uiteindelijk weet Klaas-Jan zijn vrouw ertoe te bewegen om wat te gaan rusten in de slaapkamer.

'En, ga je het doen?' vraagt hij aan Leo als ze alleen zijn. 'Het zou mij wel goed uitkomen. Een executive producer betekent dat ik meer aandacht kan geven aan het zoeken naar mijn zoon. En dat ik Moniek beter in de gaten kan houden.'

'Ze heeft professionele hulp nodig,' oppert Leo voorzichtig.

Klaas-Jan knikt. 'Ikzelf slik ook al pillen om niet gek te worden.' Zijn stem breekt. 'De huisarts heeft mij en Moniek aangeraden een suicide watch in te stellen. Vrienden moeten ons regelmatig bellen om te checken of we onze polsen niet doorsnijden.'

Leo legt zijn hand op de schouder van de producent. Hij voelt de hand van zijn vader op zijn eigen schouder. Roel probeerde hem te troosten; toen, meteen na de moord op Rebecca, met begrip en tranen, nu, nog steeds, met levenslust en humor, altijd met liefde. 'Met alles wat je geeft, vraag je om liefde,' zei Roel. 'Behalve bij je kinderen, aan hen geef je uit liefde. Je hoeft er niks voor terug.' Leo was en is het niet met zijn vader eens. Hij wil zijn dochter terug.

'Oké, ik doe het,' belooft Leo.

Lijfeigene

In een T-shirt en een slobberende trainingsbroek loopt Leo stram de trap af. Hij trekt de voordeur open. Er staat geen postbode op zijn stoep, geen Jehovah's getuige, geen dronken minnares; hij staat oog in oog met Ruby.

'Wat doe jij hier?'

'Ik begin om negen uur.'

'Op kantoor. Niet bij mij thuis.'

'Ik ben toch je persoonlijke assistente?'

Leo ziet dat Ruby goed verzorgd is. Haar krullen worden bijeengehouden door een baseballpetje, haar spijkerbroek zit aantrekkelijk strak en ze draagt een ruimvallend hemd. Het is allemaal smaakvol uitgekozen. Hij weet dat hij er zelf als een verzopen kat uitziet; geen sokken, geen gekamde haren, geen goed humeur. Er komt echter geen lettergreep uitleg of verontschuldiging over zijn lippen.

Leo gebaart haar te wachten. Ze hoeft niet te zien hoe hij als een luxe kluizenaar tussen de rommel leeft.

Boven, vanuit het raam van zijn woonkamer, kijkt Leo naar zijn persoonlijke assistente op de stoep. Zijn telefoon rinkelt.

'En heb je haar goed aan het werk gezet?' schalt het in zijn oor.

'Ze wacht op de stoep,' meldt Leo aan zijn vader.

'Echt waar?' Roel begint luid te lachen. 'Goed zo jongen. Verzin vervelende klusjes. Laat haar je fiets schoonmaken. Of je sokken wassen.'

'Ze is mijn lijfeigene niet.'

'Nee, dat is ze van mij. Jij bent haar baas, dan hoef je niet aardig te zijn. En ik voorspel je, opgeven doet ze toch niet.'

Een uur later fietst Leo naar Duivendrecht, waar *De ontdekking van de hemel* tijdelijk productiekantoren huurt. Ruby fietst tien meter achter hem. 'Ik wil nadenken,' had hij gezegd toen ze vertrokken, 'en dan wil ik niemand zien die ik ken, want dat leidt af.'

Het enige waar Leo over nadenkt, is welke klusjes hij kan verzinnen voor de minnares van zijn vader. Hij wil dat ze zo snel mogelijk ontslag neemt, liefst vandaag nog.

Net voorbij het Amstelstation klinkt een scherpe fluittoon. Hij draait zijn hoofd om. Een dertigtal meter terug staat Ruby midden op de weg. Ze wuift. Leo rijdt fout, geeft ze aan. Ze moeten onder de spoorweg door. Leo draait knarsetandend om. Nu móét hij wel naast Ruby gaan rijden.

Vrijwel meteen nadat ze uit de korte tunnel komen, doemen de kolossen van de Bijlmerbajes op. Vanuit de hoge flats hebben de gevangenen aan de noordzijde uitzicht op het clubhuis van de Hells Angels. Naast het territorium van de motorfanaten ligt een terrein met oude Deux Chevauxs, waar baardige, kalende mannen onderdelen uit de wrakken slopen.

'Waar zit het meeste menselijke leed, denk je?' vraagt Ruby. 'In het clubhuis, bij de bejaarde hippies, of in de bajes?'

'Daar,' zegt Leo en hij knikt naar een paar jonge vrouwen met opvallende, kleurige kleding en felle make-up, die aan de kant van de weg, naast de sloot, staan te zwaaien naar hun gevangen echtgenoten, lovers, vaders of broers in de torens.

De kantoren van *De ontdekking* bestaan uit afbladderende bouwketen. Ze zijn jaren geleden neergezet in afwachting van nieuwe zakenpanden, die zullen verrijzen als eindelijk alle vergunningen zijn afgegeven. De houten barakken liggen aan de Weespertrekvaart, op een steenworp afstand van Cinetone, de enige Nederlandse filmstudio.

Producent Klaas-Jan van Gent ijsbeert achter zijn bureau heen en weer, een telefoon tegen zijn oor gedrukt. Hij wijst Leo een stoel aan, terwijl hij sussende woorden in de hoorn spreekt. 'Het komt goed, schat. Vertrouw me. Ze doen echt hun best... Ik bel zodra ik iets hoor... 'k Hou van je.' Hij gooit de telefoon onceremonieel op het roestige, metalen bureau. 'Mijn vrouw. Helemaal overstuur. De politie heeft op last van de Franse recherche onze huurauto in beslag genomen voor nader onderzoek.'

'Heb je zelf geen auto?' vraagt Leo.

'Jazeker. Die is al weken geleden in beslag genomen voor onderzoek. Mijn vrouw gebruikte de huurauto van de productie.'

'En waarom betaalt *De ontdekking* voor een huurauto die je vrouw gebruikt?'

Klaas-Jan kijkt Leo kwaad aan maar antwoordt afgemeten. 'De huurauto staat in de begroting.'

'Voor jou, niet voor je vrouw.'

'Wat maakt dat nou uit?'

'Je zou dat geld voor iets anders kunnen gebruiken.'

'Nee, want we hebben een deal met het verhuurbedrijf. We huren een hele vloot aan auto's, de directieauto is hun bonus aan ons. Als we hem niet gebruiken, betalen we niks minder. Jij krijgt ook een directiewagen. Gratis.'

'Ik hou niet van autorijden.'

'Je hebt toch een persoonlijke assistente?'

Leo roept naar het andere deel van de keet. 'Ruby!'

Ze voegt zich bij hen.

'Heb je een rijbewijs?' vraagt Klaas-Jan haar. Ze knikt. 'Nu is je persoonlijke assistente ook je persoonlijke chauffeur.'

De telefoon op het bureau rinkelt. 'Nog niks gehoord, schat. Er is iets met de internationale telefoonlijnen. Ik blijf het proberen... Nee, laat de gordijnen dicht... Als je blauwe lucht wilt zien, ga dan naar de bar op de hoogste verdieping... Ze hebben geen helikopters... Ik hou heel veel van je. Het komt goed. Kus, kus, kus.' Hij gooit de hoorn weer op de haak. 'Moniek is vermomd het huis ontvlucht naar het Okura Hotel. Haar verdwijntruc heeft een halve dag geduurd. Nu staan er nog meer fotografen bij de ingang van het hotel dan voor ons huis. Mijn vrouw kan niet eens meer koffie gaan drinken. Ik wou dat ik zoveel publiciteit kreeg voor de film.'

'Wat staat er als eerste op de agenda?' vraagt Leo.

'We gaan naar Hilversum. Naar de belastinginspecteur. Die moet het financiële plan goedkeuren en aftekenen.'

'Moet ik het plan begrijpen voordat we de inspecteur ontmoeten?'

'Welnee,' zegt Klaas-Jan meteen, 'veel te ingewikkeld. Ik begrijp het niet eens. Het plan bestaat uit een belastingmaatregel gebaseerd op een Commanditaire Vennootschap-constructie, die ze ook in de scheepvaartindustrie gebruiken. Dat wordt gecombineerd met een voorverkoop van de film *Enigma* via een optie-overeenkomst aan Duitsland voor zeven miljoen dollar geregeld door het Britse Multi Media. De Duitse optie betekent onbelastbaar inkomen voor de Nederlandse investeerders. En dat geld gaat hand in hand met Europese subsidies voor *De ontdekking*. Gooi alles in een filmblik, flink schudden en voilà, niemand begrijpt er een snars van, klaar is ons financiële plan.'

'Zal ik de auto voorrijden?' vraagt Ruby.

Klaas-Jan gooit de sleutels naar haar toe. 'En koop een chauffeurspet,' grapt hij. Ze salueert voordat ze naar buiten loopt.

'Leuke meid,' zegt Klaas-Jan tegen Leo. 'Als ze mijn persoonlijke assistente was, dan wist ik het wel.'

'Ze is de dochter van onze opdrachtgever,' antwoordt Leo. En de minnares van mijn vader, denkt hij erachteraan.

'Verboden liefde is het allermooiste wat er bestaat,' beweert Klaas-Jan met een olijkheid die haaks staat op het privédrama waar hij middenin zit.

'Liefde is bij mij voorlopig niet welkom, verboden of niet.' Leo's toon maakt duidelijk dat hij dit soort gesprekken niet waardeert. 'We kunnen ons beter op de belastinginspecteur concentreren. Kan er nog iets fout gaan?'

'Nee hoor, niks. De beste fiscalisten van de bank hebben het plan opgesteld. Fluitje van een cent. Formaliteit.'

'Uw dossier gaat weer onder aan de stapel totdat uw papieren in orde zijn,' oordeelt belastinginspecteur Speck ernstig en vooral ambtelijk.

'Onmogelijk,' steigert Klaas-Jan. 'We moeten vandaag goedkeuring krijgen, anders stort de hele planning in elkaar.'

'Meneer Van Gent, ik heb niks met uw planning te maken.' Speck legt het *Enigma-Ontdekking*-dossier op de uiterste hoek van zijn bureau en plant er demonstratief een stapel andere mappen bovenop. 'Zodra uw papieren in orde zijn, kijk ik er weer naar.'

'Hoelang gaat dat duren?'

'Wanneer heeft u alles in orde?'

'Vandaag. Het is gewoon een slordigheidje, niks aan de hand.'

'Twee verschillende handtekeningen van de heer Mulisch? Twee miljoen minder uitgaven? Dat noem ik geen slordigheidjes. Als u alles correct inlevert, dan schat ik dat u over zes weken weer aan de beurt bent.'

‘Zes weken? Kate Winslet is zwanger. Ze speelt de hoofdrol in *Enigma*. Weet u wel wie Kate Winslet is? Superstar! *Titanic*!’

De inspecteur weet natuurlijk wie Kate Winslet is, maar aan zijn gezicht te zien, maakt dat voor hem geen enkel verschil.

‘Als *Enigma* niet over tien dagen met de opnames kan beginnen, dan kan Kate de rol niet meer spelen en trekt Multi Media zich terug uit de deal. Daarmee wordt *De ontdekking* onmogelijk,’ pleit Klaas-Jan in paniek.

‘De zwangerschap van mevrouw Winslet is een oprechte felicitatie waard. Ik teken graag een gelukwenskaart en als u voor mijn nichtje de handtekening van de ster uit *Titanic* kunt regelen, ben ik u zeer erkentelijk, maar mijn stempel en handtekening onder de wettelijk benodigde goedkeuringsbrief voor de investeerders krijgt u vooralsnog niet.’

Klaas-Jan van Gent wordt overvallen door woede en hulpeloosheid. ‘Meneer Speck,’ roept hij tegen de inspecteur, ‘u weet dat mijn zoontje is ontvoerd, ik maak een verschrikkelijke tijd door, mijn vrouw belt me dertig keer per dag in totale wanhoop. Is het dan raar dat er een slordigheidje in de aanvraag sluipt?’

Inspecteur Speck blijft onbewogen. ‘Regels kennen alleen feiten, geen tranen.’

Leo laat het bekvechten over zich heen waaien. Hij observeert de details van het kantoor. Speck is een man die van orde houdt, dat valt hem meteen op. Alle stapeltjes op zijn bureau liggen recht, de vier planten in de vensterbank staan precies even ver van elkaar, zijn regenjas hangt netjes aan een kleerhanger. Alles oogt deugdelijk, doordacht en saai. Het duurt niet lang voordat Leo’s ogen afdwalen naar buiten, naar Ruby. Door de grote ramen van het kantoor ziet hij aan de overkant van het drukke stationsplein de directieauto geparkeerd staan.

Ruby leunt tegen de achterkant en praat rustig in haar telefoon. Met wie? Een vriendin of zijn vader? Bespreekt ze alles met hem? Ze is zeker geen topmodel, maar saai is ze niet.

De tranen staan Klaas-Jan in de ogen wanneer hij samen met Leo door de gangen van het Hilversumse belastingkantoor stapt.

'Nou ben ik behalve mijn zoon ook nog de film kwijt,' zegt hij op wanhopige toon tegen Leo. 'Hoe vertel ik dat aan mijn vrouw?'

'De film kan haar vast niks schelen,' probeert Leo hem gerust te stellen.

'Jawel!' reageert Klaas-Jan bitter, terwijl hij zijn mobiel laat rinkelen. 'Zonder film hebben we niks meer, einde hoop.'

Ze steken het stationsplein over. Ruby komt op hen af gelopen. 'Goeie meeting?' vraagt ze Leo, terwijl Klaas-Jan eindelijk de oproep van zijn vrouw beantwoordt en daarbij begint te ijsberen.

'Er is iets met de handtekening van Mulisch,' legt Leo rustig uit. 'En de Engelsen investeren maar tweehonderdduizend dollar in Nederland in plaats van de beloofde twee miljoen. We liggen weer onder aan de stapel.'

Nadat Klaas-Jan het gesprek heeft beëindigd, stapt hij resoluut op hen af. 'Ik neem de trein. Jij bent nu toch de big shot producer, meneer Berliner? Nou, los dit dan maar op. Veel succes ermee.' Zonder verdere groet of oogcontact smelt hij samen met andere treinreizigers en verdwijnt het stationsgebouw in.

Zodra hij achter in de auto zit, belt Leo met Ruby's vader en vertelt hem wat er is gebeurd. De reactie van de bankdirecteur is kort maar krachtig: 'Als het niet binnen tweeënzeventig uur is opgelost, dan gaat de stekker eruit. Jammer, dan verliest de bank een half miljoen aan opstartkosten. Niks aan te doen. Ondernemersrisico.'

'En het gekidnapte kind? Valt dat ook onder het ondernemersrisico?'

'Leo, dat heb ik niet gezegd.' Er klinkt een signaal dat Leo's telefoonaccu leeg is, en vrijwel onmiddellijk valt de verbinding weg.

Leo staart naar buiten.

'Wat ga je doen?' vraagt Ruby voorzichtig.

'Het probleem met de handtekening van Mulisch kan ik wel oplossen,' beweert Leo. 'En de twee miljoen Engelse uitgaven in Nederland waarschijnlijk ook. Maar zes weken wachten is fataal. Meneer Speck is een echte ambtenaar. Als hij zegt dat het zes weken gaat duren, dan worden het zes weken, en geen dag minder.'

'Er is een oplossing. Bel de allerhoogste baas.'

'De baas van je vader?'

'De staatssecretaris.'

'De staatssecretaris? Dan kan je vader beter bellen. Die heeft vast goeie contacten bij het ministerie.'

'Nee, jíj moet Willem Vermeend bellen,' zegt Ruby vol overtuiging. 'Vermeend is als staatssecretaris van Financiën de baas van de Belastingdienst en hij is de architect van de belastingmaatregel voor filmproducties. Hij kan het zó regelen.'

'Ik krijg toch nooit de staatssecretaris zelf aan de lijn?'

'PvdA-politici zijn erg gevoelig voor publiciteit.' Ze beweert het op een bijna schalkse toon.

Leo zwijgt en blijft zwijgen tot ze langs de Bijlmerbajes rijden. 'Stop even,' zegt hij tegen Ruby.

Hij stapt uit en loopt naar de voorkant van het bezoekerscentrum. Er staan twee telefooncellen bij de ingang, en in tegenstelling tot het merendeel van de hoofdstedelijke telefooncellen zijn deze twee niet kapotgeslagen.

Via het algemene nummer van het ministerie wordt Leo doorverbonden met het kabinet van de staatssecretaris, en daar wordt hij vervolgens doorverbonden met diens privé-secretaresse.

Deze vrouw is de grote hobbel, weet Leo, elke secretaresse van elke hoge politicus waakt als een Kerberos voor de deur van haar baas. 'Ik wil graag de heer Vermeend spreken,' steekt Leo van wal. 'Ik ben de producent van *De ontdekking van de hemel*. We maken gebruik van de speciale film-CV-belastingmaatregel, die onder meneer Vermeends leiding is ingevoerd en we komen door een procedurefout in de problemen. Meneer Vermeend kan ons redden.'

Nadat hij opnieuw zijn naam noemt en nog wat details toevoegt, zodat de secretaresse kan begrijpen dat de kwestie echt dringend is, vraagt ze hem even te wachten.

In zijn haast heeft Leo er niet aan gedacht om zijn kleingeld te controleren, en nu blijkt het kwartje dat hij in de telefoon heeft gedaan het enige te zijn dat hij bij zich heeft. Ruby staat te ver weg geparkeerd.

'Heeft u een kwartje?' vraagt Leo aan een cipier die net naar buiten komt. De man keurt hem geen blik waardig. Daarna verlaat een jonge, zwaar opgemaakte vrouw met een kind op haar arm en een baby in een buggy de gevangenistoren. 'Heeft u een kwartje voor me?' vraagt Leo opnieuw. De vrouw kijkt hem aan en lijkt verbaasd over zijn bedelaarspraktijken. Leo trekt een verfrommeld tientje uit zijn broekzak. 'Een kwartje voor een tientje.'

De vrouw geeft hem twee kwartjes. 'Hier, als je vriendinnetje ophangt, kan je haar moeder bellen.'

'Vermeend,' hoort Leo tot zijn verbijstering, nadat hij net

op tijd het tweede kwartje in de gleuf heeft gestopt. Hij stelt zich voor aan de politicus en doet kort en krachtig zijn verhaal. Ondertussen begint het te regenen.

'Waarom komen jullie in de problemen door een paar weken oponthoud?' vraagt de minister.

'We hebben Kate Winslet aangetrokken, u weet wel, de hoofdrolspeelster van *Titanic*.' Leo hoopt dat Vermeend hem die onnozele toevoeging vergeeft. 'Kate is zwanger en dat ga je op een gegeven moment zien. Daarmee komen de opnames van *Enigma* in gevaar. En als die film niet doorgaat, dan gaat *De ontdekking van de hemel* ook niet door. Dat zou een ramp zijn, voor iedereen. Behalve voor de journalisten natuurlijk, die likken hun vingers af bij zo'n debacle.'

'Als staatssecretaris kan ik op ambtelijk niveau niet ingrijpen. De inspecteur bepaalt de volgorde waarin de dossiers behandeld worden. Het klinkt niet alsof hij een procedurefout gemaakt heeft.'

'Klopt,' bevestigt Leo. 'Natuurlijk heeft de heer Speck helemaal gelijk dat hij niemand een voorkeursbehandeling geeft. Iedereen moet netjes zijn beurt afwachten. U kunt de procedure voor ons wel bespoedigen door Speck meer mankracht te geven om de andere dossiers weg te werken, zodat hij sneller aan ons dossier toekomt.'

'Ik kan misschien tijdelijk wat extra ambtenaren op Specks afdeling detacheren. Daar is niks op tegen.'

'De filmwereld zou u eeuwig dankbaar zijn.'

'Stuur me maar een kaartje voor de première. Tot die tijd lees ik over mijn rol liever niks in de kranten. U wordt gebeld door mijn secretaris-generaal.'

Ruby suist over de kasseien langs de Weespertrekvaart. De banden maken een prettig bobbelend geluid, vooral nu de weg nat is.

De auto stopt bij de bouwketen. 'Vermeend bellen was een uitstekend idee. Dank je wel, Ruby,' zegt Leo welgemeend.

'Ik heb hem niet overtuigd. Als hij helpt is het dankzij jou.'

'Jij hebt mij overtuigd.'

Volmacht

'We zijn er helemaal uit!' De enthousiaste stem van Mulisch' uitgever galmt door de kamer. 'Alleen staat er een klein foutje in het getal. Er ontbreekt een detail.' De uitgever plaatst met zijn vulpen een verticaal streepje voor het bedrag dat de auteur voor de filmrechten van zijn boek zal ontvangen en voegt daardoor honderdduizend euro toe aan het oorspronkelijke bedrag.

'Absurd,' sputtert Klaas-Jan, 'zo'n bedrag is in Nederland nog nooit voor de filmrechten van een boek betaald.'

'Heb je de recensie in de *Wall Street Journal* gelezen?' vraagt de uitgever zakelijk. 'Of *The New Yorker*? Vergelijkingen met Homerus en Dante. Harry wordt getipt als winnaar van de Nobelprijs voor literatuur.'

'Nu verdient hij meer dan ik,' klaagt Robert Ruys.

'Is dat dan niet terecht? Zonder dit fenomenale boek zou er nooit een film kunnen komen. Je vaart mee op zijn talent.'

'Wij lopen een gigantisch financieel risico. Het boek niet meer,' moppert Klaas-Jan.

'Akkoord,' zegt Leo met een snijdend scherpe stem en hij zet meteen zijn paraaf naast de verandering in de kantlijn.

'Dat euroteken ziet er zo raar uit,' merkt Carla op terwijl ze champagneglazen pakt. 'Net een mislukte communistische hamer en sikkel.' Mulisch leent de vulpen van zijn uitgever en verandert het euroteken in een dollarsymbool. 'Ja, bestaat die euro over zes maanden nog wel? Weten we wel zeker dat die nieuwe muntsoort echt wordt ingevoerd?' vraagt hij aan niemand in het bijzonder.

Carla gaat naar de keuken om de champagne uit de koelkast te halen. Leo loopt achter haar aan om te helpen. Hij loopt langs een open deur. De kamer is ingericht als atelier waar Carla schilderijtjes op postzegelformaat maakt.

De keuken is de enige ruimte in huize Mulisch waar boeken niet domineren. De inrichting is eenvoudig, met veel witte tegels. De apparatuur doet vermoeden dat hier geen meesterkok de scepter zwaait. Op de simpele vierpitter worden alleen Hollandse stamppotten gekookt en slavinken gebakken.

'Kookt Harry weleens?' vraagt Leo.

Carla moet lachen. 'Hij weet niet eens waar de keuken is.'

Ze zet de champagnefles in een koeler.

Leo helpt met het uitdrukken van ijsblokjes. 'Heb jij enig vermoeden wie Tony ontvoerd zou kunnen hebben?' vraagt hij.

'Harry zegt altijd: "De butler heeft het gedaan."'

'En wie is de butler in dit geval?'

'Iemand die nauw betrokken is bij de film. Harry denkt dat het kind ontvoerd is voor geld. Maar omdat er nooit losgeld is gevraagd, hou ik het op een geflipte minnaar van de vader of de moeder.'

De schrijver ontkurkt de fles met de vanzelfsprekende savoir-faire die hoort bij een Nobelprijskandidaat. Na de knal schenkt hij de glazen vol.

'Wie gaan de hoofdrollen spelen?' vraagt Mulisch.

Leo moet glimlachen.

'Is dat zo'n grappige vraag?' wil Mulisch weten.

'Ik was vijf jaar met een Hollywoodactrice getrouwd. Als acteurs deze vraag stellen, betekent het altijd: is er een hoofdrol voor mij? Als schrijvers van een autobiografisch werk hem stellen, dan willen ze weten: wie gaat mij spelen?'

'Ik ben vooral benieuwd naar Onno,' verduidelijkt de schrijver.

'Je weet toch op wie het Onno-personage is gebaseerd?' vraagt Carla aan Leo. 'Jan Hein Donner, de schaker,' voegt ze er meteen aan toe. 'En Harry is Max in het boek. Dat moet natuurlijk wel een knappe, sexy acteur worden.'

'We zijn bezig grote Hollywoodsterren te benaderen,' pocht Ruys.

'Zoals wie?' vraagt de uitgever, omdat hij weet dat zijn auteur dat wil weten.

'Ik kan nog geen namen noemen,' beweert Ruys, 'het zou de onderhandelingen in gevaar kunnen brengen.'

Mulisch lijkt niet onder de indruk. 'Je moet eens aan die Engelsman denken, Stephen Fry, voor de rol van Onno. Die lijkt mij heel goed,' zegt hij, waarna hij zijn glas tussen zijn lippen en tegen zijn haviksneus duwt om de feestelijke drank naar binnen te laten golven.

Buiten op straat, ver genoeg verwijderd van huize Mulisch, houdt Robert Ruys zich niet langer in. 'Mijn handtekening van Mulisch leek echter dan zijn eigen handtekening,' buldert hij van het lachen. 'Wat een eikel. Hij begrijpt niks van film. Stephen Fry, geen glamour, geen ster, niks, een depressieve homo met een gezicht alsof hij tegen een koud strijkijzer is aangelopen.'

'Onno hoeft toch niet mooi te zijn?' oppert Leo.

'Tuurlijk wel, wie wil er nou naar lelijke mensen kijken? Fry komt niet in mijn film. We hebben nu de handtekening van Mulisch, hij kan verder de pot op.'

'Mulisch heeft wel gelijk,' verdedigt Leo de schrijver. 'Fry heeft het juiste postuur en die denkende kop past perfect bij Onno.'

'Morgen vlieg ik naar Londen, want Harrison Ford heeft interesse en de casting director van *Enigma* helpt mij. Als het me lukt om Ford tien minuten te spreken, kan ik hem overtuigen.'

'Als je in Londen bent, kun je meteen Fry ontmoeten.' Leo zegt het op gebiedende toon.

'Je krijgt hem toch niet te pakken binnen een dag.'

'Ik regel een lunch in de Ivy.'

'De Ivy?' Ruys kan zijn ongeloof niet verbergen. 'Dat restaurant heeft een wachttijd van drie maanden.'

De Ivy ligt op een steenworp afstand van Leicester Square, tegenover St Martin's Theatre waar Agatha Christies *The Mousetrap* het langstlopende toneelstuk ter wereld is. Ruys probeerde, vanaf het instappen op Schiphol tot het uit de taxi stappen voor de Ivy, uit te vissen hoe het Leo was gelukt een reservering te bemachtigen, maar Leo hield zijn kaken op elkaar.

Sean, de portier van de Ivy met de klassieke hoge hoed, verraadt hem echter als hij de deur van het exclusieve restaurant voor hen openzwaait. 'Vriendelijke groeten aan uw moeder.'

'Is je moeder een culinair recensente?' vraagt Ruys gretig, terwijl ze naar binnen lopen.

'Nee,' antwoordt Leo kortaf.

'Maar wel iemand met macht?' hengelt de regisseur verder.

'Heel veel macht,' bevestigt Leo zonder verdere uitleg.

'Kan zij een meeting organiseren met Harrison Ford?'

'Heeft de casting director van *Enigma* het laten afweten?' Leo kan met moeite zijn sarcasme onderdrukken.

Ruys heft geïrriteerd zijn handen in de lucht: 'Britten.'

Binnen is de Ivy een oase van klasse en grandeur. Het interieur lijkt op dat van een plattelandsherberg, met veel houten lambriseringen en tegelijkertijd dure moderne kunst aan de muur. Ruys gaat meteen naar de wc, omdat hij gehoord heeft dat er een belangrijke video-installatie van Yoko Ono gemonteerd zit in de muur van de urinoirs.

Er zijn veel bekende lunchgasten; Emma Thompson zit aan een tafeltje met een aantrekkelijke man en haar vriend Ang Lee, de regisseur van *Sense and Sensibility*. Sean Connery eet met Barbara Broccoli, de producente van de James Bondfilms. En onder een schilderij van Francis Bacon zit Madonna vrolijk te babbelen met Paul McCartney; zij drinkt alleen water uit een fles in een champagnekoeler, en hij eet alleen radijsjes.

Ruys doet alsof het allemaal heel gewoon is, al kan hij zich nauwelijks beheersen om naar al die beroemde gasten te staren. Hij bestelt net iets te luidruchtig een peperdure wijn.

Stephen Fry komt precies op tijd binnen. Terwijl hij tussen de tafels door loopt, knikken zowel McCartney als Connery hem vriendelijk toe. Hij stopt aan de tafel bij Emma Thompson om haar te zoenen. Ze studeerden samen in Cambridge.

Even later zit Fry naast Leo, tegenover Ruys. Om na de kennismaking het ijs te breken, vraagt Leo hem wie de aantrekkelijke man is naast Emma Thompson.

'Greg Wise, haar echtgenoot,' legt Stephen uit. 'Hij is acteur. Ze hebben elkaar leren kennen tijdens de opnames van *Sense and Sensibility*.'

'Greg zou een uitstekende Max zijn, dat zou Mulisch' ijdelheid strelen,' suggereert Leo.

'Ik denk aan Tom Cruise,' werpt Ruys op, vooral om Fry's aandacht te trekken.

'Zou iemand geloven dat Tom Cruise een astronoom is die de hemel ontdekt, zoals in het boek staat?' vraagt Leo.

'Hij zit bij Scientology, die denken dat ze alles weten over de hemel,' grapt Stephen vriendelijk.

Leo bestelt een caesarsalade. Ruys wil de kalfslever en Fry kiest de aspergesoep.

'Mulisch heeft een boeiend boek geschreven met een filosofische visie over toeval en vrije wil. Neem je die visie over in de film?' vraagt de acteur aan de regisseur.

'Mijn visie voor de film is dat overleven niet bestaat uit denken maar uit doen,' antwoordt Robert. 'Een eerbetoon aan alle verdrukten.'

'Interessant,' zegt Fry met zijn beschaafde Engelse stem.

'Ik heb Roma-bloed in me. Weet je hoeveel Roma-kinderen er in de Tweede Wereldoorlog vermoord zijn?' Ruys laat niemand antwoorden. 'Mijn hele leven heb ik mijn afkomst moeten verbergen,' betoogt hij met een stem die trilt van ingehouden woede. 'Ik ben de beroemdste tv-persoonlijkheid in Holland en niemand mag weten dat ik een Roma-afkomst heb.' Hij trekt een ketting uit zijn blouse. 'Dit draag ik altijd.' Aan de ketting hangt een Z. 'Zigeuner.' Ruys snuit zijn neus in het servet.

Fry trekt ook een ketting tevoorschijn. Bij hem hangt er een davidster aan. 'Ik ben half joods.'

'Ik draag niks, niet eens een horloge.' Leo laat zijn naakte polsen zien.

Een uur na de lunch zit Leo tegenover Ron Grove, de advocaat van Multi Media. Die praat met een bekakt Brits accent. 'Mick is onze partner. Wij van Multi Media produceren, verkopen en financieren *Enigma*, waarbij we hecht samenwerken met Micks bedrijf Jagged Film. Hij is een persoonlijke vriend van me.'

'Wauw,' zegt Leo. En hij herhaalt het: 'Wauw. Een persoonlijke vriend.' Dan zwijgt hij. Hij kijkt onbeschaamd naar de behaarde man; zijn volle zwarte baard loopt tot hoog op z'n wangen door, en zijn borstelige wenkbrauwen vallen samen met de bovenrand van z'n donkere bril.

'Je geeft mij een persoonlijke volmacht, zodat we efficiënt kunnen werken.' Grove schuift een papier naar Leo toe. 'Je collega Klaas-Jan heeft al getekend.'

Leo staat op en neemt de volmacht mee naar het raam om het staande in helder daglicht te lezen. Beneden hem krioelt het van de buitenlandse toeristen in Oxford Street.

'Ik zie niks staan over de *Enigma*-investering van twee miljoen dollar in Nederland.'

'Ik beloof je persoonlijk dat we onze uiterste best zullen doen zo veel mogelijk in Holland uit te geven,' zegt Grove.

'Beloftes zijn goedkoop. Ik wil een contractuele garantie.'

'Als ik jouw handtekening niet meteen op de volmacht krijg, stap ik naar de rechter en hou je persoonlijk verantwoordelijk,' briest Grove.

'Prima.' Leo loopt naar de deur van het kantoor. 'Ik loop even langs je baas en vertel hem hoe ik erover denk.'

Leo snelt door de gang naar een groot hoekkantoor. Een getekende karikatuur hangt in een lijstje aan de deur. Onder het opgeblazen gezicht staat in krulletters 'Nate West' en daaronder de tekst 'Producent van het Jaar'. Het woord producent is doorgestreept en vervangen door 'monster'. Twee secretaresses zitten als waakhonden ieder achter een klein bureau bij de deur. Voordat ze hem kunnen tegenhouden, loopt Leo naar binnen.

Nate West, die sprekend op de karikatuur lijkt, zit achter een enorm bureau. 'Nate?' Leo loopt op hem af en schudt hem de hand. 'Sorry, de *Enigma*-deal gaat niet door,' gooit hij er meteen uit. 'Multi Media krijgt de vierentwintig miljoen alleen als jullie garanderen met *Enigma* minimaal twee miljoen in Nederland uit te geven. Je advocaat weigert, dus dat is einde verhaal.'

Grove stormt boos het kantoor binnen. 'Ik sleep die lul voor de rechter! We hebben afspraken.'

'En wie van jullie gaat Mick Jagger vertellen dat hij kan fluiten naar zijn film?'

'Kop dicht, tenzij je de rest van je leven door een slangetje soep wilt eten,' dreigt Grove.

Leo laat zich niet intimideren. 'Jagger investeert geen cent. De Hollandse investeerders betalen de rekening. De prospectus van de bank belooft de investeerders een geweldig rendement, maar als er iets fout gaat zijn zij de pineut, en niet Mick Jagger en ook niet Multi Media. Jullie verdienen bakken met geld en lopen geen enkel risico.'

Grove wijst met zijn dikke, harige vingers dreigend naar Leo: 'Ik hoop dat je huis een goeie brandverzekering heeft, vriend.'

'Jouw moeder, is dat niet...?' vraagt West op vriendelijke toon aan Leo.

'Klopt,' bevestigt Leo.

'Wat? Wie is zijn moeder?' buldert Grove.

'Ze is de allerbeste entertainmentadvocaat van de wereld,' legt West uit. 'We willen haar liever niet tegenover ons.' Grove wil protesteren, maar zijn baas geeft hem geen ruimte. 'Twee miljoen? Kunnen we dat uitgeven in Nederland?' vraagt West.

'Tuurlijk kan dat. Zelfs zonder dubbele boekhouding,' zegt Leo vol overtuiging.

'Nou, dan doen we dat toch. Verder nog iets?' vraagt West heel zakelijk.

'Ja, waarom heb je gedreigd met: "We weten naar welke crèche je kind gaat"?' Leo kijkt Grove indringend aan. Die draait zich abrupt om en verlaat het kantoor.

'Welk kind? Naar welke crèche?' West begrijpt er helemaal niks van en kan zijn irritatie niet verhullen.

'Je advocaat Grove heeft producent Klaas-Jan van Gent met die uitspraak gedreigd en een kwartier later verdween diens kind spoorloos. Tony is nu al een maand onvindbaar.'

Walther P5

Speck verwelkomt de delegatie van RijckeVorst Bank persoonlijk in de lobby. Voor het gesprek is de grootste vergaderkamer gereserveerd, met uitzicht op het stationsplein. Het verrast Leo dat de bankiers in de meerderheid zijn. Bedelaars behoren nederig over te komen en meerderheden zijn alles behalve nederig. Blijkbaar denkt Pierre de Waal daar anders over. Om de deal te redden heeft hij de topfiscalist van de bank meegenomen, plus drie onderdirecteuren.

Leo wil zichzelf niet bij het bankkamp indelen, al weet hij dat de rest dat wel doet.

Speck wordt bijgestaan door twee speciaal gedetacheerde belastinginspecteurs uit Den Haag, met dank aan staatssecretaris Vermeend.

En dan is er ook nog een vierde ambtenaar aanwezig.

Leo schat haar een paar jaar ouder dan hij zelf. In haar volle bos haar ziet hij grijze lokken. Het geeft haar een zekere deftigheid. Haar kleding is smaakvol en ongetwijfeld duur, iets wat je niet bij een gewone overheidsambtenaar zou verwachten. Misschien heeft ze een welgestelde echtgenoot? Of is ze helemaal geen ambtenaar?

De vrouw stelt zich aan alle aanwezigen voor, ook aan de belastingambtenaren: ‘Doreen Groenewegen.’ Ze is dus geen collega, concludeert Leo, ze is, speculeert hij verder, een buitenstaander net als hij.

Iedereen neemt plaats. Doreen laat een stoel vrij tussen haar en de mannelijke overheidsdienaren. Ze verandert daardoor voor Leo van buitenstaander naar toehoorder.

Speck neemt het voortouw. Hij vertelt de aanwezigen dat de inspecteur-generaal van het ministerie van Financiën extra mankracht beschikbaar gesteld heeft om de lopende dossiers sneller te kunnen behandelen. Alle tijdelijke medewerkers vallen onder Specks gezag, zegt hij nadrukkelijk, niet onder de inspecteur-generaal.

Terwijl hij nog meer formaliteiten oplepelt en enkele technische vragen over het dossier stelt aan de fiscalist, kijkt Leo naar Doreen. Ze is niet sexy, al probeert ze wel zo over te komen. Haar lipstick is minutieus aangebracht, met koele precisie. Ze kruist haar benen, waardoor de lengte van haar bovenbeen wordt benadrukt en haar iets te brede heupen worden verhuld. Haar voet steekt speels omhoog en ze wipt haar elegante pump op en neer. Ze kijkt niet naar Leo, ongetwijfeld voelt ze wel zijn blik op haar gericht.

Af en toe mengt Doreen, die met een duidelijk Limburgs accent spreekt, zich in de discussie, altijd met een vraag, nooit met een mening. Ze fascineert Leo, intrigeert zelfs, maar haar stem irriteert hem.

Speck bekijkt de overeenkomst met Harry Mulisch.

'De handtekening is echt.' Leo haalt polaroids uit zijn binnenzak waarop de auteur te zien is, terwijl hij tekent. 'Ik stond erbij en ik keek ernaar,' grapt hij. De bankiers lachen. De Haagse ambtenaren ook. Speck en Doreen niet.

Speck kijkt vervolgens naar de toegezegde uitgaven van *Enigma* in Nederland. En naar allerlei financiële stukken van de bank. Leo let op de handen van de belastingambtenaar. De ene houdt de mok thee vast, de andere een potlood; hij maakt geen aanstalten om het dossier te sluiten. Leo begrijpt dat het spel nog niet voorbij is, Speck gaat zijn huid duur verkopen.

'De Nederlandse investeerders krijgen nu volgens de

ongunstigste prognose zeven procent winst voorgespiegeld, vooral dankzij de belastingaftrek. Dit gaat de schatkist miljoenen kosten. Er is geen ondernemersrisico volgens de richtlijnen van de belastingwetgeving,' stelt Speck als bezwaar. 'Zonder ondernemersrisico krijgt u mijn handtekening niet.'

De bankiers hebben het vol vuur over het 'gigantische' risico en verwijzen naar de scheepvaart-CV. Daar kan alles fout gaan, zeggen ze, bijvoorbeeld als een schip zinkt. Speck weet dat zoiets nog nooit is voorgekomen: 'En hoe kan een film zinken?' vraagt hij. '*De Titanic* was het grootste succes ooit.'

Leo is de enige die om de vergelijking lacht. Hij ziet Specks hand het potlood neerleggen, de mok blijft hij vasthouden. Zijn vrije hand gaat naar het dossier. Als hij het dichtslaat is alles voorbij!

'Er is zonder meer sprake van risico,' hoort Leo zichzelf betogen. 'Stel je voor dat Kate Winslet opeens verliefd wordt op de geluidsassistent en dat ze samen weglopen van de set? Einde film. Nul winst voor de investeerders.'

'Dan betaalt uw verzekering,' antwoordt Speck.

'Dat klopt maar ten dele. Ze betalen de productiekosten van de film,' betoogt Leo, 'niet het voorschot dat de Duitsers voor Kate Winslet willen neerleggen. Alle winst is vooralsnog gebakken lucht.'

De bankiers lachen, de andere kant van de tafel niet.

'Kate Winslet die ervandoor gaat met de geluidsassistent is net zo waarschijnlijk als een koe die een haas vangt,' beweert Speck. 'Uw antwoord overtuigt me niet.'

Zijn andere hand zet de mok neer. Ook met die hand pakt hij het open dossier vast. Nog een seconde, dan gaat het dicht en terug op de stapel.

'Er zijn meer voorbeelden,' gaat Leo rustig verder. 'Stel je voor dat de hoofdrolspeler van *De ontdekking* een cocaïneverslaving heeft en alle opnames verpest. Als de verzekering kan bewijzen dat hij de verslaving al voor de opnames had, en dat is meestal het geval bij verslavingen, dan beginnen ze een rechtszaak en die winnen ze. Of de regisseur drinkt te veel witte wijn en dwingt de crew tot dierenmishandeling.'

Speck slaat demonstratief het dossier dicht.

'Ik zie geen frauduleuze bedoelingen of een dubieuze opzet achter het project,' klinkt totaal onverwacht uit de mond van Doreen Groenewegen.

Alle mannenogen vliegen in haar richting.

'Er is een risico, al is het klein.'

Het kost nog een kwartier palaveren voordat Speck de verlossende woorden spreekt en het project zijn zegen geeft.

Als de bankiers na afloop feestelijk handen schudden, haalt Leo drie exemplaren van *De ontdekking van de hemel* uit zijn tas, plus drie cd's. 'Nu de kogel door de kerk is,' zegt hij tegen de drie belastingambtenaren, 'wil ik u een kleine blijk van waardering geven. Alstublieft, een door Harry Mulisch gesigneerd boek en een compilatie-cd in zeer beperkte oplage van Mick Jagger. Beide cadeaus zijn in behangpapier verpakt dat speciaal is ontworpen voor Kate Winslets zolderkamer, die in de Amsterdamse studio's gebouwd zal worden.'

De twee extra gedetacheerde ambtenaren veren op: 'Is de cd getekend door Jagger?' vraagt de oudste.

Leo knikt en reikt Speck het eerste duopakket aan.

'Ik weet niet of ik dat kan aannemen. Er bestaan heel strenge regels over giften.'

Leo schrikt ervan: 'Ik probeer u niet om te kopen. U bent al akkoord gegaan.'

'Ik neem het liever niet aan. Ik ken de waarde niet.'

'De boeken heb ik van de uitgever gekregen. En de cd's komen van de Engelse co-producent, die heeft stapels presentexemplaren liggen. Het behangpapier is restmateriaal.'

'Het maximale bedrag dat een ambtenaar in de vorm van een gift mag aanvaarden is tweeëntwintigvijftig,' doceert Doreen.

'Daar zit dit duidelijk onder,' verzekert Leo de aanwezigen.

'Een fanatieke fan betaalt grif voor die handtekeningen,' stelt Speck. Hij blijft bij zijn principiële weigering, waarop Leo niets anders rest dan de boeken en cd's weer in zijn tas te doen, tot teleurstelling van de twee andere ambtenaren.

Doreen verkiest de lift, terwijl de bankiers de trappen nemen. Leo gaat de Limburgse achterna en wacht samen met haar op de glazen koker. Ze doet geen enkele poging om een gesprek te beginnen en beantwoordt Leo's blik niet. Intussen glijdt haar handtasje van haar elleboog naar haar pols, zodat het als een boodschappentas aan haar arm bungelt in plaats van als een sieraad bij een modebewuste vrouw.

'Ik ben altijd benieuwd wat een vrouw in haar handtas heeft zitten.'

'Heeft een vriendin u nog nooit in haar handtas laten kijken?'

'Ze beschermen het geheim met hun leven.'

Doreen glimlacht, waardoor haar lippen nog dunner lijken, maar ze reageert verder niet. 'Komt uw tasje uit Parijs of Milaan?'

Ook die opmerking laat Doreen aan zich voorbijgaan.

Leo bestudeert onbeschaamd haar gezicht; ze heeft wat doffe ogen, typerend voor een jarenlange brillendrager die nu contactlenzen heeft.

De lift arriveert. Hij volgt haar naar binnen, en de deuren sluiten zich weer.

Zodra de glazen koker zich in beweging zet, vraagt de

Limburgse: 'Wat is precies uw betrokkenheid bij deze films, meneer Berliner? U bent geen filmproducent van beroep. En toch regelt u een handtekening van Harry Mulisch onder het contract. En die Engelsen draaien opeens als een blad aan een boom om om geld in Nederland uit te geven. Heeft u hen op de een of andere manier gedwongen?'

'U stelt me al die vragen, en ik mag niet eens weten wat er in uw handtas zit.'

Doreen speelt zijn flirtspel niet mee. Ze blijft zakelijk, afstandelijk en, voor Leo, intrigerend.

'Goed dan, als u het zo nodig wilt weten, er zit een Walther P5 Compact in.' Ze knipt haar handtas open en haalt het pistool heel even tevoorschijn. Daarna doet ze meteen het tasje weer dicht.

'Waarom draagt een belastinginspecteur een pistool?' vraagt Leo verbaasd.

'Twee redenen. Een, omdat ik geen belastinginspecteur ben. Twee, om vervelende mannen die mijn vragen niet beantwoorden te bedreigen.'

Onmiddellijk denkt Leo aan Rebecca. Zij was niet neergeschoten met een elegante handrevolver, maar met een dubbelloopsgeweer waarvan de patronen geen keurige kleine gaatjes in spieren of orgaanweefsel maken, maar kraters in het vlees slaan.

De lift gaat open en Doreen stapt eruit, langs Leo, die haar ouderwets galant voor laat gaan. Ze lopen samen naar de uitgang.

'Wat is uw betrokkenheid bij deze films?' vraagt ze opnieuw als ze over het stationsplein lopen.

'De bank heeft me gevraagd een oogje in het zeil te houden.'

'Welk zeil?'

'De producent maakt een moeilijke tijd door, zijn kind is ontvoerd. Daardoor is hij niet erg stabiel. Ik ben een soort supervisor.'

'Mijn oog is gericht op een ander zeil. Fraude en misbruik van belastinggeld,' laat Doreen hem weten.

'Wat een geluk dat het een groot schip is. Genoeg zeilen voor iedereen.'

'Meneer Berliner, deze film-CV is geen groot zeilschip, het is een klein roeibootje. Maar soms roeien ze in de juiste richting en zo lang dat gebeurt, torpedeer je ze niet.'

'U bedoelt ons roeibootje is uw reddingsboot?'

Ze gaat niet verder in op Leo's laatste opmerking.

'Denkt u dat die ontvoering iets te maken heeft met de film?' vraagt ze.

'Dat weet ik niet. Ik hoop het niet.'

'U komt op mij niet over als iemand die zo'n klus aanvaardt om snel wat geld te verdienen.'

'Waarom niet? De meeste mensen werken voor geld.'

'Dus u heeft geen persoonlijk belang?'

'Mijn vader heeft flink in de film geïnvesteerd. Ik wil niet dat hij zijn spaargeld kwijtraakt.'

'Uw vader werkte bij de voorloper van mijn afdeling op het ministerie. Hij kan vast heel goed voor zichzelf en zijn spaargeld zorgen. Wat is uw persoonlijke belang in deze films, meneer Berliner?'

'Dat, mevrouw Groenewegen, is mijn geheim, zoals de inhoud van uw handtas uw geheim is.'

Zijn verdwenen dochter verschijnt meteen als een spookbeeld tussen hen, maar Leo houdt zijn mond.

Inmiddels staan ze voor het station. Haastige reizigers schieten links en rechts langs hen heen. Doreen steekt haar hand naar Leo uit.

'Tot ziens, meneer Berliner.'

'Hoelang draagt u al contactlenzen?' vraagt Leo. Ze trekt haar hand terug en loopt weg. Als ze bijna in het station verdwijnt, ziet Leo dat ze zich toch even omdraait om naar hem te kijken.

Weespertrekvaart

De meisjes zien alleen haar onderbenen de houten trap opgaan. 'Wat heeft ze grote voeten,' fluistert de jongste. Al zou Kate Winslet bokkenpoten hebben, of vliezen tussen haar tenen, de dochters van Pierre de Waal vinden het geweldig om in de nabijheid van de *Titanic*-ster te zijn.

Eigenlijk mogen de meisjes haar benen helemaal niet van zo dichtbij zien. Nu Kate Winslet zwanger is, moet ze op bevel van Grove van de buitenwereld afgeschermd worden, vooral van de adorerende blikken van jonge fans. Dus er zijn absoluut geen bezoekers toegestaan tijdens de opnames van *Enigma*, geen uitzonderingen.

'Wie betaalt de studio?' had Leo geïrriteerd aan Grove gevraagd. 'Wie bezorgt *Enigma* vierentwintig miljoen?'

'Niks mee te maken. Zelfs als jullie fucking koningin Beatrix langskomt, iedereen blijft op tweehonderd meter afstand.' Einde discussie.

Leo heeft de twee meisjes en Pierre de Waal ongemerkt naar binnen gesmokkeld. Ze staan tussen de bouwmaterialen aan de zijkant van het decor in de Cinetone Studio's verstopt.

De Engelse filmcrew is bezig met het opnemen van een scène op de zolderkamer van het personage dat door Kate Winslet gespeeld wordt. Het is goedkoper om de zolderkamer na te bouwen dan naar een echte zolderkamer te gaan en door Leo's toedoen staat het bouwwerk, dat over drie dagen weer afgebroken zal worden, nu in de Hollandse studio naast de Weespertrekvaart.

Nadat Kate Winslet en haar tegenspeelster Saffron Burrows in het op drie meter hoge palen gebouwde kamertje zijn geklommen, kunnen Leo, De Waal en zijn dochters de actrices alleen nog maar horen. Er klinkt muziek en gegiechel van boven.

'Wat doen ze?' vraagt het jongste meisje fluisterend.

'Kate werkt voor de geheime dienst. Ze denkt dat haar vriendin een spion is, die de geheime code van de Enigma-machine wil stelen,' legt Leo uit.

'Waarom dansen ze dan?' vraagt het andere meisje.

'Omdat Kate haar vriendin in de val moet lokken. Ze voert haar stiekem dronken.'

De meisjes begrijpen er niks van. Maar Leo legt zijn vinger op zijn lippen: stil zijn, zelfs fluisteren kan hen verraden.

De opname wordt twaalf keer overgedaan. Dan roept regisseur Michael Apted: 'Deze opname hebben we. Laten we het voor de lol nog één keer overdoen, nummer dertien. Doe maar wat je wil, hou je niet aan het script.'

De muziek wordt opnieuw gestart, Leo en zijn gasten horen Kate en Saffron weer giechelen en daarna gaat het raam in het décor open. Een vrouwenhand gooit een stapeltje papieren naar buiten.

De meisjes slaan hun hand voor hun mond. 'De arm van Kate Winslet!' juicht de oudste met gesmoorde stem

'Hun dag kan niet meer stuk,' fluistert De Waal grijnzend tegen Leo. 'De benen en de arm van Kate Winslet op drie meter afstand. Wat zullen hun vriendinnen op school daar wel niet van zeggen?'

Als de opname voorbij is, verdwijnen beide actrices meteen naar de trailers die naast het studiogebouw staan, bewaakt door vier bodyguards.

Leo klimt tussen en over de bouwmaterialen en raapt de vellen papier op, die Kate heeft laten neerdwarrelen. Het blijken scriptpagina's en call sheets te zijn. De twee meisjes graaien ze uit Leo's handen, want alles wat Kate Winslet heeft aangeraakt, is goud voor hen.

'Kijk, er staat een rebus op.' De jongste van de twee wijst naar de eerste pagina van de call sheet.

'Kan je een prijs winnen?' vraagt de oudste.

Leo grist de call sheet uit haar handen. Er staat inderdaad een rebus op de eerste bladzijde.

ENIGMA

CALLSHEET #24 of 47 -- TUESDAY APRIL 3 - 2001

invoice address NL: Mulholland Pictures BV, Keizersgracht 649, 1017DT Amsterdam
invoice address UK: Code Breaker Prod Ltd, Elstree Film Studios, Shenley Road, Borehamwood, Hertfordshire

PRE CALLS		LOCATION	WEATHER	
Hair/m-up cast	06:10		Semi cloudy with chance of showers 14-17°C	
Costume cast	06:20	Cinetone Studio		
BREAKFAST ON SET	07:45	Duivendrechtsekade 85		
CREWCALL	08:00	1096AJ Amsterdam		
READY TO SHOOT	08:45		SUNRISE:	07:09
LUNCH 45 min @approx	13:30		SUNSET:	20:17
WRAP	19:30			

quote/joke/puzzle of the day

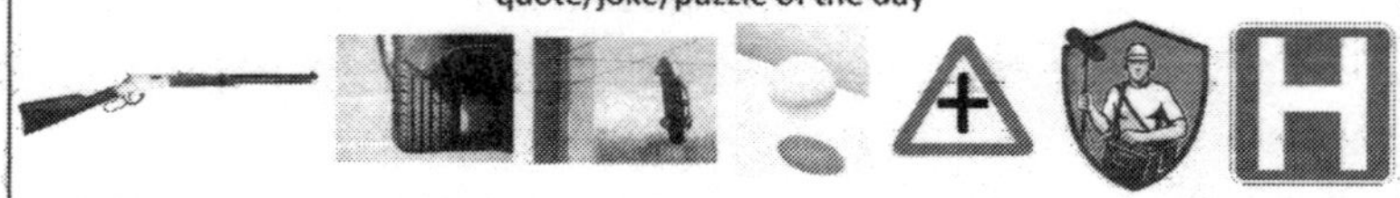

(answers to Prod. Office and send us your quote-joke-puzzle. Producers offer real Dutch toffees as bonus price)

CAST

ID	CHARACTER	ACTOR	ADDRESS	DRIVER	CALL	ON SET
1	Thomas	Dougray Scott	Hotel	Peter	14:15	14:45
4	Hester	Kate Winslet	Hotel	Limo	06:40	08:30
5	Claire	Saffron Burrows	Hotel	Marjan	06:15	08:30

'Waar dient dat voor?' vraagt De Waal nieuwsgierig.

'De call sheet! Daarin staat elke dag wat er precies gaat gebeuren, op welke locatie er wordt gefilmd, welke acteurs die dag moeten werken, hoe laat er wordt begonnen, wie met wie in de auto zit, alles staat erop, echt alles. Iedereen krijgt de call sheet, de cast en crew, de verzekering, de RijckeVorst Bank, de Belastingdienst.'

'Plus alle vijfendertighonderd investeerders,' merkt De Waal op. 'Als pr-stunt stuurt de bank via fax en e-mail de call sheet aan alle deelnemende klanten, fluitje van een cent. Maar ik bedoel: waar dient die rebus voor?'

'Op deze manier hoop ik te corresponderen met de ontvoerders. Als zij geen contact met ons opnemen, proberen wij dat omgekeerd met hen. Discreet, via gecodeerde berichten, zonder dat de politie of de pers er lucht van krijgt.'

'En werkt het?' wil De Waal weten.

'We maken al een week een dagelijkse prijsvraag,' vertelt Leo. 'Dat gebeurt vaak bij films. Iedereen kan anoniem een puzzel of een grap of een anekdote insturen en op die manier kunnen de ontvoerders heimelijk met ons informatie uitwisselen. Maar tot nu toe kregen we geen antwoord. Ik had eigenlijk de hoop al opgegeven en daarom vanochtend niet eens meer gekeken.'

'Wat is de prijs?' dringt de oudste dochter aan.

'Wat zou je graag willen winnen?' vraagt Leo.

'Een reis naar Somalië, samen met mijn zus.'

Pierre de Waal lacht hartelijk om de wens van zijn geadopteerde dochters. 'Misschien een handtekening van Kate Winslet?'

Leo knikt. 'Antwoorden moeten voor acht uur vanavond binnen zijn.'

'Geen probleem,' zegt het jongste zusje.

Leo zoekt een rustige plek op om met blocnote en pen de rebus te ontrafelen. Hij gaat buiten tegen een zijmuur van de studio zitten, op een namaaktroon die ooit in een commercial gebruikt is en inmiddels door weer en wind is aangetast.

In de rebus wordt een band lek geschoten, dat lijkt Leo duidelijk, en dan stort er een auto naar beneden. Van een klif? Of van een brug? Wat wil de maker van de puzzel zeggen? Dat dit is gebeurd? Is Tony omgekomen bij een ongeluk? Of is het een aankondiging? Gaat dit iemand binnenkort overkomen? Als dat zo is, wie dan? En wie is de persoon met de koptelefoon? Mick Jagger?

'Leo,' roept een barse stem. 'Leo, hierrrrr!'

Bij de parkeerplaats iets verderop staat Robert Ruys naast een gedrongen man met appelwangetjes en vlassig blond haar. 'Ze laten ons niet bij de trailers,' klaagt Ruys, voordat Leo hem een hand kan geven. 'Mijn vriend Henk wil even met Kate babbelen, fotootje erbij. We mogen niet eens aankloppen. Wie denken ze wel dat ze zijn!'

De vriend van Ruys geeft Leo een slap handje. 'Van der Meijden,' stelt hij zichzelf voor, en het verrast Leo dat de beroemdste roddeljournalist van Nederland een klein kladblok en een potlood in de aanslag heeft.

'Dankzij mij staat die hele Engelse filmploeg hier,' beweert Robert geërgerd. 'Dat geld van de investeerders komt echt niet door de billen van Kate Winslet of de grote lippen van Jagger, dat hebben ze allemaal aan mij te danken.'

'Ik wil een verhaal voor de krant van morgen, exclusief natuurlijk,' zegt Van der Meijden gehaast, alsof de deadline eigenlijk al verstreken is.

'Niemand mag met Winslet praten,' legt Leo uit. 'Zelfs ik niet. Van een afstandje hebben we haar de trap op zien lopen.'

'Wie, wie, wie? Wie is *we*?'

'Ik en een paar jonge meisjes, negen en elf, fans van *Titanic*.'

'Jouw dochters?'

'Nee, de dochters van de bankdirecteur, de financier van *Enigma* en *De ontdekking*.'

'Hoe heet die directeur?' wil Van der Meijden weten.

'Het zijn geadopteerde kinderen, ik weet niet of hij...'

Van der Meijden zet een streep door het onleesbare gekrabbel dat hij net opgeschreven heeft. Hij heeft meer fatsoen als journalist dan zijn vijanden hem toedichten, concludeert Leo. 'Noem ik niet, geen probleem. Wat vonden ze ervan om hun idool van zo dichtbij mee te maken?'

'Ze hebben alleen haar voeten gezien. Die vonden ze erg groot.'

'Reuzenvoeten,' besluit de journalist en schrijft het op.

Een geblindeerde Mercedes rijdt langs het pratende drietal. De auto krijgt van de bewaking vrij baan om naast de trailer van Winslet te parkeren. Mick Jagger stapt uit.

'Wat een mager scharminkel,' zegt Ruys grijnzend. 'Krijgt zeker nooit een boterham met pindakaas van zijn moeder.'

Ze zien Winslet en Burrows naar buiten komen en Jagger omhelzen. Van der Meijden wuift naar zijn persfotograaf. Opschieten! Foto! De fotograaf wisselt snel zijn lens voor een telelens. Niet snel genoeg, de Engelse beroemdheden zijn alweer uit beeld verdwenen voordat hij kan afdrukken.

'Ik maak een mooi stuk voor de krant. Ik ga het nu schrijven. Ik plaats het alleen met een foto van Robert en Winslet of Jagger, liefst beiden,' zegt Van der Meijden. Hij draagt zijn fotograaf op om niet weg te gaan voordat-ie een foto heeft.

Als Leo met Ruys de studio binnenloopt, staat Jagger naast het decor met regisseur Apted en De Waal te babbelen. Ruys stuift zonder aarzeling op hen af. 'Hallo heren van het goede leven, ik ben verantwoordelijk voor de tientallen miljoenen die jullie krijgen van de Nederlandse belasting. Lukt het om het allemaal uit te geven?'

Apted en Jagger geven een beleefde hand zoals alleen

Engelsen dat kunnen; onderdanig en vol minachting. Leo is in het kielzog van Ruys meegelopen. De Waal trekt hem naar voren. 'Deze man heeft ons gered. Dankzij hem kregen we het groene licht.'

Jagger geeft Leo een hand. 'We horen dat jij invloedrijke politieke vrienden hebt,' zegt de man wiens lippen door talloze fans over de hele wereld bewonderd worden.

'Ik had het geluk om de staatssecretaris nét op het goede moment aan de telefoon te krijgen. Mijn bijdrage verdient geen topcredit, hoogstens een "special thanks".' De Britten kunnen Leo's bescheidenheid waarderen.

Bescheidenheid staat niet in het woordenboek van Ruys. 'Mick, we hebben een foto nodig voor onze investeerders. Wij samen. Dat zijn we verplicht,' beweert Ruys met grote stelligheid.

'Klopt dat?' Jagger kijkt naar De Waal.

'Ik ben jouw financieel adviseur, Mick,' antwoordt De Waal. 'Ik bemoei me niet met publiciteit voor de films. Dat kunnen we beter aan Leo vragen. Hij is de baas.'

'Er is geen contractuele verplichting,' legt Leo uit. 'Ik denk dat Robert en de investeerders het heel erg op prijs zouden stellen, dat wel.'

'Je krijgt dertig seconden. Buiten.' Jagger trekt zijn jasje uit en steekt zijn mobieltje in de binnenzak. Hij hangt het jasje over de leuning van een stoel. 'Letten jullie op mijn spullen?' vraagt hij aan de dochters van De Waal. 'Niemand mag met zijn vieze, vette vingers aan mijn jasje komen. En helemaal niet in mijn zakken zitten. Oké?'

De meisjes hebben weinig interesse in Jagger of zijn jasje. Ze kijken voortdurend rond of ze Kate Winslet ergens zien opduiken.

Jagger gaat in de grasberm staan naast de Weespertrekvaart tegenover het studiogebouw. ‘Wat stinkt het hier!’ roept hij, terwijl Ruys zijn arm om de schouder van de rockstar legt, alsof ze net samen twee uur op het podium hebben staan spelen. Ruys wenkt de *Telegraaf*-fotograaf. De dikke man waggelt naar hen toe, camera in de aanslag.

‘Het ruikt hier naar filmontwikkelaar,’ zegt Apted snuivend. Hij gaat naast het tweetal staan, en gebaart Leo om er ook bij te komen.

‘Klopt,’ bevestigt Klaas-Jan, die uit het niets opduikt. Hij omarmt Ruys voor de foto. ‘Cinetone ontwikkelt films en ze lozen hun chemicaliën op de trekvaart. Je kunt hier beter niet vissen.’

‘Twintig seconden,’ roept Jagger. De fotograaf frunnikt als een bezetene aan zijn camera en klikt.

‘Nog eentje met mij en Mick alleen.’ Ruys duwt Klaas-Jan weg en gaat aan de andere kant van Jagger staan, zodat hij ook Apted en Leo uit beeld kan duwen.

‘Vijf seconden,’ kondigt Jagger aan. De fotograaf probeert te kadreren en scherp te stellen. Jagger wacht er niet op. ‘Voorbij.’ Er klinkt een klik, klik, klik, terwijl Jagger zich uit de omarming losmaakt en zonder verder een woord weer de studio binnenloopt.

‘Heb je mij en Mick?’ wil Ruys weten.

De fotograaf knikt. Het is niet zijn beste foto, maar in ieder geval staan ze beiden in beeld.

No satisfaction

'Hebben wij een probleem?' Ron Grove richt zich tot Leo.

'Ik niet, jij wel. Je krijgt een volmacht tot maximaal vijfentwintigduizend per item en hogere bedragen wil ik eerst zien, om de belangen van de investeerders te beschermen.'

'Mick vertrouwt mij met miljoenen en jij wantrouwt me?'

'Vraag het geld dan aan je beste vriend Mick. Hij kan *Enigma* in een vloek en een scheet helemaal financieren. Dus waarom heb je mij nodig?'

'Koppen dicht!' roept Jagger naar hen.

Na Jaggers uitbarsting houdt iedereen in de auto zijn mond. Leo vindt het prima, alleen de rebus interesseert hem. Op zijn blocnote staat een lange rij met mogelijke oplossingen.

Vóór de geblindeerde Mercedes rijdt Ruby met Ruys aan boord. Ruby's nette rijgedrag lijkt Jaggers chauffeur te irriteren. Hij toetert woest.

Het toeteren ergert Ruys op zijn beurt weer. De chagrijnige regisseur gaat uit het raam van de directieauto hangen. 'Beroemd, beroemd!' schreeuwt hij en wijst andere automobilisten wild zwaaiend naar de geblindeerde Mercedes.

'Wie is die malloot?' vraagt Jagger aan niemand in het bijzonder.

'Robert is een bekende tv-persoonlijkheid,' antwoordt Klaas-Jan. 'Hij gaat *De ontdekking van de hemel* regisseren.'

Klaas-Jans telefoon gaat. Even fluistert hij afgewend in zijn mobieltje om de anderen niet te storen, al snel gaat zijn volume omhoog. 'Waar komt de eis vandaag?' Hij laat de andere kant niet uitspreken. 'Het kan me niet schelen wat de rechter zegt. Doe wat ik zeg, of ik stap naar de pers.'

'Stoppen,' beveelt Jagger. 'Eruit,' zegt hij tegen Klaas-Jan. Grove opent het portier voor de getergde producent.

'Mijn kind is ontvoerd. Ik heb de politie...'

'Je stem stoort me. Eruit.'

Klaas-Jan stapt met de telefoon aan zijn oor uit. Grove trekt meteen het portier weer dicht en de Mercedes rijdt door.

'Dat was bijzonder onaardig,' verzucht Leo.

'Wil je ook liever lopen?' bijt Grove hem toe.

'Dat Mick zijn mobieltje is gestolen, moet hij niet afreageren op Klaas-Jan.'

Jagger laat het verwijt van Leo lopen, hoewel zijn gezicht op onweer staat. 'Hoelang duurt het tot mijn reservetoestel arriveert?' vraagt de rockstar.

'Is onderweg. Wordt nu uit Londen naar Amsterdam gevlogen,' verzekert Grove hem.

'Als je moet bellen, kun je mijn telefoon gebruiken,' biedt Leo aan en hij reikt zijn toestel naar de achterbank.

Grove duwt zijn hand meteen terug. 'Hoe weten we dat jouw telefoon veilig is? Zit er een microfoon in?'

'Tuurlijk zit er een microfoon in,' zegt Leo jolig. 'Anders kan je er toch niet mee bellen.'

'Helemaal niet grappig,' snauwt Grove.

'Je hebt gelijk,' antwoordt Leo rustig. 'Dat je mij om toestemming moet vragen voor grote bedragen, dat is wél grappig.'

Jagger kan een grijns niet onderdrukken.

'Muziek?' vraagt de chauffeur. Zonder een antwoord af te wachten, zet hij de cd-speler aan. Meteen schalt muziek door de autospeakers. Een paar seconden later prijst een toonzuivere maar saaie vrouwenstem de liefde aan tijdens tv-kijken.

‘Wat is dit?’ vraagt Jagger.

‘Dit nummer heb ik geschreven. Wat vind je? Iets voor de Stones?’ vraagt de chauffeur enthousiast.

‘Uit,’ beveelt Jagger nors.

De teleurgestelde chauffeur doet dat gedwee.

‘Geef me toch maar even je telefoon,’ zegt Jagger vervolgens tegen Leo. ‘Ik wil met mijn liefje bellen.’

Jagger, met zonnebril op, drentelt heen en weer in de donkere lobby van het Grand Hotel. De superster babbelt nog steeds via Leo’s mobiel met zijn geliefde. Grove checkt in voor Mick. De reservering staat op naam van ‘David Brown’ en het baliepersoneel vraagt niet naar een identificatiebewijs, want ze weten wie er achter de ondoorzichtige glazen schuilgaat.

Zodra Grove hem de sleutel van de presidentiële suite overhandigt, geeft Mick hem nog een opdracht. ‘Ontsla de limochauffeur, ik wil die fucker nooit meer zien.’ Hij loopt naar de lift. Een bell boy zorgt ervoor dat niemand anders kan instappen, zodat Mr Big Lips alleen naar boven kan.

‘Waarom wil Mick Jagger zijn chauffeur ontslaan?’ vraagt Ruby aan Leo.

‘Omdat hij afschuwelijke muziek maakt,’ verzekert Leo haar.

‘Je weet toch wie die jongen is?’

Leo kijkt haar verbaasd aan. Nee, hij heeft geen idee.

‘Frankie is de halfbroer van Moniek, de vrouw van Klaas-Jan.’

Ruby’s uitleg verrast Leo.

‘Waarom werd Klaas-Jan de auto uitgezet?’ haakt Ruby in op haar vorige opmerking.

‘Hij praat te hard als het over zijn kind gaat,’ legt Leo uit.

‘Leuk, de familie Van Gent kan een Jagger-hateclub starten.’

Grove wenkt Leo. Samen met Ruby loopt die naar de advocaat toe.

'Ga naar boven om Micks vuile was op te halen.'

'Staakt roomservice?'

'Weet je wat er gebeurt als zijn kleding door roomservice opgehaald wordt? Dan ziet hij zijn spullen nooit meer terug. Alles wordt gestolen en verkocht.'

'In een vijfsterrenhotel?' vraagt Leo verbaasd.

'Je assistente moet er persoonlijk bij blijven als het gewassen wordt.' Grove praat over Ruby alsof ze niet pal naast hem staat. 'Geen seconde mag ze zijn spullen uit het oog verliezen. Hij is enorm gesteld op zijn kleding.'

Zwijgend doen ze wat hun opgedragen wordt. In de lift laat Leo de call sheet met de rebus aan Ruby zien. 'Blown Away? Blow Up? Die laatste figuurtjes, de driehoek, het mannetje met de koptelefoon en het rode kruis, kan ik niet plaatsen. Wat zouden die kunnen betekenen?'

De liftdeuren openen op de derde verdieping. Leo en Ruby lopen over het zachte tapijt door de gang naar de suite van Jagger. Leo klopt en meteen opent de Stones-zanger de deur, alsof hij erachter stond te wachten. Hij geeft Leo zijn telefoon en een zak met was.

'Is je reservetelefoon al aangekomen?' vraagt Leo.

'Arriveert over een uur. De moeder van Kate Winslet levert de mobiel persoonlijk af.' Voor de eerste keer kijkt Jagger Leo vriendelijk aan.

'Haar vertrouw je wel?' lacht Leo. Mick lacht mee.

'Er zitten weinig nummers in mijn telefoon. Maar ik wil niet dat ze in foute handen vallen.'

'Laat me raden. Je moeder, de andere Stones en jullie dealer.'

'En mijn bankier annex belastingadviseur, mijn kinderen en mijn geliefde.'

'Je kunt mijn telefoon nog wel even gebruiken,' biedt Leo aan. 'Grove beweert dat je geen enkele hoteltelefoon vertrouwt. Alsof de CIA, MI5 en de KBG allemaal jouw gesprekken willen afluisteren.'

'De roddelpers is veel erger.'

'We zijn nog een uurtje in de kelder van het hotel omdat we de supervisie hebben bij het wassen van je sokken.'

Jagger moet lachen. 'Niet te veel wasverzachter, daar hou ik niet van,' zegt hij met een knipoog.

'Ik zal ervoor zorgen,' verzekert Leo hem en hij bewondert de Engelsman in stilte, omdat hij zich op geen enkele manier verontschuldigt voor zijn gedrag.

'Weet je wie heel goed zijn in rebussen?' zegt Ruby als ze terug naar beneden suizen. 'Mijn twee zusjes.'

'Ze beloofden de oplossing voor acht uur. Kun je ze bellen?'

Ruby belt haar zussen. Ze krijgt geen verbinding in de lift.

'Wanneer zijn je zussen bij jullie gekomen?' vraagt Leo, terwijl hij naar de rebus blijft kijken.

'Toen de ene een paar maanden oud was en de ander nauwelijks twee jaar.'

Twee jonge vrouwen van de huishoudelijke dienst voegen zich bij Leo en Ruby in het washok van het Grand Hotel. Beide vrouwen dragen hoofddoekjes. De oudste vertelt dat ze van Turkse afkomst is. Haar Nederlands klinkt perfect. De ander laat haar land van herkomst ongenoemd. Ze spreekt met een sterk Marokkaans accent.

'Mr. Brown?' vraagt de laatste als Ruby haar de waszak geeft. Ruby knikt. 'Logeert hier vaak,' legt de jonge vrouw uit. 'Zijn bedrijven zijn in Nederland gevestigd. Betere belasting.'

De sokken, T-shirts en de rest uit de waszak gaat in de wasmachine en de Turkse voegt de inhoud van een andere zak eraan toe.

'Mag dat wel?' Ruby is verbaasd dat de heilige sokken in aanraking mogen komen met de vuile was van een andere hotelgast.

'Mr. Brown ziet het niet en wij kunnen leuk spelletje doen.'

'Wat voor spelletje?'

De Turkse houdt haar hand op; alles zal duidelijk worden als Ruby even geduld heeft.

De vrouwen binden gekleurde labels aan Jaggers sokken. De Marokkaanse start de machine en de twee gaan op klapstoeltjes voor het bonkige apparaat zitten. Ze turen naar de draaiende was alsof ze tv kijken.

De werksters steken een joint aan en nemen een paar forse trekken.

'Groen,' roept een van de vrouwen. Een sok met een groen label tolt zichtbaar achter het venster rond. 'Jumping Jack Flash, it's a gas, Jumping Jack Flash, it's a gas,' zingen de hoofddoekjes.

Leo is verbaasd. Voordat hij iets kan zeggen, verdwijnt het groene label en verschijnt door het sop heen een rood label.

'Rood,' roept de Marokkaanse enthousiast. 'Start Me Up,' zingen de vrouwen.

Ruby neemt een paar flinke trekken van de joint. Ze begint vol energie 'You can't always get what you want' te zingen. De vrouwen onderbreken haar, het is een kanten zakdoekje van de andere was en telt niet mee.

'Mr. Browns advocaat verbiedt samenwassen,' vertelt de Turkse giechelend. 'Hij is bang voor besmetting.' Leo hoort in zijn hoofd Grove het verbod uitvaardigen. 'Onmogelijk bij 60 graden.'

Ruby's telefoon gaat. 'De film in de rebus is *Blow Out*,' roept ze enthousiast naar Leo. 'En mijn zusjes voorspellen dat iemand die met geluid werkt een ongeluk krijgt.'

Ruby wijst op de call sheet die Leo vasthoudt. 'Kijk naar die tennisbal, die gaat "out".'

'*Blow Out*!' roept Leo. 'Natuurlijk, dat is 't!'

'Wie speelt ook alweer de hoofdrol in die film?'

'John Travolta,' weet Leo. 'Hij is een geluidsman die per ongeluk een moord opneemt als op een brug de band van een auto lek geschoten wordt. Geregisseerd door Brian De Palma. Maar Travolta krijgt helemaal geen ongeluk,' sputtert Leo.

Op dat moment verschijnt het blauwe label in het wasmachinescherm. De drie vrouwen brullen het uit: 'I can't get no satisfaction. Cause I try and I try and I try and I try. I can't get no.'

Ruby grijpt Leo's handen en danst met hem. 'Hey hey hey, that's what I say.' Leo laat haar van zich weg swingen, trekt haar weer terug met zijn hand, ze draait naar hem toe en weer bij hem weg. 'I can't get no satisfaction.'

Ze draait opnieuw naar hem toe, grijpt zijn gezicht en zoent hem vol op zijn mond, terwijl de andere vrouwen juichen en zingen: 'No satisfaction.'

De kus bezorgt Leo rillingen over zijn rug, vooral omdat hij zonder aarzeling de kus beantwoordt.

Leo klopt op de deur van Jaggers suite. Deze keer duurt het lang voordat hij opengaat. Jagger, gehuld in een zijden kamerjas met felle bloemmotieven, neemt de netjes ingepakte schone kleding van Leo aan en overhandigt hem op zijn beurt diens mobiele telefoon.

'Er heeft een kwartier geleden iemand gebeld en ik ben zo vrij geweest om te antwoorden. Er is een ongeluk gebeurd in de Cinetone Studio's. De geluidsman heeft een filmlamp op zijn hoofd gekregen. Hij ligt in het ziekenhuis.'

Dan doet Mr Big Lips zonder verder commentaar of groet de deur weer dicht.

Nageltjes

'Ga je Klaas-Jan de nageltjes laten zien?' vraagt Ruby als ze in de achteruitkijkspiegel ziet hoe hij naar buiten staart.

'Niet vóór de persconferentie.'

'Vind je niet dat de ouders er recht op hebben?'

'Moniek is een kruitvat met een smeulende lont. Wie weet wat er gebeurt als ze ontploft.'

De envelop met daarin de nageltjes zit in zijn binnenzak. De brief is die ochtend bezorgd bij de productiemaatschappij. Leo heeft meteen laten nagaan of de afzender te achterhalen was, maar nee, natuurlijk niet.

Als de ontvoerder het adres van de productiemaatschappij kent, heeft hij of zij dit dan van de call sheet? Dat de brief vanuit Nederland is verstuurd, betekent dat dan dat de ontvoerder zich in Nederland bevindt? Wordt Tony in zijn geboorteland vastgehouden, misschien zelfs in Amsterdam? Zijn deze nageltjes echt van Tony? Moet hij de nageltjes meteen aan de politie overhandigen, of eerst zelf een DNA-test laten uitvoeren?

De vragen over de nageltjes buitelen door Leo's hoofd. Dwars daardoorheen schiet voortdurend het beeld van de dansende Ruby. Sinds de zoen bij de wasmachine is er niks meer voorgevallen tussen hen. Leo is niet verlegen met vrouwen, maar avances maken naar de geliefde van zijn vader gaat hem te ver. Omdat ook zij geen verdere verleidingspogingen gedaan heeft, lijkt de meest voor de hand liggende verklaring dat de kus een opwelling was, veroorzaakt door de joint. Toch kost het Leo moeite zich te concentreren op de eerste grote doorbraak in zijn onderzoek naar Tony.

Het is al druk bij kasteel Het Nijenhuis, nabij Heino. Alles is goed geregeld, er staan bordjes verwijzend naar een grote tent waar de persconferentie gehouden zal worden. Leo, die gezien zijn functie recht heeft op een VIP-parkeerplaats op het grint voor het kasteel, laat desalniettemin Ruby de auto buiten de hekken neerzetten.

Terwijl de producent en zijn persoonlijke assistente naar het kasteel lopen, passeren ze een andere auto die nog dichter met de wielen bij de sloot parkeert. De bestuurder ervan is Doreen Groenewegen en ze moet naar de passagierskant klimmen om de auto te verlaten. Haar pumps raken besmeurd door de modder in de berm en de irritatie druipt van haar gezicht af.

'Onze kledingafdeling helpt je wel even met schoonmaken.' Terwijl Leo het zegt, reikt hij Doreen de hand om haar uit de drassige berm te trekken. Met z'n drieën lopen ze naar het grote toegangshek met de gespeerde gietijzeren sierbogen.

'Ik had jou niet verwacht,' zegt Leo. 'Eerder je collega Speck.'

'Speck werkt niet langer bij de CV-filmafdeling,' antwoordt Doreen afgemeten.

'Hoezo? Is hij overgeplaatst?'

'Hij moet het een tijdje rustig aan doen.'

Leo staat naast de perstent en belt zijn vader. Hij zorgt ervoor dat niemand hem kan horen.

'Rechercheurs van de Fiod dragen een Walther P5 bij zich,' bevestigt Roel. 'Op grond van wat je zegt, denk ik dat deze dame geen doorsnee-rechercheur is maar hulpofficier van justitie. Ze kan verdachten arresteren, huisdoorzoekingen verrichten en zelfs woningen openbreken en binnengaan zonder toestemming van de bewoner.'

'Wat zoekt ze bij een filmproductie?' vraagt Leo aan zijn vader.

'Van alles. Fraude, belastingfraude in de eerste plaats, boekhoudfraude, witwassen. De Fiod-ambtenaren houden zich ook bezig met smokkel en drugs. Ze werken met iedereen samen, Belastingdienst, douane, de Autoriteit Financiële Markten, de Nederlandsche Bank. Ze liggen met Jan en alleman in bed, daarom heeft iedereen een hekel aan ze. Als je te veel vreemdgaat, vertrouwt niemand je meer.'

Leo belandt naast Klaas-Jan achter de tafel op het podium. Er is op aandringen van Pierre de Waal, die ook achter de tafel zit, een professionele moderator ingehuurd, een expert op het financiële vlak en iemand die, volgens eigen zeggen, heel veel films ziet.

De verzamelde journalisten hoopten Jagger achter de tafel aan te treffen, zodat ze hem kritische vragen konden stellen. Diverse kranten hebben de voorbije week ingezonden brieven geplaatst over 'misbruik' van Nederlands belastinggeld. De kritiek luidde dat een buitenlandse productie als *Enigma* van de gunstige omstandigheden in ons land profiteert en dat de 'stinkendrijke' Mick Jagger deze buitenkans benut ten koste van de Nederlandse filmindustrie. De brieven bleken geschreven te zijn door gefrustreerde Nederlandse producenten die zelf geen investeerders konden vinden voor hun films.

Nu zeilt het spervuur in de richting van Harry Mulisch. Hij lurkt tevreden aan zijn pijp en antwoordt rustig. 'Ik schrijf een boek. Dat boek blijft het boek. De film wordt een film. Daar heb ik verder geen invloed op. Dat is hun taak. Niet de mijne.'

Klaas-Jan buigt zich naar Leo. 'Nog nieuws?' vraagt hij fluisterend.

'Later,' fluistert Leo terug.

'Wat dan?' wil Klaas-Jan weten, terwijl zijn volume omhoog gaat. 'Heb je iets gehoord?'

'Nee, niks gehoord,' verzekert Leo hem.

Teleurgesteld gaat Klaas-Jan weer rechtop zitten.

Ongevraagd neemt Robert Ruys het woord. 'Ik had van meet af aan mijn zinnen gezet op Stephen Fry,' schettert de stem van de regisseur door de tent, via luidsprekers, die in deze ruimte helemaal niet nodig zijn. 'Niemand anders kan deze rol spelen.'

Stephen Fry en Greg Wise, de twee hoofdrolspelers van *De ontdekking*, zitten braaf op de voorste rij in de tent en worden volledig genegeerd door de vaderlandse pers.

Klaas-Jan buigt zich weer naar Leo. 'Je hebt niks gehoord. Betekent dat dat je iets hebt gezien?'

'Na de persconferentie.'

'Wat dan?'

'Later.'

Leo ziet Moniek tussen de journalisten zitten. Zij heeft het gefluister tussen haar man en Leo opgemerkt en schuift onrustig op haar stoel heen en weer.

'Wilt u dat beantwoorden, meneer Berliner?' hoort Leo de moderator zeggen. Dat wil Leo best, alleen is de vraag niet tot hem doorgedrongen.

'Voor het geld!' roept Leo nog voordat de microfoon naar hem toegeschoven wordt. 'Zo'n vette cheque kan je met goed fatsoen niet weigeren.'

Iedereen in de zaal lacht. Leo weet nog steeds niet hoe de vraag luidde, maar blijkbaar was zijn antwoord niet helemaal onzinnig. 'Voor alle duidelijkheid,' vervolgt hij, 'mijn vader heeft al zijn spaargeld in het filmproject geïnvesteerd. Als hij het me van tevoren gevraagd had, zou ik het hem hebben afgeraden. Dus nu hoop ik dat ik ervoor kan zorgen dat het niet in de verkeerde zakken verdwijnt. Als het dan toch moet verdwijnen, dan maar in mijn zakken. Zo blijft het tenminste in de familie.'

Opnieuw klinkt er gelach, ook van Mulisch.

'Is uw vader blij met zeven procent winst zonder enig risico?' Leo ziet dat de vragensteller een journalist van *de Volkskrant* is die, zo is hem verteld, altijd een vriendelijke toon aanslaat en later in zijn artikelen achterbaks uithaalt.

'Mijn vader hoopt op dertig procent. Zal hij dat krijgen? Wie weet. Is die zeven procent gegarandeerd? Nee. Het is waarschijnlijk, maar niet zeker.'

'Zijn volgens u de geruchten over fraude sprookjes?' Doreen stelt hem de vraag vanuit de zaal zonder een microfoon te gebruiken.

'Mevrouw,' zegt Leo, 'als u een journalist was dan zou ik zeggen: sprookjes hebben we nodig, een beetje fraude houdt de wereld draaiende. Maar u bent geen journalist, u werkt voor de Fiod, dus zulke flauwe grappen kan ik me niet permitteren. We hebben het hier over belastinggeld, geld dat de hele gemeenschap toebehoort. Iedere aantijging van onheus gebruik daarvan voor het maken van deze film is ongefundeerd.'

'Nou, een uitstekend moment voor een drankje,' voegt Pierre de Waal eraan toe.

Terwijl ze opstaan om van het lage podium te stappen, klampt Klaas-Jan Leo meteen weer aan: 'Heb je iets ontdekt?'

'Nog niet. Ik wil weten of het ongeluk met de geluidsman echt een ongeluk was.'

'Denk je dat het iets met Tony te maken heeft?'

'Dat wil ik ook graag weten.'

'Ik zat op kantoor toen het ongeluk in de studio plaatsvond. Verdenk je iemand?'

'Hoe goed ken je de halfbroer van je vrouw?'

Op dat moment tikt Doreen Leo op zijn schouder. 'Je had me niet uit de kast hoeven te halen als Fiod-ambtenaar. Dat maakt mijn werk niet makkelijker.'

'Sorry, ik moet je even spreken.' Moniek is naast hen opgedoken en trekt Leo mee naar de zijkant van de tent. 'Heb je nieuws over Tony?'

'We ontvingen vandaag iets met de post.'

'Wat? Wat is het? Wát?!' Ze ontploft bijna.

'Dit is niet de goeie plek.'

Zo makkelijk komt Leo niet van Moniek af. Ze sleurt hem aan zijn arm mee de tent uit, naar het gazon aan de zijkant van het kasteel. Klaas-Jan volgt hen. 'Dit is wél de goeie plek. Laat zien!'

Leo haalt de envelop uit zijn binnenzak. Hij vouwt de brief open die erin zit en onthult drie kleine nageltjes die op het hagelwitte papier liggen. Klaas-Jan en Moniek kijken met opengesperde ogen naar de minuscule sikkels zoals diamantairs naar ongepolijste diamantjes. Er komt geen woord over hun lippen.

'Dit kwam vanochtend op kantoor binnen met de post,' verbreekt Leo de stilte. 'We weten niet of deze nageltjes van Tony zijn. Er zat verder helemaal niets bij, geen briefje, geen foto, niks.'

'Ik kan het proeven!' roept Moniek opgewonden. Ze steekt haar hand uit om een van de nageltjes te pakken. Zodra haar trillende vingers het papier raken, springen de nagels als vlooien naar boven en vallen in het gras, ondanks pogingen van Leo en Klaas-Jan om ze op te vangen.

'Voorzichtig, voorzichtig!' zegt Klaas-Jan bijna huilend.

'Achteruit, grote stap.' Hij en zijn vrouw springen terug en zakken meteen op hun knieën om in het gras te zoeken. Leo volgt hun voorbeeld. Hij realiseert zich dat het zoeken is naar drie spelden in een hooiberg.

'Hoe kan je zo stom zijn om die envelop hier op dit grasveld open te maken?' schreeuwt Moniek Leo toe. 'Hoe kan je zo ongelooflijk stom zijn?' Het lijkt alsof ze hem ieder moment te lijf kan gaan om hem de ogen uit zijn hoofd te krabben.

Er schieten Leo allerlei gedachten door het hoofd. Hij weet dat het haar en de nagels van een dode nog een tijdje blijven doorgroeien. Al jaren staat het beeld van lange nagels aan Rebecca's handen op zijn netvlies gebrand. Een ander terugkerend beeld is het hoofdje van zijn dochter, terwijl haar haar geknipt wordt. Hoe vaak is het haar van zijn dochter sinds haar verdwijning geknipt? Eerst gaf het knippen hem hoop. Nu wil hij geen hoop meer, omdat het hem emotioneel uitholt.

Vanuit de tent komt een grote groep op hen toe gelopen. Voorop Ruys en zijn acteurs, daarachter de journalisten. Nog even, en ze zullen over het stuk vers gemaaid gras marcheren waar zij drieën wanhopig naar de nagels zoeken.

'Hou ze tegen,' zegt Moniek in paniek tegen haar man.

'Ze gaan naar de tuin achter het kasteel,' is zijn antwoord. 'Als pr-stunt mogen de journalisten bij de allereerste opnames aanwezig zijn.'

'Doe iets! Jij bent toch de producent?'

Terwijl Moniek in het gras blijft zitten en verder zoekt, staat Klaas-Jan op en gaat met gespreide armen voor haar staan om de mensen in een boog rond de plek des onheils te sturen.

'Contactlens verloren?' vraagt Ruys vrolijk, en hij banjert verder zonder op antwoord te wachten. De rest volgt in zijn kielzog.

Leo geeft als eerste op. Zijn knieën zijn vochtig van de natte aarde. Klaas-Jan is op zijn billen gaan zitten en lijkt er ook niet meer in te geloven.

'Ja!' roept Moniek uit. 'Ik heb er een!'

Leo en Klaas-Jan zien het bewijs in haar handpalm liggen. Voordat ze iets kunnen doen, stopt Moniek het in haar mond.

'Het zou nagel kunnen zijn,' zegt ze. 'Het is er hard genoeg voor. Het is geen hout of plastic.'

'En als DNA-bewijs is het nu niet meer bruikbaar,' verzucht Leo. 'We hoeven de politie er niet meer mee lastig te vallen.'

Lekke banden

Ruby benadert Leo geruisloos als een vlinder. ‘Ik heb goed nieuws en slecht nieuws,’ zegt ze zachtjes. Ze geeft haar baas het concept van de *Enigma*-call sheet voor de volgende dag. ‘We hebben een nieuwe rebus ontvangen.’ Ze wijst naar de bladzijde met de afbeeldingen.

Leo ziet een zaag, pijlen, tanden en andere voorwerpen, maar geen verwijzing naar nagels.

ENIGMA

-ALLSHEET #39 of 47 -- WEDNESDAY APRIL 25 - 2001

ınvoice address NL: Mulholland Pictures BV, Keizersgracht 649, 1017DT Amsterdam
-e address UK: Code Breaker Prod Ltd, Elstree Film Studios, Shenley Road, Borehamwood, Hertfordshire

PRE CALLS		LOCATION	WEATHER	
Hair/m-up cast	07:45	Location 1	Clear skies	
Costume cast	07:00	EXT Amsterdamse Bos	mild wind 17° C	
BREAKFAST ON SET	07:45			
CREWCALL	08:00	Loc 2		
READY TO SHOOT	08:30	EXT Cricket playground	SUNRISE:	06:51
LUNCH 45 min @approx	13:00	(maps attached)	SUNSET:	20:32
WRAP	19:00			

quote/joke/puzzle of the day

(answers to Prod. Office and send us your quote-joke-puzzle. Producers offer real Dutch toffees as bonus price)

CAST

ID	CHARACTER	ACTOR	ADDRESS	DRIVER	CALL	ON SET
1	Thomas	Dougray Scott	Hot-		07:45	08:3-
5	Claire	Saffron Burro-			06:15	

‘Wat heeft deze rebus te maken met nagels?’ vraagt hij.

‘Als ik dat zou weten, dan hadden we het antwoord op de rebus.’

‘Wie heeft deze ingestuurd?’ Leo slaat ten onrechte een ongeduldige toon aan tegen Ruby. Toch blijft ze kalm.

‘Niemand op het productiekantoor weet wie de inzender is. Het kwam via de fax binnen, en het nummer was anoniem.’

‘Het moet mogelijk zijn om de bron te vinden. Hoeveel mensen ontvangen de call sheet en bezitten een fax?’

‘Ik heb het nagevraagd. Ruim tweeduizend investeerders krijgen elke dag per e-mail een call sheet, ruim duizend per fax. Natuurlijk kan iemand die de call sheet per mail kreeg, weer een fax gebruiken om te antwoorden. De afzender van de rebus is niet te achterhalen.’

Leo zwijgt.

‘Plaatsen we de rebus of niet?’ vraagt Ruby.

‘Ja,’ antwoordt Leo. ‘De ontvoerder, als die er tenminste achter zit, wil dat blijkbaar en tot nu toe dansen we naar zijn pijpen.’

Ruby belt het productiekantoor om door te geven dat ze de rebus kunnen plaatsen. Zodra ze heeft opgehangen, vraagt Leo wat het slechte nieuws is.

‘Iemand heeft van alle auto’s die buiten het hek geparkeerd staan, een band lek gestoken.’

Leo bekijkt samen met Ruby de getroffen auto’s. Door de lekke band zijn een aantal nog dieper in de modder gezakt.

‘Politie bellen?’ vraagt Ruby.

’Nee, verzamel zo veel mogelijk garagepersoneel uit de omliggende dorpen. Laat ze zo snel mogelijk de banden wisselen. Reparatie op onze kosten.’

Terwijl Leo het slagveld bestudeert, hoort hij achter zich Ruby een gil slaken. Op de motorkap van hun eigen huurauto ligt een dood konijn met opengesneden buik. Er stulpt een bloederige massa uit.

Het is de enige auto met een dood beest erop. ‘Het lijkt me

geen toeval dat alleen wij de eer hebben,' zegt Leo met een somber gezicht. 'Het kan een gekke boer uit de omgeving zijn. Of een geflipte tiener. Maar het is beter om aan te nemen dat het een persoonlijke waarschuwing is.'

'Van wie dan?' vraagt Ruby.

De vraag irriteert Leo. 'Als ik dat zou weten...'

Hij tilt het konijn met twee vingers aan een oor op en gooit het in de sloot. Er blijven een paar bloedvegen op de motorkap achter.

'Vraag je vader om naar me toe te komen,' beveelt hij Ruby.

'Waarom ga je niet zelf naar hem toe?'

'Ik wil die vrouw van de Fiod mijden.'

Ruby vraagt niet verder. Ze voert het bevel uit. Pierre de Waal staat verderop samen met Doreen Groenewegen bij haar auto de schade te bekijken.

Even later staan vader en dochter naast Leo.

'Hoeveel persoonlijke gegevens van de investeerders kent de bank?' vraagt hij aan De Waal.

'Wat wil je weten?'

'Leeftijd.'

'Weten we.'

'Hobby's? Houden ze van film, bijvoorbeeld.'

'Ze investeren in de eerste plaats omdat ze geld willen verdienen. De helft vindt het bovendien leuk dat het iets artistieks is en geen Philips of Unilever. Of ze nou liever horror zien of een romantische komedie, dat weet de bank niet. Waarom zou je dat allemaal willen weten?'

Hij laat De Waal de rebus zien. 'De ontvoerder stuurt cryptische boodschappen. Het kan iemand van de crew zijn. Of de cast. Of een investeerder.'

'Of een vriend van iemand uit de crew. Of een familielid van iemand uit de cast,' zegt De Waal chagrijnig.

'Of de schoonmaakster van een investeerder die de binnengekomen berichten uit de fax trekt,' voegt Ruby eraan toe.

'De hele wereld dus,' merkt haar vader op.

'Ik wil alle investeerders een vragenlijst sturen. Over geld en film. Om een daderprofiel op te stellen.'

'Geen sprake van,' reageert De Waal. 'Het imagoverlies voor de bank bij onze klanten is te groot. Denk je nou echt dat de ontvoerder zo dom is om zich door die vragen van jou te laten strikken?' Geërgerd loopt De Waal weg.

Leo slentert terug naar de opnameset achter het kasteel. De stem van Robert Ruys is al van verre te horen. Na elke opname maakt de regisseur luidkeels kenbaar dat het geweldig is en vervolgens wil hij de scène overdoen.

'De jonge Quinten ziet er leuk uit,' fluistert Carla als Leo naast haar en Mulisch op discrete afstand naar het filmen kijkt. 'Engels?'

Leo knikt. 'Alle acteurs zijn Engels. Het kind is hier met zijn moeder en we hebben een onderwijzeres ingehuurd, die hem tussen de opnames door bijles geeft.'

Samen zien ze hoe Stephen Fry in de rol van Onno de verjaardag van zijn zoon Quinten viert en het jongetje op zijn nek door de tuinen laat rijden, tussen de rododendronheggen met paarse bloemen. De bloemen zijn nagemaakt en allemaal door de rekwisiteur met paperclips in de struiken vastgehecht.

Het jongetje wijst naar een obelisk, door de decorafdeling gemaakt van bordkarton. Achter de obelisk staat een wit paard.

'In het boek verschijnt de schimmel bij Quinten als visioen. Dit ziet er heel realistisch uit,' merkt Carla op. 'Waarom Harry's boek veranderen als dat niet nodig is?'

Mulisch zelf mengt zich niet in de discussie. 'Ben je altijd bij alle opnames?' vraagt de auteur.

‘Liever niet,’ antwoordt Leo. ‘Ik blijf liever op de achtergrond. En als ik me verveel, probeer ik raadsels op te lossen.’ Leo laat de rebus op het concept van de call sheet zien.

‘Het heeft iets met de Tweede Wereldoorlog te maken,’ concludeert Mulisch binnen een paar seconden. ‘En met een marathon of een vierdaagse. En dan nog iets met pijn.’

‘Dat is toch die film met die Engelse acteur en Dustin Hoffman?’ Carla lijkt zeker van zichzelf.

‘*Marathon Man*,’ spreekt Mulisch als een orakel. Daarna loopt hij zwijgend weg.

‘Harry geeft niet om rebussen,’ verduidelijkt Carla aan Leo, ‘wel om cryptogrammen.’

Leo’s oog valt op Stephen Fry en Greg Wise, die op een hink-stap-sprong afstand onder een parasol zitten te wachten tot ze weer voor de lens geroepen worden.

‘Wie was de Engelse acteur in *Marathon Man*?’ vraagt Leo hun op de meest nonchalante toon die hij kan vinden.

‘Laurence Olivier. Hij kreeg een Oscar-nominatie voor de beste bijrol,’ weet Stephen.

‘Waar gaat die film ook alweer over?’ vraagt Ruby.

Fry legt het uit. ‘Laurence Olivier speelt een ex-nazi die bekendstond als de Witte Engel. Hij wil diamanten, die hij heeft gestolen van vermoorde Joden, uit New York smokkelen. Hij denkt dat Dustin Hoffman weet of het veilig is om dat te doen, terwijl Hoffman van niks weet.’

‘Beroemde scène is dat de Witte Engel zonder verdoving gaatjes boort in Hoffmans gezonde tanden, om hem te laten bekennen. Net zoals hij dat met gevangenen deed in het concentratiekamp,’ vult Greg Wise aan.

Robert Ruys voegt zich bij hen onder de parasol. ‘Staat mijn witte wijn koud?’

Een meisje van de catering komt aangesneld met glazen en een fles. 'Stephen, Greg, chablis?' biedt Ruys aan.

Leo heeft in het regisseurscontract laten opnemen dat er tot 's middags vijf uur geen alcohol op de set wordt geschonken. Het is nu vijf over vijf.

'Wil je een glas?' vraagt Fry aan Leo.

'Ik heb de alcohol afgezworen.'

'Heel verstandig. Wijn na een opnamedag is niet aan te raden.' Toch loopt Fry naar Ruys toe, neemt een glas van hem aan en lijkt te drinken, al moet het een zuinig slokje zijn, want Leo denkt te zien dat het glas nog even vol zit.

Hij gaat naast Ruby op een omgekeerd bierkratje zitten en samen staren ze naar de rebus. 'De film is *Marathon Man*. Maar wat schieten we daarmee op? Wat betekent de zaag?'

Ruby buigt zich ver naar Leo toe om goed op het papier op zijn knieën te kunnen kijken. 'Wat heeft de kidnapper eraan om het ons zo lastig te maken? Wat voor raar spel speelt hij? Waarom vraagt hij niet gewoon losgeld?' Terwijl Ruby het zegt, schuift ze haar arm om Leo's middel. Leo voelt een schok door zijn lichaam gaan. Hij probeert het niet te laten merken.

'Je maakt iets lastig als je iets simpels wilt verbergen,' oppert hij.

'Wat kan dat simpele in dit geval zijn?' Bijna onmerkbaar schuift ze haar hand onder zijn hemd en streelt met haar vingers over zijn rug. Leo is verbaasd over Ruby's vrijpostigheid, maar hij geniet van haar streling. Het is lang geleden dat zijn rug de hand van een vrouw gevoeld heeft. 'Misschien heeft hij het kind niet.'

'Of *zij* denkt dat wij dom zijn,' zegt Ruby, gepikeerd door Leo's aanname dat criminaliteit aan mannen is voorbehouden. Intussen gaat ze verder met haar speelse vingermassage. Leo's huid tintelt.

'Laten we het spelletje meespelen en de rebussen als een

vorm van communicatie zien. We moeten hem – of haar – een vraag stellen. Wij maken een rebus en die plaatsen we op de call sheet.'

'Wat wil je vragen?'

'Een bewijs dat het kind leeft.'

'Dank jullie wel allemaal!' horen ze Ruys roepen. 'Vandaag was een geweldige eerste opnamedag.' Met zijn glas en een nog halfvolle wijnfles loopt de debuterende regisseur naar zijn auto, die over het gras tot achter het kasteel gereden is om hem vandaar naar zijn hotel te brengen.

Leo ziet Frankie achter het stuur zitten. Hij loopt naar Klaas-Jan, die nog steeds aan de rand van het grasveld naast de tent staat en met een somber gezicht steentjes op het grintpad gooit.

'Heb jij Frankie opnieuw aangenomen?' vraagt Leo hem.

'Ja. Hij is de halfbroer van mijn vrouw. En ik heb haar op dit moment liever als vriend dan als vijand.' Als een stoere arbeider neemt Klaas-Jan een flinke teug uit een bierflesje. 'Je raadt nooit wie ons kwam helpen zoeken naar de nageltjes.'

'Pierre de Waal?' probeert Leo.

'Nee, Speck! Je weet wel, de belastinginspecteur.'

'Speck? Die was toch overspannen?'

'Hij zit in een rusthuis. Een "open" rusthuis, geen instelling met hoge muren en tralies voor de ramen.'

'Waar is-ie nu?'

'Iemand heeft hem een lift gegeven naar Hilversum.'

'Wie?' wil Leo weten.

'Die vrouwelijke Fiod-ambtenaar, hoe heet ze ook alweer?'

Knutselwerk

'Je houdt toch wel je mond tegen je vader?' vraagt Leo. Hij zit op de grond tussen een cirkel oude kranten en knipt het woord 'sex' uit een advertentie.

'Moet ik ook mijn mond houden tegen jouw vader?' vraagt Ruby zonder opkijken. Ze bladert door een *New Yorker* op zoek naar een kop boven een artikel waarin het woord 'video' voorkomt. 'Ik ga hem dit weekend bezoeken,' voegt ze er quasi-onschuldig aan toe.

Leo reageert niet.

'Je weet toch dat ik een relatie met je vader heb?'

'Ik wil het niet weten.'

'Wil je niet weten wat ik met hem doe?' plaagt Ruby ondeugend. Ze lacht er zelf om.

Leo geeft geen krimp.

'Welke zoon wil nou niet de bedgeheimen van zijn vader kennen?'

'Ik,' zegt hij kortaf en hij geeft haar de schaar, nadat haar hand erom vraagt.

Leo wil een Amerikaanse titel voor hun rebus, omdat de kidnapper ook Hollywoodfilms gebruikt. Ze hebben uiteindelijk *Sex, Lies & Videotape* gekozen, omdat ze er met *Titanic* en *Indiana Jones* niet uitkwamen.

Het woord 'sex' is eigenlijk overbodig, dus dat moeten ze duidelijk maken. Het woord 'Leugen' is dubbelzinnig. De ontvoerder mag niet de indruk krijgen dat ze hem van leugens betichten. Het woord 'videotape' willen ze gebruiken voor het simpele verzoek een bewijs te sturen dat Tony nog steeds in leven is.

De deurbel klinkt. Leo is verrast, hij krijgt nooit bezoek en zeker niet om half elf 's avonds.

Hij snelt de twee trappen af naar beneden. 'Wie is daar?' vraagt hij vanachter de dichte deur.

'Bent u de producent van *Enigma*?'

'Wie wil dat weten?'

'Meneer, ik ben uit Limburg komen rijden, na mijn werk. Ik ben al vijfendertig jaar fan van de Rolling Stones. Ik heb al hun platen en hun namen staan op mijn arm getatoeëerd.'

Leo's gedachten schieten met de snelheid van licht terug naar Rebecca. Zij was altijd aardig tegen fans. Ze heeft die gek een handtekening gegeven en een paar vriendelijke woorden met hem gewisseld. Toen wou hij meer, werd bezitterig en schoot haar morsdood.

'Sorry, u bent aan het verkeerde adres.'

'Ik heb een bidprentje gemaakt voor Micks moeder. Ze ligt in het ziekenhuis.'

Er wordt een kaartje door de brievenbus geduwd. Leo bekijkt het. 'Van Harte Beterschap' staat er in het Nederlands op.

'Meneer, ik heb kanker, maagkanker, ik heb nog een paar weken. Ik wil zo graag Mick Jagger ontmoeten. Zit hij bij u boven?'

'Er zit niemand bij mij boven.'

'Een minuutje. Wat is nou een minuutje als je mij daarmee diep gelukkig kan maken? Dan kan ik vredig sterven.'

Leo doet de deur niet open. Hij vreest dat intrappen tot de mogelijkheden behoort, maar er is niks waarmee hij de buitendeur extra kan stutten, dus hij doet, zodra hij eenmaal weer boven is, de deur daar op het dubbele nachtslot.

'Jehovah,' zegt hij tegen Ruby, als hij weer op de grond gaat zitten.

'Vreemd tijdstip,' merkt ze op.

Een paar minuten later wordt opnieuw aangebeld. Leo doet geen moeite om op te staan. 'Je moet de Jehovah's bewonderen om hun vasthoudendheid.'

Leo kijkt naar het resultaat van hun urenlange arbeid. 'Onze rebus is veel te ingewikkeld.' Hij pakt een weggegooide envelop uit de prullenbak en krabbelt er een paar woorden op. 'Waarom doen we dit niet?' Hij laat haar de drie woorden in het kader zien.

'In rebusvorm natuurlijk,' voegt hij eraan toe, terwijl Ruby de zin bekijkt.

'Send kan The End zijn,' suggereert ze. 'Met erachter 1-3=S.'

'US is een plattegrond van Amerika.'

'Dat is USA,' corrigeert Ruby.

'Achter de kaart voegen we -3 of 1 out. En de laatste is P plus een dak, *a roof*.'

'Geen opmerking dat we bereid zijn geld te betalen?'

'Nee, we houden het simpel. We zijn niet aan het onderhandelen. We willen alleen bewijs dat Tony leeft.'

'Laten we een video toevoegen. Anders stuurt de ontvoerder misschien wel teennagels, of een oorlel.'

READY TO SHOOT	08:45	SUNRISE:	07:09
LUNCH 45 min @approx	13:30	SUNSET:	20:17
WRAP	19:30		

quote/joke/puzzle of the day

(answers to Prod. Office and send us your quote-joke-puzzle. Producers offer real Dutch toffees as bonus price)

CAST

ID	CHARACTER	ACTOR	ADDRESS	DRIVER	CALL	ON SET
1	Thomas	Dougray Scott	Hotel	Peter	14:15	14:45
4	Hester	Kate Winslet	Hotel	Limo	06:40	08:30

Een uur later trekt Ruby, tevreden over de in elkaar geknutselde rebus, haar jas aan.

Leo kijkt door het raam naar de straat beneden. Bij een boom, aan de rand van de gracht, tegenover zijn appartement, staat tussen de geparkeerde fietsen een wat oudere man, met een slecht zittend leren jack, een sjekkie te roken.

'Je kan niet weg,' waarschuwt Leo.

Haar blik glijdt naar buiten en volgt Leo's kijkrichting. Ruby ziet de man met het dunne haar.

'Gaat het zo slecht met de Jehovah's?'

'Hij denkt dat Mick Jagger hier zit.'

'Lijk ik op Mick Jagger? Nee. Dus ik hoef nergens bang voor te zijn.'

'Wacht nog even. Die man is gek genoeg om te denken dat jij een groupie bent. En wie weet wat hij je dan aandoet.'

'Kom op Leo, je bent mijn vader niet.'

'Een tweede moord overleef ik niet.' De angst is voelbaar in zijn woorden en toch schiet Ruby in de lach.

'Niemand overleeft een tweede moord.'

'Ik bedoel...'

'Ik weet wat je bedoelt.' Ja, natuurlijk weet ze het. Hoe zou

Roel de moord op zijn schoondochter en de verdwijning van zijn kleinkind kunnen verzwijgen?

Leo pakt een bijna lege fles witte wijn uit de koelkast en giet het restje in een glas.

'Laatste,' zegt hij er ten overvloede bij.

'Waarom bel je niet gewoon de politie?'

'Heb jij zin om de hele nacht op het politiebureau te zitten om verklaringen te dicteren?'

In één teug slaat ze de wijn achterover. 'Ik slaap altijd aan de linkerkant.' Ze trekt haar jas weer uit en loopt naar het bed, dat in de loftachtige ruimte achter een laag muurtje verstopt staat.

Een kwartier later liggen ze in bed, ruggen naar elkaar, zonder elkaar aan te raken, maar dicht genoeg om elkaars lichaamswarmte te voelen. 'Nu ben ik van jou. Nu kan je met me doen wat je wilt.'

Leo verstaat elk woord. Toch antwoordt hij niet.

'Ik meen het. Doe wat je wilt.'

'Slapen lijkt me het beste,' zegt hij zacht.

'Goed. Als je vannacht iets anders wilt, is dat oké. Dat mag. Ook als ik slaap.'

Ze zwijgen. Maar Ruby laat de stilte geen Koningin van de Nacht worden. 'Je vader heeft een heel grappig spel verzonnen. Je moet dertig seconden praten zonder na te denken. Alles eruit gooien, ongeacht wat over je lippen komt. Ken je dat spel?'

'Och,' gromt Leo, alsof het voor hem onbelangrijk is. Hij vertelt niet dat hij een steek van jaloezie voelt.

'Wil je het spelen?' vraagt ze.

'Nu?'

'Ik ga wel eerst,' biedt Ruby zonder aarzeling aan. 'Woord?'

'Slapen.'

Met zachte stem blaast Ruby zonder adempauzes woorden naar buiten. 'Even heel even had ik de formule in mijn hoofd die de waarde van het bestaan helder en overtuigend samenvatte een paar woorden met de kracht van e=mc2 ik duw mijn hersenen alle kanten op en probeer in de uithoeken van mijn grijze massa de formule weer te vinden er flitst iets in mijn hoofd langs zonder dat het zich laat vangen het enige wat blijft hangen is dat het beter is dat de formule verdwaald is laat de waarde van het bestaan maar een mysterie blijven wat telt is een prettige temperatuur zon op de huid een fijne bries geen doordreunende angst voor het oordeel van anderen baby's zijn er nog van verschoond en heel soms zie je in de ogen van een hoogbejaarde dat ze voorbij de angst zijn maar de meesten van ons vinden het pas na de laatste ademzucht wat is slapen anders dan een zachte dood?'

Haar woordenstroom houdt Leo uit zijn slaap. Ruby roept nieuwsgierigheid bij hem op. En zijn verlangen naar het alleenrecht op een vrouw, maakt de herinnering aan Rebecca wakker.

Hij schrikt als Ruby opstaat om naar de wc te gaan. Opmerkelijk dat ze de weg weet in het donker, bedenkt hij, terwijl het voor haar een vreemd huis is. Hij hoort haar niet plassen, een geluid wat hij altijd prachtig vond als Rebecca 's nachts opstond.

'Hij staat er nog steeds,' fluistert ze zacht en samenzweerderig wanneer ze terug onder de lakens schuift. Ze wiebelt haar lijf naar Leo toe, raakt met haar billen zijn dij. Leo laat zijn vingers over de glooiing van haar heup glijden en voelt onder het T-shirt de rand van haar slip. De met kant afgezette bovenkant verraadt haar gegoede komaf. Zachtjes streelt hij met zijn wijsvinger op haar vel onder de rand.

Zijn wijsvinger krijgt al snel hulp van zijn andere vingers, alleen zijn duim blijft boven op haar slip rusten. Ze blijft met haar rug naar hem toe liggen. Ze steekt wel haar hand naar achteren, wrijft even over zijn buik en grijpt dan zonder aarzeling naar zijn groeiende geslachtsdeel. Ze knijpt er hard in, wat hem onmiddellijk nog stijver maakt.

Ze buigt 'm naar links en naar rechts, beweegt echter haar hand niet op en neer. Is ze bang dat hij als een tiener meteen zal klaarkomen?

Leo trekt plotseling hard aan haar slip en schuift het kledingstuk naar beneden. Ze schopt het van haar voet af en draait op haar rug. Zijn hand wrijft tussen haar benen, zijn middelvinger speelt rondom haar anus, hij duwt er tegenaan, niet om binnen te dringen, alleen om haar op te winden. Tegelijkertijd duwt hij met zijn duim haar schaamlippen iets uit elkaar.

In een snelle beweging gaat hij op haar liggen en zijn stijve pik hoeft niet lang te zoeken, bovendien stuurt ze hem met haar hand, zodat hij makkelijk bij haar kan binnenkomen.

Veel te weinig voorspel, bedenkt Leo. Het is allemaal een droom, hoopt hij, en meer kan hij niet bedenken omdat zijn heupen gaan bewegen.

Hij trekt zich terug en buigt met zijn hoofd naar beneden om haar borsten te proeven, haar navel en via haar dijbenen naar haar voeten, haar tenen. Hij proeft het kleine zesde uitstulpsel. Ze laat het slechts kort toe. 'In me blijven.'

Hij doet het, waarbij ze met haar handen kleine klapjes op zijn billen geeft om aan te geven dat hij het tempo moet opvoeren. Het duurt niet lang voordat hij klaarkomt. Hij voelt zich meteen leeg op een complete manier, heel anders dan bij masturberen.

Hij wil na korte tijd van haar wegrollen om verder met haar te vrijen, haar tot een orgasme te brengen, maar ze houdt hem op zijn plek.

'Blijf liggen,' fluistert ze. 'In me, zolang als het kan.'

Enigma wrapparty

Leo staat samen met Ruys in de Cinetone Studio's. De decors van *Enigma* zijn allemaal verdwenen en vervangen door een miniatuur ten behoeve van *De ontdekking,* gebaseerd op de Carceri van Piranesi, de imaginaire gevangenissen waar in het verhaal de Engelen wonen.

De miniatuur is acht meter hoog en de top van het bouwwerk reikt tegen het plafond van de studio. De belichters spannen groene doeken achter het miniatuur, zodat met de computer het bouwwerk later oneindig diep en groot gemaakt kan worden.

De ex-quizmaster voelt zich onaantastbaar sinds hij de macht van een speelfilmregisseur ontdekt heeft. Met een achteloos gebaar kan hij bevelen om tien auto's te laten wegslepen, als de wagens in zijn beeld geparkeerd staan. Als hij wil dat het regent in een scène, dan rukt de brandweer uit om de straat nat te spuiten. Het is hem naar zijn hoofd gestegen: alles wat hij wil, gebeurt onmiddellijk.

En nu eist hij een uitnodiging voor het eindfeest van *Enigma.*

'Wat denkt die Jagger wel?' vloekt Ruys. 'Hij heeft zijn film aan mij te danken.'

'De wrapparty is een feestje om het einde van het Nederlandse opnamedeel van *Enigma* te vieren. Het heeft niks met *De ontdekking* te maken,' verdedigt Leo zijn besluit om Ruys de toegang te ontzeggen. 'Je hebt bij feestjes van *Enigma* niks te zoeken.'

'Wel als dat extra publiciteit voor mij oplevert.'

'Je krijgt inderdaad heel veel extra publiciteit als je door een halfgare gek neergeknald wordt. Is dat je doel?'

Leo neemt de dreiging, die in de nieuw ontvangen rebus verwerkt zit, ernstig.

'De eerste rebus leverde *Blow Out* op, een film over een geluidstechnicus en de *Enigma*-geluidsman kreeg een ongeluk, zoals voorspeld in de rebus,' legt Leo uit aan de verbolgen regisseur. 'De tweede rebus betekende *Marathon Man*, waar een marathonloper in voorkomt en daarna belandde een productierunner door een ongeluk met een zaag in het ziekenhuis. Wat weet je ervan?'

'Fuck you. Ga weg, ik verbied je aanwezig te zijn als ik regisseer.'

Leo negeert de opmerking. 'Ik kreeg vanochtend een nieuwe rebus.' Hij laat het raadsel aan Ruys zien.

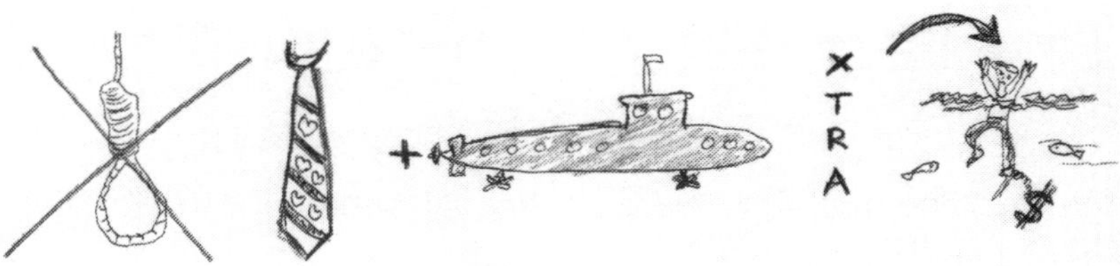

'Die film ken ik, *Das Boot*,' roept Ruys trots.

'Ja,' gromt Leo, 'de rebus is zo dom, zoiets simpels plaats ik niet op de laatste call sheet van *Enigma*. Weet je wat er gebeurt in die film?'

Ruys krijgt de indruk dat Leo zijn filmkennis wil testen en hij is van plan om met vlag en wimpel voor het examen te slagen. 'Duitse onderzeeër tijdens de Tweede Wereldoorlog. De meeste bemanningsleden zijn geen nazi's, toch moeten ze vechten voor Duitsland.'

‘De kapitein van *Das Boot* ziet Engelsen in het water terwijl de zeemanscode zegt dat je nooit zeelui mag laten verdrinken.’

‘Het is wel oorlog,’ verdedigt Ruys.

‘Wie is de kapitein op het schip bij een film?’ vraagt Leo.

‘Ik.’

‘Daarom wil ik dat je niet naar het feest op de boot komt.’

‘Als ik niet uitgenodigd word, dan stap ik op,’ dreigt Ruys.

‘Ga je gang. Er zijn genoeg quizmasters die je taak willen overnemen. Met een beetje geluk vind ik zelfs een nieuwslezer met regieambities.’

Ruys kijkt Leo secondenlang recht in zijn ogen. Hij slaat zijn ogen echter niet neer. ‘Fuck you,’ zegt de regisseur uiteindelijk.

Ruys wenkt de cameraman. ‘Volg mij, wat ik ook doe.’

Ruys draagt een lang zwart gewaad omdat hij zichzelf de rol van aartsengel Uriël heeft toebedacht. Hij rent, breed gebarend, over een loopbrug, op de voet gevolgd door de camera.

De partyboot ligt afgemeerd op de hoek van de De Ruyterkade en de Oosterdokskade.

Er staan zo’n dertig fans te wachten op Mister Big Lips. Hoe ze weten dat Jagger hier zal zijn is Leo een raadsel. Tussen de fans herkent hij de nachtelijke bezoeker uit Limburg. De man wordt samen met de anderen op afstand gehouden achter dranghekken.

‘Die man heeft maagkanker en hij wil voor hij sterft Mick Jagger persoonlijk ontmoeten,’ vertelt Leo aan Grove, terwijl ze naar de mensen op de kade kijken.

De Brit heeft aan een korte blik genoeg. ‘Vorig jaar was het nog een hersentumor.’ De advocaat merkt dat Leo verrast is.

‘In de schaduw staan van Mick geeft mensen het gevoel dat ze boven de massa uitstijgen. Hey, Jagger is geniaal. Als hij ooit een song van mij zou opnemen, zou ik daar mijn rechterbeen en mijn linkervoet voor opofferen.’

De boot loopt gestaag vol, alle cast- en crewleden zijn uitgenodigd, minstens honderddertig man, en dan zijn er een flinke hoeveelheid vooral jonge mensen die Leo nog nooit eerder gezien heeft en die niks met het filmen van *Enigma* te maken hebben, maar het benijdenswaardige talent bezitten om altijd op de genodigdenlijst van de hot party’s te komen.

Tussen de indrinkers ontwaart Leo Pierre de Waal. ‘Is een schommelende boot wel goed voor een hernia?’ roept hij in een poging boven de discomuziek uit te komen. De Waal wappert met zijn handen langs zijn oren, hij kan geen woord verstaan.

Hij gaat Leo voor naar het bovendek, waar het minder druk is en vooral minder luidruchtig.

‘Ik had de topbankier van RijckeVorst niet op het Nederlandse eindfeest van *Enigma* verwacht.’

‘Bankiers houden ook van rockmuziek en feestjes hoor, we zijn ook jong geweest. Jagger is ongeveer net zo oud als ik. We zijn generatiegenoten.’

‘En jarenlang dikke vrienden?’

‘Heeft Ruby dat verteld?’

Leo schudt zijn hoofd. ‘Ik zag jullie in de studio met elkaar praten. Jullie kennen elkaar al langer, dat kon je zien. En Jagger vertelde dat uw nummer voorgeprogrammeerd staat op zijn mobiel.’

‘De bank behartigt zijn financiële zaken. De Rolling Stones zijn gevestigd in Nederland. Dat scheelt Mick heel veel belasting. Je zult niet geloven hoe slim Jagger is op financieel gebied, daar kunnen we allemaal nog iets van leren. Waar is Ruby?’

Leo voelt zijn hart overslaan bij deze vraag. 'Ze moet het transport naar Rome regelen.' Dat ze het weekend doorbrengt met zijn vader in Zeeuws-Vlaanderen, onthult hij niet.

Ergens is Leo blij dat Ruby niet op de boot aanwezig is. Neemt hij een te groot risico, vraagt hij zich voor de zoveelste keer af? Had hij uit veiligheidsoverwegingen een leger aan beveiligers moeten inhuren? Zou hij het hele feest alsnog moeten afblazen? Wie is de verdrinkende man in de rebus? Jagger? De Waal? Ruys? Misschien Leo zelf?

Op de kade stopt een auto. De fans beginnen te krijsen. Een paar knielen neer en beginnen te bidden of houden een crucifix omhoog ter ere van Micks moeder, die een paar dagen eerder overleden is. Onder een salvo van flitslichten snelt de rockster met een zonnebril de loopplank op, gevolgd door een vrouw met een heel kort mini-rokje en hele lange benen. Binnen luttele seconden zijn ze verdwenen tussen de mensen op de boot.

'Sorry,' verontschuldigt De Waal zich. 'Ik heb zijn handtekening nodig.'

De Waal gaat terug naar beneden. Leo volgt hem op korte afstand en ziet dat de bankier Jagger aanspreekt. Hij haalt een stuk papier uit zijn binnenzak en met de rug van Grove als ondergrond tekent Jagger. Er volgt een handdruk. En weg is De Waal. Zodra hij op de kade staat wordt de loopbrug binnengehaald.

Mick loopt, beschermd door Grove, naar de voor VIP's gereserveerde bar. Leo krijgt de eer als eerste met de rock-God te mogen spreken.

'Gecondoleerd met uw moeder.' Jagger knikt beleefd en accepteert Leo's hand. Met een stem die geen emotie verraadt, maar niet ongevoelig, bedankt hij Leo.

'Ik hoop dat u goede herinneringen aan haar zult bewaren.'

'Ze was zevenentachtig, heeft een mooi leven gehad.'

Meer uitleg krijgt Leo niet. Jagger verlegt zijn aandacht naar de vrouw met de lange benen. Ze heeft golvend rood haar, aandacht vragende borsten, sproeten en een ondeugende glimlach: een fotomodel of actrice, prooi.

Jagger schuift zijn ene arm om haar middel, de andere klassiek in danshouding. Hij zwiert haar meteen rond met zijn wang tegen haar gezicht.

Leo ziet haar glunderen en herkent Jaggers tomeloze energie om haar te willen bezitten. Ze zal het hem niet al te makkelijk maken, vermoedt hij, als deel van het spel, want de uitkomst ligt vast: wat Mick wil, zal Mick krijgen.

'Hij is uniek,' vertrouwt Grove hem toe.

'Zou zijn moeder dit willen?' vraagt Leo.

'Absoluut. Zij heeft hem geleerd dat hij nu moet leven, er alles uit moet halen, zonder schaamte.'

'Ze kan hem niet meer tegenspreken.'

'Mick Jagger is de Beethoven van onze tijd, groter dan het tijdperk waarin hij leeft.'

Leo bewondert de passie die van het dansen afspat. Begrijpen doet hij het niet; een begrafenis vanmiddag en nog geen acht uur later gaan alle hormonen weer met volle kracht vooruit.

Hij laat zijn ogen over de dansende meute glijden. Er kan een psychopaat tussen zitten; een licht-assistent die doldraait, of een cameraman die het verschil tussen werkelijkheid en fantasie niet meer helder ziet. Ron Grove is een perfecte verdachte, behalve dat hij Jagger nooit een strobreed in de weg zou leggen. Jagger zelf is ook geen heilige, maar wat wint hij met de ontvoering van een tweejarig jongetje? Geld heeft hij niet nodig, aandacht ook niet.

Leo gaat terug naar het bovendek. Hij haalt zijn mobiel uit

zijn zak, kijkt naar het scherm met het nummer van Ruby. Zal hij haar bellen? Ze passen niet bij elkaar, dat weet hij. Weet zij dat ook?

Past ze wel bij zijn vader?

Ruby is in principe ook een verdachte. Ze is slim genoeg om de hele ontvoering te bedenken en te laten uitvoeren. Leo kan geen reden verzinnen waarom ze het zou willen, maar ze zou het wel kunnen. Zeker als ze zou samenwerken met haar vader. Die heeft ook geen duidelijk motief, bedenkt Leo, maar Pierre de Waal is wel intelligent, doelgericht en wil altijd zijn zin krijgen.

En wat als vader en dochter hem voor hun karretje spannen? De oude vriendschap van De Waal met Roel, de geheime liefde van Ruby voor zowel zijn vader als hem, alles past in het complot, zelfs al is het totale onzin. Juist omdat het onzin is, kan hij het niet negeren.

De partyboot vaart in de richting van het eiland Pampus en de soms opstuivende fijne druppeltjes smaken zilt. Vanaf het eiland, met zijn oude vesting, komt een kotter hun richting uitgevaren. Hoe dichter de kotter nadert, hoe meer Leo zijn complottheorieën vergeet. Het lijkt wel of de kotter hen gaat rammen – is dit de situatie uit *Das Boot*?

Op de kotter gaan lichten aan, discoachtige lampen flikkeren ritmisch. Er wordt snoeiharde muziek gespeeld: 'I can get no satisfaction'. Zijn het fans? Of is het een door de productie georganiseerde gimmick?

Ze naderen tot dertig meter, dan verandert de ramkoers in dobberen. Een jonge man en een jonge vrouw staan op de voorsteven en imiteren Kate Winslet en Leonardo DiCaprio in *Titanic*. Ze dragen Venetiaanse maskers.

Een vuurpijl gaat de lucht in en barst met een knal open.

De twee boten varen gelijk op, hoogstens twee meter van

elkaar verwijderd, met op ieder dek hossende feestvierders. Meer vuurpijlen, meer explosies, meer gejuich.

Kleine confettikanonnen worden vanaf de kotter op de partyboot gericht. Omdat ze tegen de wind in varen, vliegt slechts een klein deel van de confetti aan boord. Het gejuich en het plezier worden er niet minder om.

Leo zoekt tussen de kottervaarders naar bekende gezichten. De maskers van de opvarenden maken het onmogelijk en de lichaamsvormen geven hem te weinig houvast. Ruby's lijf zou hij herkennen, zelfs als ze een geel visserspak droeg. Voor zover hij kan zien, zit ze er niet tussen.

De gemaskerde dansers halen uit jute zakken ingepakte cadeautjes en gooien die met sierlijke bogen naar de partyboot. Gejuich schalt over het IJsselmeer.

Elk cadeautje draagt de naam van een crewlid en daarmee is in ieder geval helder dat de kotter geen toevallige passant is en ook geen boot die is ingehuurd door een doorgedraaide Stones-fanaat.

De schrik slaat Leo om het hart. Elk cadeau kan een handgranaat bevatten, over een paar seconden kan iedereen menselijk aas worden voor de zoetwatervissen.

Er ontploft niks. De enige ploffen die Leo, vaag, kan horen zijn een paar cadeaus die in het water vallen omdat het vangen of gooien mislukt.

Hij ziet een gemaskerde man op de kotter klaarstaan om te gooien. Leo kijkt naar hem en hij merkt dat de man op die blik stond te wachten. Hij heft zijn hand als een teken en gooit dan zijn cadeau richting Leo. Een goeie worp, het pak landt vlak bij hem.

Zijn naam staat erop: Leo Berliner. Het is ingepakt in *Enigma*-behang, dat hij zelf gebruikt heeft voor de cadeaus die de belastingambtenaren in Hilversum vervolgens weigerden.

‘Speck!’ roept Leo naar de kotter. Niemand let op zijn geschreeuw, het verdrinkt in de algemene herrie. De man op de kotter roept niet terug, maar maakt een buiging voor Leo.

De kotter vaart weg en veel opvarenden zwaaien met hun masker. De gooier van zijn cadeau onthult zijn gezicht niet. Het postuur van de gooier klopt niet met dat van Speck, hij lijkt eerder op Frankie, de halfbroer van Moniek. Is het een wraakactie? Van wie? Klaas-Jan en Moniek? Ruys? Grove? Frankie zelf?

Op het bovendek haalt Leo het papier van het pakje: een videotape. Is er een videospeler op de boot? vraagt Leo aan de kapitein van de partyboot. Ja, in de VIP-kamer benedendeks. ‘Het kost wel extra.’

Leo wil de tape meteen bekijken, maar chantage, hoe klein ook, is een schop tegen het zere been. ‘Meneer, ik betaal dit feestje. Wilt u dat ik ga controleren of de drank goed wordt bijgehouden?’

Leo krijgt de sleutel, maar de VIP-kamer zit op slot. Iemand heeft de kamer van binnenuit afgesloten. Leo klopt, hard en dwingend. In dronken Engels krijgt Leo te horen dat hij moet opdonderen.

Leo vloekt en dreigt met ontslag als de deur nu niet meteen geopend wordt.

Een getatoeëerde hand zo groot als een kolenschop opent de deur. ‘Wie denk je wel dat je bent? De baas?’ De vrouw die samen met de hulk in de kajuit hokt en deels onder de lakens ligt, herkent Leo. Ze werkt op de administratieafdeling van *Enigma*. Ze heeft een paar keer cheques door hem moeten laten tekenen. Ze bedekt haar borsten en vertelt haar vrijer: ‘Hij is de baas.’

Nadat ze de kajuit uit zijn, zet Leo de tv aan en stopt de tape in de speler. Het beeld verschijnt. Het klamme zweet breekt hem uit. Op het scherm ziet hij Tony. Hij schrikt niet zozeer van het feit dat hij Tony ziet, maar wel hoe Tony eruitziet en vooral wat hij doet. Na de korte video verschijnt een gecodeerd bericht op het scherm.

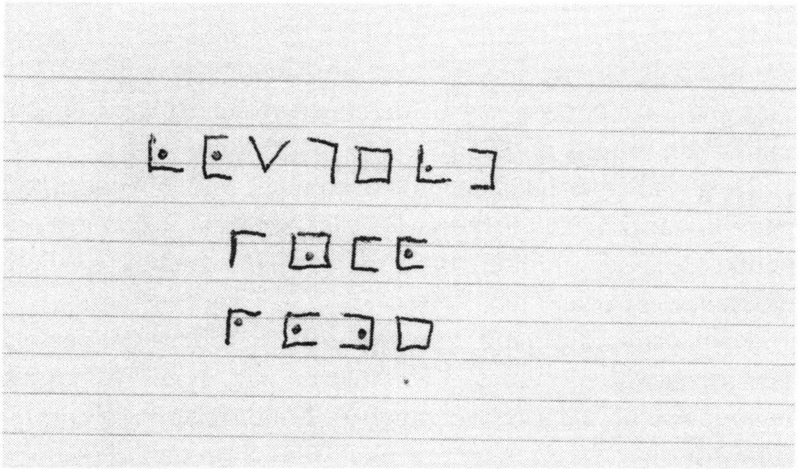

Pantheon

De blauw-witte vogel vliegt over de Alpen. Leo kijkt uit het raampje naar beneden, naar de sneeuwtoppen. Daar ergens onder hen is Tony ontvoerd.

De gedachte krijgt geen kans te groeien, want opeens zitten ze midden in hevige turbulentie, veel agressiever dan gebruikelijk. Het vliegtuig lijkt vijftig meter naar beneden te vallen, en stuitert dan weer naar boven.

Ruby grijpt zijn hand en knijpt erin. 'Je vader kent passie,' zegt ze terwijl ze hem niet aankijkt en haar hoofd in paniek tegen de steun van de stoel duwt. Ze houdt haar ogen krampachtig gesloten. 'Hij kan me plots boven op een mesthoop neuken, omdat het het eerste zachte bed in de buurt is.'

'En dat vind je fijn?'

'Tuurlijk niet. Het stinkt. Maar ik hou van zijn passie. Hij absorbeert me. Hij wil me. Hij gebruikt me zoals hij wil. Dat doe jij niet. Jij bent netjes. Jouw passie is volgens het boekje. Beschaafd.'

Leo reageert niet. Het vliegtuig duikt opnieuw. Ze knijpt harder. 'Passie komt, denk ik, als je de donkere kant van het leven gezien hebt. Daar zijn wij nog te jong voor. We hebben nog nooit iets vreselijks meegemaakt.'

Leo blijft zwijgen. Zijn hersenen niet. Hij ziet de bloedvlekken op de muur en op het parket. Hij ziet het lege ledikant waaruit zijn dochter is meegenomen. Roel heeft zijn minnares blijkbaar minder details over zijn zoon verteld dan hij dacht. Ze kan niet vermoeden dat de verdwijning van zijn eigen dochter hem drijft in zijn jacht op Tony. Haar onwetendheid lucht hem op.

'Passie is niet als jij doet wat je denkt dat ik leuk of geil zal vinden. Passie is als jij doet wat je absoluut wilt, je kan niet anders, dat wil je, dat doe je,' voegt ze aan haar betoog toe, zodra het vliegtuig weer een opwaartse beweging maakt.

'Wat is er fout aan om rekening te houden met jouw gevoel?'

'Je eigen gevoel opofferen voor de ander getuigt van minachting.' Ze blijft haar ogen krampachtig sluiten. Leo voelt irritatie opkomen. 'Dus je wilt liever dat ik je neerknuppel en half verkracht?'

'Mannen reageren altijd gepikeerd als de vrouw gelijk heeft,' zegt ze en tegelijk pakt ze de papieren kotszak en houdt deze tegen haar mond. Er komt niks naar buiten.

Leo snapt wat Ruby bedoelt. Mensen worden kwaad als ze ongelijk hebben. Hij ook. Maar hij heeft nog geen zin om haar gelijk te geven.

'Ik vertrouw Klaas-Jan niet,' zegt ze, nadat ze zuchtend de lege zak op haar schoot heeft gelegd. 'Hij is veel te rustig.'

'Een ramp met een kind ontwricht elk huwelijk. Plots doet de vader stoer en de moeder huilt alleen maar. Hij kan haar niet troosten, zij kan hem niet begrijpen. Hun verdriet heeft een ander tempo.' Leo's stem blijft rustig. 'Moniek heeft alle compassie verloren. Ze is vooral woedend. Hoe kan je een mango lekker vinden, terwijl je zoon misschien onder de grond ligt te rotten? Of: wil je seks? Ga jij maar naar de hoeren, ik ben even niet thuis.'

'Hij gaat niet naar de hoeren. Hij neukt scharreltjes,' antwoordt Ruby ongevraagd.

Leo kijkt haar aan: 'Ben jij daar een van?'

Ze opent even haar ogen om naar hem te kijken. 'Nee,

gekkie.' Ze leunt achterover. 'Een vriendin van me is actrice. Zij en Klaas-Jan ontmoeten elkaar soms in een hotel langs de A9. Neuken en dan een dvd kijken, nooit andersom. De laatste film die ze samen bekeken was een ouwe klassieker: *Marathon Man*.'

'En dat vertel je me nu pas!'

'Klaas-Jan wil niet dat Tony gevonden wordt.'

De overtuiging in haar stem is zo overdonderend dat Leo ervan schrikt. Ze heeft gelijk. Zelfs zonder bewijzen. Toch vraagt hij naar haar bewijs.

'Als we dat weten, dan weten we ook waar zijn zoon is,' zegt ze met een zucht.

'Laten we hem dan op een folterbank leggen en een paar nagels uittrekken. Zaak opgelost, en wij kunnen samen naar een tropisch eiland om op het strand te liggen.'

'Ironische flauwe grappen helpen niet.'

Het blijft stil. Ruby's greep verzwakt. Leo proeft zijn vader tussen haar woorden. Hij is een doorgewinterde onderzoeker. Toch zit het Leo heimelijk dwars dat zijn vader de zaak bespreekt met Ruby. Waarom doet hij dat? Om op te scheppen? Haar met slimme praatjes te versieren? Of om via een omweg zijn zoon te helpen?

'Waarom wil je zo graag bij deze film werken, Ruby?'

Ze opent haar ogen en kijkt hem vragend aan.

'Je hebt geen enkele interesse in film. Werk je eigenlijk voor de bank?'

'Ik? Werken voor mijn vader?'

'Waarom niet. Hij huurt mij in om de hele boel in de gaten te houden, maar wie houdt mij in de gaten? Wie kan hij vertrouwen? Zijn eigen dochter.'

Ruby trekt haar hand los van Leo. Demonstratief. Leo laat haar niet ontsnappen. 'Vrouwen worden altijd kwaad als de man gelijk heeft.'

De ruim zes meter hoge dubbele bronzen deuren maken diepe indruk op Leo. De veel hogere pilaren die de geveldriehoek dragen, zestien stuks, liegen er ook niet om. En alsof dat alles nog niet genoeg is, is er het gigantische, fenomenale oog boven in het dak van het Pantheon, waardoor het daglicht in de adembenemend mooie koepelzaal naar binnen valt.

Leo bewondert het unieke en magistrale gebouw, ooit een ode aan heidense goden. Hij is echter niet gekomen om te bewonderen. Leo is gekomen om Ruys te observeren. Grove is een andere kandidaat op zijn lijstje. En sinds Ruby haar vermoedens over Klaas-Jan met hem gedeeld heeft, staat ook die in de top drie. Leo zet Frankie op nummer vier en Jagger samen met West op een gedeelde vijfde plaats. Verder gaat hij niet.

Leo's aanwezigheid bij de opnames werkt Ruys op de zenuwen. 'Ik kan niet in vrijheid creëren,' galmt zijn stem door het Pantheon. Leo hoopt dat de irritatie hem onzorgvuldig zal maken.

Samen met Stephen Fry loopt hij naar de uitgang. Stephen ziet eruit als een zwerver met een onverzorgde baard, wilde haardos en zijn vervuilde Onno-kostuum.

'Hoe heb je ooit toestemming gekregen om hier te filmen,' vraagt de beschaafde Engelsman aan de producent.

'Bij het Vaticaan zit een van origine Nederlandse priester die over de filmtoestemmingen gaat van de meeste heilige Roomse monumenten. Hij is een fan van *De ontdekking van de hemel*. Zolang de toeristen kunnen blijven komen, we niemand in de weg lopen, de crewleden niet openlijk vloeken, geen bloot filmen en niks doen tegen de leer van het katholieke geloof, mogen we onze gang gaan.'

'Dus geen beboterde koorknaapjes voor mij op het graf van Rafael?' plaagt Fry.

'Vraag de regisseur om zo'n scène. Dat valt binnen artistieke vrijheid,' suggereert Leo lachend.

'Onze regisseur heeft geen enkele interesse in koorknaapjes. Kinderen kunnen hem niets schelen. Volwassenen ook niet. Hij maakt deze film uitsluitend voor de Amerikanen die mogen stemmen voor de Oscars.'

Fry zegt het zonder ironie of bitterheid en dat geeft nog meer waarheid aan zijn woorden. Ruys zakt een paar plaatsen op Leo's verdachtenlijstje. Een regisseur die obsessief bezig is om een Oscar te winnen, ontvoert geen jongetje van twee.

Fry wijst Leo naar een man bij de fontein op het plein. 'Die man schaduwt ons al een paar dagen. Hij heeft een uitzonderlijke belangstelling voor deze film.'

Leo herkent hem meteen: Speck. Met een gehaaste verontschuldiging naar Fry, stevent Leo op de fontein af. Speck ziet hem aankomen. Hij spoedt zich tussen de toeristen naar een zijstraat.

De belastingambtenaar gedraagt zich als een tasjesdief. Hij duwt mensen hardhandig opzij. Net zoals bij wielrennen is de achtervolger echter in het voordeel. Leo hoeft geen weg te kiezen, geen tijdrovende beslissingen te maken. Hij kan zich richten op zijn prooi en dat maakt hem sneller.

Bij de Piazza Navona heeft hij de tengere man ingehaald. Hij grijpt zijn schouder, de overheidsdienaar stopt meteen. Hij leunt voorover met zijn handen op zijn knieën om uit te hijgen. Leo doet hetzelfde.

'Je weet iets,' zegt Leo, naar adem snakkend.

'Ik weet alleen dat het om geld gaat. Heel veel geld.'

'Willen ze geld voor Tony?'

'Tony is een code. Het jongetje is een pion in een groot complot,' zegt Speck, terwijl hij met een hand langs zijn neus veegt.

Leo kijkt hem, nog steeds zwaar ademend, van opzij aan. 'Weten de mensen van het rusthuis dat je hier bent, John?'

'Ik word liever aangesproken met meneer Speck. Als ambtenaar is het verstandig om een zekere zakelijke afstand te bewaren.'

'Meneer Speck, heeft u medicijnen nodig?'

Speck gaat weer normaal rechtop staan. 'Jij denkt dus ook dat ik gek ben?'

'Verward misschien?'

'Ik weet dat ze proberen de boel op te lichten. Ze werken er allemaal aan mee. En ik heb bewijzen.'

'Mag ik dat bewijs horen?'

'Valse rekeningen. Een rekening voor zeventig lekke banden? In wiens zak verdwijnt dat geld?'

'Heeft u enig idee wie die banden heeft lek gestoken, meneer Speck?' vraagt Leo zo kalm als hij kan.

'Ik denk dat het een opdracht was van de Fiod. Ze proberen mij de schuld te geven.'

'U moet niet alles geloven wat u denkt.'

'Als u me niet wilt geloven, prima. Ik zeg alleen: het gaat allemaal om geld dat ze van de belastingbetaler willen inpikken.'

'Wat weet u van de video over Tony?'

'Die video is gemaakt door zogenaamde Rotaryclubleden. Alleen, ze horen niet bij de Rotary, het zijn allemaal vrijmetselaars.'

'Heeft u ook namen?'

'Diverse RijckeVorst-bankdirecteuren inclusief Pierre de Waal, twee Rolling Stones inclusief Mick Jagger, Harry Mulisch, de paus, de echte én zijn alter ego. Ze ontmoeten elkaar in het openbaar, vandaag in het Sancta Sanctorum, en morgen op het Sint-Pietersplein, dan lijkt het niet verdacht. Ze gebruiken een geheimtaal om opdrachten te versturen.'

Speck lepelt nog een reeks beschuldigingen op.

Leo luistert en telkens als de ambtenaar zich te sterk opwindt, probeert Leo hem te kalmeren, soms door hem gelijk te geven, soms door het onderwerp drastisch te veranderen. Tevergeefs.

'De vrijmetselaars gaan een moord plegen. Hier in Rome. Ze willen meer geld. Je kan beter vandaag nog vertrekken.'

Het kost Leo flink wat moeite om Speck naar zijn hotel te brengen. Het is een heel goedkoop hostel in de Via Vincenza. In zijn kamer staan twee stapelbedden en op de muur de spreuk: 'Je hebt geen magie nodig om te verdwijnen. Alleen een doel.'

'Verrassend dat u hier kan logeren,' merkt Leo op. 'De studentenleeftijd ligt al flink achter u.'

'Ze hadden medelijden met me,' legt Speck uit, met een nuchtere eerlijkheid die elke gekte in twijfel trekt.

Paus

Ruby zit Italiaanse toeristenkoffie te drinken op het terras van het hotel, samen met Harry Mulisch en Carla. 'Ik kwam hen tegen bij het Sancta Sanctorum.' Leo schuift aan en bestelt mineraalwater omdat hij, naar eigen zeggen, geen extra adrenaline meer nodig heeft. Niemand vraagt hem of er iets gebeurd is.

Er volgt een pingpongwedstrijd over de vraag in hoeverre het toeval was dat Ruby de schrijver en zijn vrouw midden in Rome ontmoette.

Mulisch smasht met zijn favoriete 'toeval bestaat niet'. Carla serveert steeds opnieuw dat haar man katholieke deuren kan openen, die zelfs voor Nederlandse bisschoppen gesloten blijven. En Ruby slaat terug met de overtuiging dat hun gelijktijdig bezoek aan de Heilige Trappen in scène gezet moet zijn door een mysterieuze macht met een hoger doel.

Leo neemt geen deel aan het spel. 'Waarom bezocht u het Sancta Sanctorum?' vraagt hij met een zakelijke stem aan Mulisch.

'We bezoeken het Heilige der Heiligen altijd als we naar Rome reizen,' antwoordt zijn vrouw voor hem.

'Wisten jullie dat we hier deze week zouden filmen?' informeert Leo.

Nee, dat wisten ze niet. 'Morgen heeft Harry een audiëntie bij de paus op het Sint-Pietersplein,' vertelt Carla trots.

'Kun je vragen of we in het Sancta Sanctorum mogen filmen?' gooit Ruby er meteen uit. 'Het Pantheon is gelukt, maar voor het Sancta Sanctorum gelden strengere regels. Het heiligdom heeft een aparte "film"-bisschop uit Spanje en die zit in een ivoren toren.'

'Het Vaticaan geeft nooit toestemming,' verzekert Carla haar. 'Minder toeristen kost de kerk te veel.'

Nieuw gepingpong volgt over corruptie in de Kerk, en ook nu speelt Leo niet mee. De hele discussie leidt tot niks, behalve het bestellen van een fles witte wijn.

'Je bent zo stil,' merkt de schrijver op. 'Wat zit je dwars?'

'Ik ontmoette vandaag een man bij het Pantheon, een Nederlander die ik vaag ken, en hij kwam met de gekste complottheorieën.'

'Waarover?' vraagt Carla. 'Over *De ontdekking*?'

'Over de verdwijning van de zoon van de producent.'

'Je kent het spreekwoord: wie gekheid zaait, zal dwaasheid oogsten.' Carla gniffelt er zelf om.

'Ik ken alleen: gekken en dwazen schrijven hun namen op deuren en glazen,' retourneert Ruby.

Carla port haar man. Hij is de intellectueel, hij moet met een killer komen. 'Goed dan, ik zou zeggen: de wereld is een gekkenhuis.'

Onvermijdelijk gaan de blikken van de drie wijndrinkers naar Leo, die zegt: 'Kinderen en gekken spreken de waarheid.' Zijn nuchtere toon dempt de vrolijkheid van de anderen.

'En het kind?' vraagt Mulisch. 'Ben jij dat?'

Leo heft zijn hand op als verontschuldiging. Als de schrijver hem als kind of zelfs als kinderachtig wil zien, prima.

'Ik hoor dat je een videotape van dat ontvoerde jongetje hebt,' zegt de schrijver.

'Harry zou die tape best willen zien,' voegt Carla eraan toe, wanneer Leo alleen reageert met een bevestigend hoofdknikje. 'Is dat mogelijk?'

Hotel Campo de' Fiori is een juweeltje in het centrum van Rome. De kamers zijn kleine stijlvolle boudoirs met een met baldakijnen omlijst bed, geschilderde fresco plafonds en brocaat behang.

Mulisch krijgt de enige zetel in de kamer. Carla en Ruby zitten zusterlijk naast elkaar op bed. Leo blijft naast de tv staan met de afstandsbediening.

Het eerste beeld op de tape laat de voorkant van de *International Herald Tribune* zien met daarop een verhaal over een op hol geslagen trein die in Ohio zonder enige bemanning bijna twee uur over de rails denderde.

'Raar,' zegt Mulisch. 'Waarom moeten ze de datum bewijzen?'

'In ieder geval leefde hij op die datum nog,' verduidelijkt Leo in naam van de ontvoerders.

Na het tonen van de krant zwenkt het beeld naar een jongetje op de grond. Hij wordt van bovenaf gefilmd en zit te spelen met autootjes. Het ventje zit met zijn rug naar de camera, totdat hij doorheeft dat hij gefilmd wordt en zich omdraait.

Tony kijkt in de lens, lacht, pakt een autootje en laat het trots aan de camera zien. Hij pakt een ander autootje van de vloer en duwt het speelgoed op de grond, tegen de muur, langs een stoel, over de tafel, intussen motorgeluiden makend: 'Brrrrr, broemmm, broemmm.'

Dan stopt het beeld en verschijnt de gecodeerde tekst.

Leo zet de tv uit. Het blijft even stil in de kamer.

'Hebben zijn ouders dit gezien?' vraagt Mulisch, terwijl hij zijn pijp vlam geeft.

'Ja natuurlijk, nu weten ze in elk geval dat Tony nog leeft,' antwoordt Leo.

'Wat vreselijk,' verzucht Carla. 'Hoe vond zijn moeder het?'

'Eerst was ze door het dolle heen,' vertelt Ruby. 'Toen werd ze woedend.'

'Ze werd niet alleen woedend op de ontvoerders,' legt Leo uit. 'Ook op de blijdschap van haar kind. Tony was niet verdrietig. Hij huilde niet. Hij was niet bang, speelde vrolijk. Leek het prima naar zijn zin te hebben.'

'Ik begrijp het wel,' mijmert Carla. 'Als moeder wil je dat je kind jou vreselijk mist.'

'En wat vond de politie van de tape?' informeert Mulisch.

Ruby neemt opnieuw het roer van Leo over. 'Hun eerste reactie was dat de ontvoerders Tony goed lijken te verzorgen. Goede verzorgers vermoorden geen kinderen. Het bericht is uiterst simpel en was gemakkelijk te decoderen: *losgeld info Rome*. Daar begrijpt de Nederlandse politie niks van. Het feit dat we een deel van de film in Rome opnemen, heeft volgens hen niks met de ontvoering te maken. Die link zou zo dom zijn, dat zij geloven dat het toeval is.'

'Ze hoeven niks te begrijpen. Zolang ze het kind maar vinden,' meent Carla.

'Ze hebben geen idee. Het filmpje geeft geen enkele aanwijzing over zijn verblijfplaats.' Ruby schuift van het bed af om naar de wc te gaan. Het is weliswaar haar kamer niet, maar ze voelt zich genoeg thuis om de faciliteit te gebruiken zonder het te vragen.

'De muren zijn interessant.' De schrijver blaast een grote wolk rook uit. 'Geen gewone woonkamer. Het lijkt op een caravan of een woonwagen.'

'Als dat zo is, zou de politie dat ook wel gespot hebben,' roept Ruby vanuit de badkamer.

'Politiemannen zijn ook maar mensen. Er moet er net eentje tussen zitten die dat weet.' Hij trekt een paar maal zorgvuldig aan zijn pijp. 'Het tapijt is te duur voor woonwagenbewoners.

Ik heb dat patroon eenmaal eerder gezien, in de loge van een rijke Rotaryclub.'

'In Nederland?' vraagt Leo.

'Nee, in Venetië, vlak bij het Hotel des Bains op het Lido. Het gebouw is een paar jaar geleden afgebroken. Misschien heeft iemand tapijtresten uit de container gepikt. De code over het losgeld komt van de vrijmetselaars, het is rozenkruisersgeheimschrift, werd vooral gebruikt in de late middeleeuwen. Wist je dat?' vraagt Mulisch.

Nee, dat wist Leo niet. 'Is er een verband tussen vrijmetselaars en de Rotary?' roept Ruby.

'De Rotary is het weggelopen achterneefje van de vrijmetselaars,' beweert Leo, en Mulisch spreekt hem niet tegen.

'Wat heb je eraan als moeder?' Carla gaat voor de badkamerdeur staan, alsof ze in de rij staat bij de toiletten van een nachtclub. 'Je ziet je kind lachen en blij zijn bij totale vreemden. Doet er niet toe of die in een woonwagen wonen of in een paleis.'

Nu pas ziet Carla dat Leo zijn ogen droog veegt met een tissue. Zijn tranen blijven echter stromen. Ruby komt uit de badkamer en ziet haar baas ook huilen.

'Zullen we morgen meegaan naar de Sint-Pieter?' vraagt ze aan Carla.

De slanke vrouw kijkt naar haar man, die met een hoofdknik aangeeft dat fans wat hem betreft oké zijn. Niemand zegt verder een woord, waardoor alleen het snuiven van Leo te horen is.

'Hebben we iets fouts gezegd?' vraagt Carla ten slotte fluisterend aan Ruby.

'Vroeger...' begint Ruby, maar ze maakt haar zin niet af.

Paus Johannes Paulus II houdt een algemene audiëntie op het Sint-Pietersplein. Harry Mulisch zit op de voorste rij en heeft daarmee de garantie dat hij na afloop de paus de hand mag schudden en kan spreken.

Carla staat, geflankeerd door Ruby en Leo, achter de dranghekken. Ze heeft een kleine verrekijker meegenomen en tuurt naar de kerkvorst. Van haar eigen man kan ze alleen een klein plukje haar zien.

Terwijl Carla een live verslag doet van het pauselijk gedrag – 'Hij staat nu op, strompelt langs de rij, richting Harry,' – stopt een Italiaanse productieassistent op een scooter naast hen. De runner brengt Leo de concept call sheet voor vanavond ter goedkeuring. Meestal wordt de call sheet de avond van tevoren uitgedeeld, maar omdat het filmen vandaag pas laat begint – er zullen nachtopnames gemaakt worden in het Colosseum – wordt de call sheet pas rond het middaguur in alle hotelkamers van crew en cast onder de deur door geschoven.

Er pronkt een nieuwe filmrebus op het voorblad. De symbolen verwijzen duidelijk naar het Colosseum en Leo herkent meteen de spektakelfilm *Ben Hur*. Maar de detailaanwijzingen, belangrijker dan de filmtitel zelf, laten zich niet zo gemakkelijk ontcijferen.

READY TO SHOOT	19:00pm		SUNRISE:	06:50
LUNCH 45 min @approx	02.30am	Collosseum	SUNSET:	20:31
WRAP	05.00am	Rome		

puzzle of the day

(answers to Prod. Office and send us your quote-joke-puzzle. Producers offer real Dutch toffees as bonus price)

CAST

ID	CHARACTER	ACTOR	ADDRESS	DRIVER	CALL	ON SET
1	Onno	Stephen Fry	Hotel	Isabella	17:15	17:30

‘Wat moeten we hiermee?’ Leo’s stem klinkt geïrriteerd. ‘Betekent dit dat Harry de paus gaat neerschieten? Of dat het Colosseum gevaarlijk is?’

Hij verfrommelt het papier. ‘Bel het productiekantoor en vervang die rebus door de woorden “Waar & Wanneer”. In hoofdletters,’ beveelt hij Ruby. Ze voert meteen het bevel uit en belt met de Italiaanse line-producer.

‘De paus geeft Harry een hand.’ Carla heeft haar ogen geen seconde van de verrekijker af gehouden. ‘Ze praten. Harry overhandigt hem de Poolse versie van *De aanslag*.’

Carla is geen pausaanbidder en haar man zo mogelijk nog minder, maar toch is ze opgewonden dat de twee mannen elkaar de hand schudden, alsof de hand van de paus vanavond haar billen zal zegenen. ‘Nu gaat hij vragen of Het Sancta Sanctorum... nee, de paus loopt verder, kijkt wel terug...’

Ruby houdt haar telefoon tegen haar borstkas zodat de verbinding behouden blijft zonder dat de andere kant kan meeluisteren. ‘De aanpassingen op de call sheet zijn geregeld, maar de Italiaanse line-producer vertelt net dat ze een probleem hebben met de chauffeurs. Op vrijdag willen ze niet na zes uur werken, tenzij ze een bonus krijgen.’

‘Ze krijgen toch overuren?’

‘Een bonus is boven op de overuren. Cash in een envelop.’

‘Dat is gewoon chantage.’

‘Het gaat niet om veel geld. Vijftien chauffeurs elk honderd euro in ouderwetse lires.’

‘Ze kunnen de pot op. Huur maar andere chauffeurs, zelfs al kosten die meer.’

Ruby vertelt de Italiaanse line-producer het oordeel van haar baas. Na een korte discussie bedekt ze haar telefoon opnieuw. ‘Er zijn geen andere chauffeurs. En vrijdagavond is de enige avond dat we het Colosseum kunnen krijgen. Het

Colosseum, Leo, dat bouw je niet eventjes na in de studio.'

Leo blijft nors kijken en houdt zijn mond. Ruby verbreekt het gesprek met de belofte snel terug te bellen.

Ruby heeft nauwelijks opgehangen of Carla's mobiel rinkelt. 'Harry...? Nou, mooi... Ja, alles gezien door de verrekijker...' Elk woord tegen haar man, die nog geen vijftig meter bij haar vandaan staat, is gedrenkt in grenzeloze bewondering. Toch haast ze zich om het gesprek te beëindigen: 'Harry, ik ga ophangen, weet je wel hoe duur dit is? We bellen via Nederland en betalen allebei dubbel.'

Ze glundert naar Leo en Ruby. 'Volgens Harry heeft de paus hem diep in zijn ogen gekeken en hij kreeg de indruk dat hij graag langer wou praten. Hij komt natuurlijk allemaal rare mensen tegen en nu had hij een schrijver voor zich. Harry zag zijn ogen twinkelen.'

Plots klinken er twee knallen. Uit de mensenmassa stijgt een angstkreet op, die naar de buitenkanten van het plein golft.

'Is Harry oké?' vraagt Leo in paniek.

Ruby leent de verrekijker van Carla en Leo tilt haar op, zodat ze boven de massa kan uitkijken. Ze krijgt Harry vrij snel in haar vizier. 'Harry loopt samen met kardinaal Simonis in de richting van de Kerk der Friezen. Niks aan de hand. Twee tieners die opgeblazen papieren zakjes kapotsloegen.'

'We hebben Simonis een keer bij toeval ontmoet op het vliegveld Fiumicino toen we research deden in Rome voor *De ontdekking*,' vertelt Carla opgelucht. 'Harry heeft hem later het boek gestuurd. Simonis vond het geweldig, al riep het bij hem veel vragen op over de diepste dingen des levens. Daar gaan ze het nu over hebben.'

Terwijl ze richting Kerk der Friezen lopen om een glimp op te vangen van de notabelen, stopt opnieuw een Italiaanse productieassistent op een scooter naast hen om de aangepaste call sheet voor vanavond ter goedkeuring voor te leggen.

Leo staart naar de veranderde rebus. ‘Wat is dit? Een grap?’

CREWCALL	18:30pm			
READY TO SHOOT	19:00pm		SUNRISE:	06:50
LUNCH 45 min @approx	02.30am	Collosseum	SUNSET:	20:31
WRAP	05.00am	Rome		

CAST						
ID	CHARACTER	ACTOR	ADDRESS	DRIVER	CALL	ON SET
1	Onno	Stephen Fry	Hotel	Isabella	17:15	17:30
3	Quinten	Neil Newbon	Hotel	Isabella	18:30	18:45

‘Ze zijn alle twee vanuit een hotel hier in Rome gestuurd.’ Ruby luistert verder naar de info die ze per telefoon van het productiekantoor krijgt. ‘Een hostel in de Via Vincenza,’ bericht ze. ‘De tweede fax kwam een kwartier later en liet weten dat de eerste rebus een drukfout had. Jouw handtekening stond eronder.’

Leo heeft genoeg gehoord. ‘Zorg dat de Italiaanse chauffeurs hun envelop met bonus krijgen,’ draagt hij Ruby op.

‘En auto nummer vijf krijgt honderdduizend?’

‘Dat is onzin,’ stelt Leo beslist. ‘Ze wachten niet maanden en komen dan met zo’n klein bedrag. Als ze geld willen, komen ze heus wel terug met een echt bedrag plus een plan hoe Tony overgedragen wordt. Zonder plan geen geld.’

’En de rebus?’

‘Het ziet er knullig en onprofessioneel uit. Iemand die zo dom is om mijn handtekening te vervalsen, gaat nog meer stomme dingen doen. Laat maar staan.’

Colosseum

'Deze kleuren zou Tony zo leuk vinden,' zucht Moniek met een hand voor haar mond. 'Hij is dol op oranje en rood.' Ze laat het armbandje door haar vingers glijden en ruikt er zelfs aan. Klaas-Jan moet het kopen. Wat vindt een jongetje van twee nou aan een armbandje? zou hij kunnen vragen, maar hij haalt het niet in zijn hoofd om zijn vrouw tegen te spreken. Ook Leo is wijs genoeg om zijn mond te houden.

De verkoper probeert Moniek daarna een zonnebril aan te smeren. Het is weliswaar al donker, maar de illegale verkoop rondom het Colosseum draait dag en nacht op volle toeren. Oorspronkelijk was de zonnebrillenhandel in Afrikaanse handen, er moet recent een machtswisseling plaatsgevonden hebben want het valt Leo op dat nagenoeg alle verkopers Roma zijn.

'Wij duiken even de catacomben in,' legt Klaas-Jan uit. 'We willen genieten van de ruïnes voordat Ruys het in zijn hoofd haalt om alles met de grond gelijk te maken.'

Leo vindt het prima. Hij heeft een paar uur met het echtpaar doorgebracht, ditjes en datjes besproken, nooit iets belangrijks. De kidnapping is helemaal buiten schot gebleven. Er is volledige radiostilte over Tony afgesproken want een roddelblad heeft een liplezer ingehuurd en je weet nooit wanneer de verrekijker op de ouders gericht is. Ze zijn aan het einde van hun Latijn, gek van bezorgdheid, maar houden zich stoer en zien Rome als een korte vakantie in de hoop dat de liplezer niet meereist.

Klaas-Jan kan stiekem zoveel scharreltjes in hotels langs de snelweg neuken als hij wil, dat maakt hem nog geen kidnapper van zijn eigen kind, heeft Leo geconcludeerd. Klaas-Jan tuimelt van de derde naar de vierde plek op zijn verdachtenlijstje en wisselt stuivertje met Frankie.

De Italiaanse chauffeurs, ingehuurd door de filmproductie, hebben net de vrachtwagens geparkeerd aan de zuidkant van het Colosseum en lopen gezamenlijk, druk babbelend, naar de cateringbus waar, geheel volgens de vakbondsregels, nu ontbijt geserveerd wordt, al is het half negen 's avonds.

Leo verwacht bij vrachtwagen nummer vijf een dikbuikige maffioso aan te treffen, maar het is een Oost-Europeaan met een atletisch postuur. De man geeft een vuurtje aan... Frankie. Leo is bij het zien van de halfbroer van Moniek verbaasd en toch ook weer niet. Frankie is dom genoeg om te denken dat hij iedereen kan oplichten en een losgeld van honderdduizend dollar in zijn zak kan stoppen. Kruimeldieven blijven klein omdat ze klein denken.

Zou Frankie weten waar Tony vastgehouden wordt? Leo gelooft het niet. Hij heeft niet de intelligentie om de ontvoering van zijn neefje succesvol te organiseren, noch om de onderhandelingen per rebus in het geheim te sturen.

Leo besluit niks te doen. Geen confrontatie. Frankie is typisch een losse flodder die schade kan aanrichten als zijn ego op de foute manier geprikkeld wordt. Zijn grootste zorg is dat Speck en Frankie gaan samenwerken; een overspannen ambtenaar hand in hand met een cokesnuivende hooligan kan uitsluitend een ramp opleveren.

Onopgemerkt verlaat Leo het parkeergebied met de materiaalwagens. Vanuit de ingewanden van het Colosseum hoort hij de stem van Ruys schallen, die zijn bevelen door de megafoon geeft in plaats van dat over te laten aan de eerste regieassistent. Ruys geeft het volmondig zelf toe: 'Ik hoor mijn eigen stem graag. Ik heb een mooie stem. Mijn vibraties kalmeren iedereen.'

Leo dwaalt door de catacomben. Slenterend tussen de schemerige pilaren en de gehavende gangen hoort hij plotseling dichtbij geluiden die vreemd klinken; dierlijk. Hij ziet een schim door de loopboog schieten en een zijbeuk ingaan, al snel gevolgd door een tweede schim.

Moniek en Klaas-Jan? Of was het Speck gevolgd door Ruby? Of andersom? Zijn persoonlijke assistente schaduwt Speck. 'Niet met hem praten. Geen contact. Blijf onzichtbaar. Zorg dat je precies weet wie hij ontmoet en wat hij doet.' Heeft hij Speck onderschat? Of Ruby overschat?

Leo snelt, zo stil mogelijk, naar de zijbeuken die vroeger leidden naar de leeuwenkooien. Hij ziet niemand. Hij roept. Meteen rent er iemand hard weg. Leo vangt een glimp op. Achtervolgde Frankie hem? En zo ja, waarom? Wilde Frankie hem neerknallen zoals de rebus aangeeft?

Leo verliest alle voorzichtigheid uit het oog. De adrenaline maakt hem blind voor gevaar. Hij rent de zijgang in, spurt om een kolossale pilaar en botst frontaal tegen een man. Ze gaan beiden onderuit en schuiven over het grint.

'Stephen?' roept Leo verbaasd. 'Jij hebt toch geen opnames vanavond?'

'Ik schaaf mijn archeologische kennis bij.' Fry krabbelt op en slaat het gruis van zijn jasje en broek.

Leo ziet een witte veeg op Stephens gezicht. Is het kalkpoeder of cocaïne? Waren de wegrennende voeten van een dealer? Of was het Frankie, die dealt als bijverdienste?

De botsing met Leo doet geen afbreuk aan Fry's goede humeur. 'Er gaan geruchten dat je probeert de ontvoering van dat jongetje op te lossen. Heel nobel.'

‘Proberen is het sleutelwoord. En met nobelheid heeft het niets te maken,’ zegt Leo.

‘Als mijn leven iets anders gelopen was, dan was ik nu detective, of misdadiger.’

‘Heb je een voorkeur voor een bepaalde misdaad?’

‘Een perfecte misdaad moet per definitie een moord zijn. Een perfecte moord is net zo bevredigend als een mooi gedicht. Om Oscar Wilde te parafraseren: “Het geluk van een moordenaar hangt af van de moorden die hij niet pleegt.”’

‘Welk wapen zou je kiezen?’ vraagt Leo, terwijl ze de hoofdgaanderij weer inwandelen in de richting van Ruys’ echoënde stem.

‘Een pistool. Ik bezit een Walther P5.’

‘Ik dacht dat je pas een werkelijke killer was als je een ander met een mes neerstak of met je blote handen vermoordde.’

‘Een echte man, ah, dat is de andere droom.’

Leo laat hem de rebus zien. ‘Wat zou je hiervan maken als detective? De film is *Ben Hur*.’

Stephen kijkt aandachtig naar de tekeningen. ‘Het lijkt erop dat ze de hoofdacteur willen vermoorden. Met een Walther P5.’

‘Enig idee waarom?’

‘*Ben Hur* had net als *Lawrence of Arabia* een homoseksuele ondertoon. Misschien heb je te maken met een homohater.’

Aan het einde van de galerij zien ze een zee van filmlicht tussen de pilaren. Plots loopt een schimmel door de lichten en vrijwel meteen verdwijnt het paard weer tussen de zuilen.

Stephen geeft de call sheet met de rebus terug aan Leo en wandelt na een vriendelijke groet de schemerige catacomben in. De sjokkende man roept twee vragen op bij Leo. Ten eerste: is Fry een misdadiger? Leo weet dat dat onzin is, want toen Tony ontvoerd werd, was er nog helemaal geen sprake van Stephen Fry als acteur in *De ontdekking*. Ten tweede: is Stephen als hoofdrolspeler en homoseksueel een mogelijk doelwit?

Leo bestudeert de rebus opnieuw. Zou de verdwijning van Tony met homohaat te maken hebben? Hij gelooft het niet.

Hij loopt verder in de richting van de set. De overvloed aan filmlicht verblindt hem bijna. Op het moment dat hij de lichtbundel in stapt hoort hij een knal die via echo's zichzelf vele malen herhaalt.

Tot ieders verbijstering stort de schimmel ter aarde. Het beest is nog niet dood, hij ligt op de grond en probeert wanhopig zijn kop op te richten.

De verwarring is enorm. Was het een ongeluk? Of een gericht schot? Sommige vrouwen in de crew vinden de aanblik van het gewonde dier te afschuwelijk en lopen huilend weg, anderen komen terug met dekens die ze over het zwetende lijf van het beest leggen.

'Moet de politie worden gewaarschuwd?' vraagt Ruby, die haar schaduwspel met Speck na het horen van het schot gestaakt heeft.

'Heeft Speck geschoten?' vraagt Leo aan haar zonder dat iemand anders het kan horen. Dat gelooft ze niet, hoewel ze toegeeft dat ze hem de laatste twee minuten voor het schot uit het oog verloren was, dus een waterdicht alibi kan ze hem niet verschaffen.

Leo op zijn beurt kan niet honderd procent instaan voor Stephen Fry, naar eigen zeggen de trotse bezitter van een Walther P5. Hij is geen pistoolexpert, het gaatje boven het rechteroog van het paard, waar nauwelijks bloed uit loopt, herkent hij niet als een typische Walther P5-schotwond.

'Ik heb nog één opname van die schimmel nodig,' roert Ruys zich in de oproer en chaos. 'Zet dat beest op zijn poten.'

Hij geeft de opdracht aan de rekwisiteur die verantwoordelijk is voor het paard zodra het in beeld komt. 'Dat kan toch niet,' sputtert de baardige man geschokt. 'Het beest is stervende. Zoiets doe je toch niet?'

'Wat maakt het uit? Of-ie nu doodgaat terwijl-ie ligt of staat. Dat beest gaat over een week toch naar de lijmfabriek.'

'Hij valt om,' zegt de rekwisiteur aarzelend.

'Rechtzetten tegen een pilaar. Het is een paard verdomme, geen mens.'

Nog voordat iemand kan beginnen om het paard op zijn poten te duwen, ploft de kop van de schimmel neer. Hard genoeg om een wit wolkje in de kalkgrond te laten opbollen.

Iedereen is er stil van.

Leo verbreekt de stilte. 'Genoeg gefilmd vandaag. We stoppen. Het is een wrap.' Normaal gezien bepaalt de producent niet het einde van de opnamedag. Toch vecht niemand Leo's beslissing aan.

'Helemaal mee eens,' galmt Ruys' stem door de catacomben. 'Ik ben heel erg toe aan een goed glas witte wijn.'

Dan horen ze allemaal een ijzingwekkende gil. Iedereen draait zich geschrokken om. Wie de goeie kant op draait ziet nog net een lichaam naar beneden vallen; het landt met een doffe klap op de stenen vloer vlak bij de filmcrew. Het lichaam beweegt niet meer. Een paar belichters rennen naar de man op de grond. 'Het is een runner,' roept een van hen. 'Frankie!' roept een ander.

Leo ziet een armbandje rond de pols van Frankie zitten, oranje en rood.

'Godverdomme,' vloekt Ruys tegen Leo. 'Zorg onmiddellijk voor een andere chauffeur. Ik wil naar mijn hotel.'

Op de knieën

Eerste onderzoek wijst uit dat Frankie een buitensporige hoeveelheid xtc-pillen slikte. En hij droeg een pistool waarmee de schimmel bleek neergeschoten. Bovendien vindt de politie in zijn hotelkamer drie dode zwerfkatten.

De recherche gaat ervan uit dat Frankie high was en niet meer wist wat hij deed. Men labelt zijn dood als een ongeluk.

Leo denkt eerder aan moord. De zwerfkatten zouden, net als het konijn op zijn huurauto bij het kasteel, kunnen dienen als lugubere waarschuwingen. Frankies variant van een dode maffiavis. Hij is echter niet toegekomen aan de bezorging.

De moord beschouwt Leo als een waarschuwing van de echte ontvoerders. Ze deinzen niet langer terug voor geweld. Hij hoopt dat het gevolgd zal worden door een overduidelijke aanwijzing, hoe, waar en wanneer de ruil van het losgeld tegen Tony kan plaatsvinden.

Zijn hoop wordt niet beantwoord. Geen telefoontje midden in de nacht, geen briefje in een verzegelde envelop bij de receptie, geen rebus per fax. Niks.

Leo laat zich de volgende dag naar de filmset rijden; een klooster een klein uur buiten Rome. Zodra hij de auto uitstapt, komt de opnameleider naar hem toegesneld. ‘De monniken willen meer geld.’

Leo stapt af op de abt, die als standvastige kruisvaarder met gevouwen armen voor de nagebouwde Sancta Sanctorumtrappen staat, in een pose die erg lijkt op een Mussolini-foto. Hij wil in plaats van de afgesproken tweeduizend dollar nu tienduizend, maar wel in ouderwetse lires omdat hij zowel de dollar als de toekomstige euro niet vertrouwt.

Ruby onderbreekt de onderhandelingen. ‘Niet nu,’ snauwt Leo in een taal die de abt niet verstaat, maar waarvan hij de toon wel begrijpt.

‘Het is belangrijk,’ zegt Ruby snel. ‘Ik kreeg een sms. Je ontvangt binnen twee uur instructies.’

‘Waar? Hier?’

‘Hoe, wat, waar, door wie, weet ik niet. Instructies binnen twee uur, dat is alles.’

Leo vervolgt de koehandel met de abt en krijgt na dreigementen met hemelse opperbevelhebbers het bedrag naar vijfduizend.

De scène die opgenomen zal worden, verlangt dat gelovigen op hun knieën achtentwintig treden biddend op kruipen naar een hek voor een kleine kapel met een houten kist vol heilige relikwieën, vooral botten, die sinds de zestiende eeuw niet meer geopend is.

In het filmverhaal zullen Onno en zijn zoon Quinten later in het Heilige der Heiligen inbreken en de Tien Geboden vinden.

Vijf Italiaanse figuranten weigeren de trap op te klimmen, tenzij ze extra betaald worden voor de pijn in hun knieën. Leo ontslaat hen en stuurt ze weg.

‘Je moet je niet met zulke details bemoeien,’ fluistert Ruby naar hem. ‘Dat moet je overlaten aan de productiemensen.’

‘Een stelletje bange geiten, die alles oplossen met geld en nooit omdat ze iets goed of fout vinden.’

‘Zo meteen gaat Ruys brullen dat hij niet kan opnemen omdat er te weinig figuranten zijn.’

Haar woorden zijn nauwelijks opgelost in de heilige kloosterlucht, of de toorn van Ruys dendert van de trappen naar beneden. ‘Ik mis figuranten! Mijn beeld is verpest.’

‘Wij zijn eerste reserve,’ roept Leo terug. Hij trekt Ruby mee naar de onderste trede zodat ze helemaal achter in het beeld, onherkenbaar, wriemelende lichamen zullen zijn.

‘Wat moeten we bidden?’ vraagt Ruby fluisterend als ze op de onderste trede knielen.

‘Een gebed voor Frankie zou wel op zijn plaats zijn,’ meent Leo.

Ruby kijkt hem bestraffend aan.

‘Wat denk je van de schimmel?’

Ook die suggestie tovert geen glimlach op haar gezicht. ‘Geen idee, ik ben niet katholiek opgevoed. Jij?’ vraagt Leo.

‘Mijn ouders waren libertijnen. Geloof mag, maar past niet.’

Leo tilt zijn knie op naar de volgende trede. Ruby volgt hem.

‘Auwww,’ sist Ruby. ‘Fuck it.’

‘Zuster! We beklimmen een heilige trap.’

‘Die kutsteentjes snijden in mijn knie.’

Leo merkt dat ze boven aan de trap de camera aan het verplaatsen zijn, dus helemaal niets opnemen. Een paar monniken die meefigureren, trekken hun pijen wat op en vergelijken de kniebeschermers die ze dragen met elkaar, als voetballers die lyrisch debatteren over scheenbeschermers.

Leo staat op, rent snel naar de kledingbus en komt terug met sjaals. Hij geeft er twee aan Ruby, zodat zij ze om haar knieën kan binden.

‘Een doekje tegen het vloeken,’ grinnikt hij. ‘Mag dat wel van de libertijnen, vloeken?’ vraagt hij zacht, terwijl de regieassistent boven aan de trap roept dat de opname gaat starten.

‘Alles mag en niks mag. En wat dan nog? Het maakt allemaal niks uit. Mijn moeder kreeg kanker, libertijn of niet.’

Leo hoort een klik uit zijn telefoon komen. Hij pakt zo onopvallend mogelijk zijn mobiel om te kijken. Het is een leeg bericht. Er staat helemaal niks. Ook geen afzender.

'Dodelijke ziektes zijn heel democratisch. Ze kiezen niet voor arm of rijk. Politieke voorkeur of geloof maakt niks uit,' fluistert Leo. Hij houdt zijn mobiel in zijn hand.

'Ik kan niks positiefs vinden in kanker,' verzekert Ruby hem. 'Toen ik negen was ging ik elke dag na school bij mijn moeder op bezoek in het ziekenhuis. Ik nam altijd iets voor haar mee, een tekening, of een bloemetje dat ik in het park plukte, of een zakje met herfstbladeren, want ze vond alles mooi. Ik hield zielsveel van mijn moeder. En toen mocht ik ineens niet meer op bezoek. Mijn vader verbood het. Een paar dagen later ben ik toch gegaan, stiekem. Mijn moeder herkende me, maar ze was zo ziek, ze kotste een soort donkerbruine drab in een kartonnen bakje. Waarom mocht ik dat niet zien? Waarom mocht ik geen afscheid nemen?'

'Je vader wou je beschermen.'

'Beschermen tegen wat? Tegen mijn laatste hoop op geluk? Waarom was hij er zelf niet?' Ze geeft meteen antwoord op haar eigen vraag. 'Omdat hij naar de Rotaryclub moest. Daar had hij zijn nieuwe, toekomstige vrouw ontmoet en dat was belangrijker. Dus ik zat alleen bij het sterfbed van mijn moeder. Ik heb nog een uur haar hand vastgehouden terwijl ze langzaam koud werd.'

Opnieuw klikt Leo's mobiel. En opnieuw is het een blanco bericht.

'Je blijft er erg koel onder,' merkt Ruby op. Het is Leo onduidelijk of ze naar haar verhaal verwijst, naar Frankies dood, of naar het ontbreken van een duidelijk bericht van de ontvoerders.

'Zou een passiegebed helpen?'

Ruby schiet in de lach. Meteen wordt er van bovenaf geroepen: 'Figuranten niet lachen! Stil bidden!' Ze buigen alle twee hun hoofd dieper, zodat hun monden niet meer te zien zijn. Ruby moet op haar onderlip bijten om haar lachen te bedwingen. Al snel lopen tranen uit haar ogen van de slappe lach, er valt zelfs een druppel op de trede. Leo vangt een volgende druppel met zijn vinger op en steekt zijn vinger in zijn mond om haar traan te proeven.

'Zout,' zegt hij, terwijl Ruby nog steeds geen woord kan uitbrengen. 'Waarom hebben ze de tranen van Jezus niet in dat relikwiekistje? Ze hebben azijn, dat hij moest drinken, een paar splinters van het kruis, opgedroogd bloed, de speer, maar geen traan.'

'In een spel kaarten zou jij de hartenkoning zijn,' pruttelt Ruby.

'Nee, ik ben een hele gewone kaart, ruiten zes, of klaver twee, niks bijzonders.'

'Mijn vader heeft zijn hele stamboom laten uitpluizen. Hij stamt natuurlijk af van een ridder van de ronde tafel. Mensen die hun stamboom laten uitzoeken, stammen nooit af van een zwerver of een azijnpisser.'

'In ieder geval heeft hij nobele voorvaderen,' concludeert Leo.

'Vier weken na de begrafenis van mijn moeder kwam die heks al bij ons wonen. Daar zit niet veel nobels in, meneer de producent.' Het verbaast Leo hoe snel Ruby kan wisselen tussen het vertellen over haar diepste pijn, naar de slappe lach en weer terug naar haar onverwerkte wrok.

'Misschien was je vader eenzaam, Ruby. Je moeder was lang ziek geweest. Verdriet mag je niet veroordelen.'

'Wel als die lul je vader is. En binnen de kortste keren had ik er twee zussen bij.'

'Haat je hen?'

'Nee. Maar dat oppervlakkige takkewijf en die heilige Rotaryvazal wel.'

‘Nog eens,’ schettert Ruys door een megafoon. ‘Iedereen naar eerste positie.’

Leo en Ruby zijn vier treden naar boven geklommen. Ze staan op om hun benen te strekken en wikkelen de sjaals opnieuw rond hun knieën.

Zwijgend zijgen ze weer neer op de onderste trede en kruipen in devotie de trap op. Leo’s telefoon klikt. Hij kijkt. Nu is er wel een bericht.

‘En?’ vraagt Ruby.

‘Drie miljoen. Betaalinstructies volgen.’

‘Is het iemand uit de filmwereld?’ vraagt ze zich af met een enthousiasme in haar stem dat niet past bij het devote bidden.

Leo moet direct aan Grove denken. Hij stijgt met stip naar de bovenste plek op zijn verdachtenlijst. Drie miljoen werd ook genoemd door Klaas-Jan voor de extra muziekbijdrage.

‘Belangrijker is, waarom denkt die persoon dat ik zomaar drie miljoen uit de kast kan trekken?’

‘Kan je dat?’

‘Ik vermoed dat de ontvoerder weet wat er in de begroting zit en denkt dat ik zo’n bedrag kan verduisteren.’

‘Hoeveel mensen kennen de details van de begroting?’ vraagt Ruby benieuwd.

‘De verzekering, bepaalde financiers, niet de investeerders, wel de belastingambtenaren zoals Speck, jouw vader, de producenten zoals Klaas-Jan, Grove, West en waarschijnlijk Jagger en misschien Ruys.’

‘Jij kent toch ook elk dubbeltje?’

‘Ik ken het totaalbedrag. De begroting wordt verdeeld in vier blokken. De above-the-line, daar zitten de acteurs en de regisseur en het script in. Dan de below-the-line, uit dat deel wordt de crew betaald, de apparatuur, decor, kleding. Het derde deel dekt de kosten voor post-production, montage, computereffecten, laboratorium, muziek. Van die drie delen weet ik elk detail, maar van het laatste deel, het vierde deel, ken ik geen enkel detail. Slechts een handjevol mensen weet dat, en niemand wil het met me delen. Het gaat om overhead, producentenkosten, advocatenkosten, financiering, onvoorzien en andere duistere zaken.'

'Zit daar genoeg in voor het losgeld?'

'Meer dan genoeg.'

'Dan is je probleem toch opgelost?'

'Dus jij vindt dat ik het geld zo kan inpikken en de belastingbetaler in feite de rekening kan laten betalen?'

'Als je daar Tony mee redt? Ja.'

'Vind ik ook. En dan zou ik graag die schoften pakken. Het zou helpen als ik de details van die cijfers ken.'

'Dan vraag je toch gewoon dat budget? Niemand kan jou die informatie weigeren.'

'Iedereen die het me kan geven is in principe verdacht.'

'Ik kan het lenen van mijn vader.'

'Zonder het te vragen?'

'Ik heb nog steeds een sleutel van het huis.'

'Dit is niet iets wat je thuis in de bovenste la van het nachtkastje legt.'

'We hebben een kluis thuis. Zit achter een schilderij van Armando, 'Schuldig landschap'. Dankzij de libertijnse opvoeding zijn er geen geheimen, dus ik ken de combinatie. Vroeger, toen ik nog een puber was, stopte ik mijn weed in de kluis om mijn vader te pesten.'

'Jij gaat morgen naar huis. Ik ga morgen naar Cannes.'

Ruby is verbaasd. Hoezo Cannes?

'Het festival is net begonnen. Alle Multi Media-bonzen zijn er. Ik wil ze in de ogen kijken als ik vragen stel.'

‘En vannacht?’ vraagt Ruby terwijl ze weer de paar treden aflopen voor de volgende opname.

‘Vannacht zijn we invaliden met stijve knieën.’

Cannes

De oude verslaving kruipt terug in Leo's lijf. Het begint bij zijn voeten en trekt met elke volgende pedaalslag verder naar boven, via zijn kuiten naar zijn dijen, slaat dan zijn romp over en verdwijnt vervolgens in zijn onderarmen. Hij maalt het grote verzet rond, fietsend op de weg langs de zee richting Cannes. De wielrenpassie verdween toen hij naar Los Angeles verhuisde, tenslotte een autostad waar fietsers vogelvrij zijn. Later, na de moord op Rebecca, terug in Amsterdam, ontbrak hem de wilskracht om de oude fietsliefde te doen opvlammen. En nu, puur door toeval, blijkt zijn lichaam direct weer 'hooked' te zijn.

Leo logeert acht kilometer buiten Cannes in Mandelieu La Napoule en huurt een fiets om in het wespennest te komen.

Een normale kamer was niet meer te vinden in Cannes; de ruim dertigduizend festivalbezoekers bezetten elk appartement, logeerkamer, zolder, schuur en uitklapbed in de stad. Hij had als producent van twee dure films een chique vijfsterrenhotelkamer kunnen opeisen. Dure kamers zijn nog steeds beschikbaar mits ze minimaal voor twee weken geboekt worden. Leo denkt slechts twee nachten in Cannes te verblijven en dat is hem geen achttienduizend euro waard, zeker niet op kosten van de Nederlandse belastingbetaler.

Hij parkeert zijn fiets tegenover de Oude Haven, waar geen vissersboot meer te vinden is, uitsluitend moderne jachten, bij het parkje vol oudere Franse mannen, die altijd net doen alsof het hele festival niet bestaat en stug doorgaan met jeux de boules spelen.

Hij wandelt naar de Croisette. De stoep barst van drukdoende mensen uit de filmwereld, aangevuld met een overdonderende hoeveelheid toeristen. Met name vlak bij het festivalgebouw is er geen doorkomen aan.

Het 'paleis' is een immens grote en vooral lelijke kolos waar 's middags en 's avonds filmsterren over de gigantische rode loper de trappen opgaan, zich vervolgens binnen een paar uur vervelen, om daarna met veel tamtam weer over de rode loper naar buiten te gaan met brede glimlachen alsof ze zojuist een superorgie hebben meegemaakt.

Leo moet flink duwen om door de massa heen te komen. Zijn telefoon gaat.

'Ik ben het,' hoort hij Ruby zeggen in zijn linkeroor. 'Ik zet nu mijn fiets tegen het hek van mijn ouders en loop naar de voordeur.'

'Zet je wel je fiets op slot?'

'Dat hoeft in deze buurt niet.' Het blijft even stil aan de andere kant van de lijn en Leo hoort wat binnensmonds gevloek.

'Problemen?' vraagt hij.

Om hem heen beklimmen fotografen hun keukentrapjes zodat ze boven het gepeupel kunnen uitkijken. Er wordt gejuicht. Leo hoort de naam 'Catherine Deneuve' gonzen. Hij kan Ruby's stem niet langer verstaan.

'Wat zei je?!' roept hij in een poging het gejuich om hem heen te overstemmen. Het helpt niets. De massa zwelt aan, uit alle zijstraatjes komen kijkers toegesneld. Leo kan nauwelijks uit het gedrang ontsnappen.

'Ik versta je niet!' roept hij nog eens.

'Mijn sleutel past niet,' hoort hij verbrokkeld terug.

'Zenuwen?' vraagt hij en hij herhaalt het een paar keer, terwijl hij zich naar de rand van de massa worstelt.

'Waarom ben je zenuwachtig?' vraagt Ruby. Hij verstaat

haar weer omdat het gegil is bedaard; Deneuve is niet langer op de rode loper.

'Niet ik. Jij.'

'Ik? Waarom ik?'

'Omdat je bij je ouders inbreekt.'

'Onzin,' kaatst Ruby terug. Leo hoort door de klankverandering dat Ruby zich nu binnenshuis bevindt.

'Pas op, geen vingerafdrukken achterlaten.' Leo gniffelt. 'Ik zie je nu zo'n brede trap op lopen, zoals je in oude Hollywoodfilms altijd ziet. En dan komt de huishoudster opeens om de hoek, je schrikt je rot, maar je kent haar al sinds je geboorte, dus ze zal je niet verraden.'

'Haha, je was zeker de leukste thuis,' antwoordt ze nors. 'We hebben een heel gewone trap en ik ga niet naar boven. Mijn vaders kantoor is beneden, naast de tuin. Ik ga nu naar binnen.'

'Ruikt het bekend?'

'Mijn vader rookt niet.'

'Elke kamer heeft zijn eigen speciale geur. Je ruikt je jeugd.'

'Welnee, ik ruik mijn zusjes, hun glitternagellak.'

'In je vaders kantoor?'

'Ja, mijn stiefmoeder kan niet tegen de geur. Dus het mag niet in de woonkamer of keuken. Ik leg je even neer.'

Leo hoort Ruby niet meer, terwijl het festivalpubliek opnieuw begint te juichen: 'George! George!' Gelukkig is Leo aan de massa ontsnapt, zodat hij Ruby kan verstaan zodra ze terug aan de lijn komt.

'Oké,' zegt ze. 'Nu maar hopen dat de code van de kluis niet veranderd is.'

'Heb je het schilderij van de muur gehaald?' vraagt Leo.

'Ligt plat op het bureau, dat is veiliger,' legt Ruby uit.

'*Schuldig landschap*, mooie titel.'

'Nooit begrepen wat het betekent,' mompelt Ruby terug, terwijl ze ook binnensmonds getallen prevelt van de combinatie.

'Het landschap heeft misdaden gezien en nooit iets gedaan. De Joden werden in de Tweede Wereldoorlog weggevoerd over straat. En de straatstenen liggen er nog steeds. Ze liepen langs huizen, die er nog steeds staan. De wind waaide door hun haren. En het kon de wind en de huizen en de stenen allemaal niks schelen wat er gebeurde. Schuldig.'

'Open,' antwoordt Ruby tevreden en dat beëindigt Leo's ernstige betoog meteen. 'De kluis ligt vol troep,' meldt Ruby. 'Hij bewaart een Engelse mobiel. En een Zwitsers horloge. Wie heeft er nou nog cash thuis? Hij heeft toch creditcards? Saffraan?' zegt ze verbaasd. 'Wat moet iemand met een kilo saffraan in zijn kluis?'

'Echte saffraan is heel duur,' weet Leo, 'duurder dan goud.'

'Hebbes,' zegt ze ten slotte. 'Wil je de getallen nu horen?'

'Ja. En fax ze daarna door naar mijn hotel. Maar niet faxen via je vaders privéfax.'

Ruby legt de spullen terug in de kluis. 'Als mijn vader ontdekt dat ik spoorzoekertje gespeeld heb, zeg ik dat ik op zoek was naar mijn cijferlijst van de middelbare school.'

Het geheime vierde deel van de begroting geeft aan dat Multi Media een bedrag van 1,5 miljoen per film voor zijn diensten krijgt. Leo weet dat een sales agent juist een voorschot behoort te betalen om een film te mogen verkopen. Het is totaal ongebruikelijk dat ze met een fors bedrag in de begroting voorkomen.

Bovendien krijgt Multi Media een onkostenvergoeding van een half miljoen per film. Dan zijn er nog financieringskosten van een miljoen. En als klap op de vuurpijl een stelpost voor de producenten van acht ton, om pr-activiteiten te betalen, een bedrag waarover kennelijk geen verantwoording afgelegd hoeft te worden. Alles bij elkaar ruim 7,5 miljoen extra, die door de Nederlandse investeerders opgehoest wordt, zonder verdere belastingheffingen. Leo weet ook wel dat binnen de begroting van de Nederlandse overheid een paar miljoen net zo verwaarloosbaar is als een suikerbiet die van een volle kar valt, maar toch zit het hem dwars dat er op deze manier misbruik gemaakt wordt van publieke gelden.

Hij belt het nummer van Nate West, de baas van Multi Media. Hij wil weten hoe ze denken te kunnen verantwoorden dat ze dit geld in hun zak stoppen. Tot zijn verbazing wordt hij meteen doorverbonden. Meestal is de filmbons 'in bespreking' en betekent 'Nate belt later terug' net zoveel als de belofte van een alcoholist om te stoppen met drinken. Zonder enige plichtpleging roept de stem van West in Leo's rechteroor: 'Waar ben je?'

'Op de Croisette.'

'Kom onmiddellijk naar mijn hotel.'

Vijfsterrenhotel Du Cap is een universum op zichzelf. Gezien het hoge schurkengehalte in de filmwereld accepteert het hotel geen creditcards, alleen cash. Het is deel van de folklore geworden en een bell boy tippen met een honderddollarbiljet is niet ongebruikelijk. Elk jaar verschijnt er wel weer een artikel waarin staat dat cash besteden in Du Cap een ideale manier is voor louche producenten om drugsgeld wit te wassen.

Leo parkeert zijn fiets pontificaal aan de voorkant. Hij wordt door de receptie beleefd doorverwezen naar de tijdelijke Multi Media-burelen.

Naast de open deur van de suite staat een levensgrote kartonnen Kate Winslet die iets op de *Enigma*-decoder intypt. Aan de andere kant van de deur hangt een immense poster van *De ontdekking van de hemel*.

Leo loopt naar binnen en hoort de stem van Stephen Fry. Een breedbeeld tv-scherm vertoont een teaser van *De ontdekking*; dertig seconden uit de film op pakkende wijze gemonteerd uit het materiaal dat tot nu toe is opgenomen. De montage moet heel recent gemaakt zijn, want er zit zelfs een flits in van het Pantheon waar Fry door de lichtbundel, die door het oog van de koepel naar beneden straalt, getroffen wordt.

Na *De ontdekking* spat *Enigma* van het scherm af, ook kort en dynamisch, met nadrukkelijk de namen van Kate Winslet en Mick Jagger.

'Hoeveel kost het maken van zo'n teaser?' vraagt Leo aan Grove, die uit de kamer-en-suite op hem af komt.

'Honderdduizend dollar per stuk.'

'Niet niks voor dertig seconden.'

'Als je het beste van het beste wilt, dan kom je niet ver met een apenfooi. Dankzij deze teasers hebben we goeie deals gemaakt voordat de kopers de volledige films kunnen zien.'

Meer uitleg krijgt Leo niet. Hij moet meteen meekomen, tot zijn verbazing, want hij is gewend dat mensen die zichzelf belangrijk vinden, anderen graag lang laten wachten.

De kamer-en-suite geeft toegang tot het balkon waar Nate West, in korte broek en met designer zonnebril, zaken doet. Hij is geflankeerd door twee advocaten. Aan beleefdheden besteedt hij geen tijd.

'Heb je dit artikel gelezen?' West wijst naar een krant die op de glazen tafel ligt. Leo herkent het logo en het gezicht van Henk van der Meijden. Boven het artikel staat met grote letters 'Wat heeft Kate Winslet reuzenvoeten'.

'Hier: "Mick Jagger is zo mager, je zou hem een boterham met pindakaas geven."' West wuift met een getypte vertaling in zijn hand. 'En dit: "De meisjes zagen de enorme voeten van hun idool Kate Winslet op een meter afstand langskomen. 'Wat heeft ze reuzenvoeten,' fluisterden ze vol bewondering, maar ze mochten haar niet spreken." Hoe is dit mogelijk? Wie heeft dit gezegd?'

Leo herinnert zich de *Telegraaf*-journalist bij de Cinetone Studio's in Amsterdam haarscherp, echter het artikel is weken geleden afgedrukt. Waarom komen ze er nu mee? 'Het klopt,' zegt hij zonder aarzelen.

West explodeert: 'Weet je hoe schadelijk dit is? Mick is woedend. Kate is razend.'

'Lezen ze Nederlands?'

'Wie zijn die meisjes? Het was verboden voor buitenstaanders om de opnames bij te wonen. Ik wil hun namen. Ik sleep hun ouders voor de rechter.'

'Geen slimme pr,' zegt Leo kalm. Ondanks zijn uiterlijke rust breekt het zweet hem uit, niet door de hitte, eerder door een negatieve adrenalinerush. 'Twee geadopteerde meisjes uit Somalië voor de rechter omdat ze fan zijn van *Titanic*? Een geschenk uit de hemel voor de pers.'

'Ze zijn illegaal de studio binnengedrongen.'

'Ze waren door mij uitgenodigd samen met hun vader, de bankier van *Enigma*.'

'Als dit onze beursgang verpest, dan sleep ik die hele RijckeVorst-flutbank voor de rechter.'

Naast *De Telegraaf* op tafel ligt het internationale filmvakblad *Variety*. Op de voorpagina staat 'Multi Media decodeert Wall Street' met een lachende foto van Jagger en Kate Winslet.

'Lezen Amerikaanse aandelenkopers de Nederlandse *Telegraaf*?'

'Beleggers doen hun huiswerk,' schreeuwt West, 'die investeren alleen in fatsoenlijke bedrijven.'

‘Wat is er onfatsoenlijk aan grote voeten en een boterham met pindakaas?’

‘Ik heb godverdomme vijf miljoen in *Enigma* gestoken. Als ik dat geld kwijt ben...’

‘Die vijf miljoen komt uit de begroting van de films. Jullie betalen niks. De Nederlandse belastingbetaler betaalt jullie beursgang. En waar wil je de extra drie miljoen aan losgeld voor gebruiken?’

Leo kijkt West recht in zijn ogen. Alsof West een injectie met morfine krijgt, wordt hij op slag rustig. ‘Je kent ons standpunt. Ik wil dat je nooit meer uitspraken naar de pers doet over *Enigma* of Multi Media.’

‘Jammer, want ik heb nog een leuke primeur voor de kranten.’ Hij tekent de krantenkop in de lucht. ‘Multi Media kidnapt Tony’.

‘Als je ons slechte publiciteit bezorgt voor de beursgang, dan...’

‘Wat ga je dan doen? Me vermoorden? Net zoals die runner in Rome?’ smijt Leo minachtend naar de gebruinde man.

West geeft een teken aan Grove. Leo verlegt zijn blik naar de advocaat. Diens zonnebril maakt het echter onmogelijk om zijn ogen te zien. Grove geeft hem een blaadje, en een pen om het te ondertekenen. Er staan lange, dreigende zinnen op, die allemaal volgens Amerikaans recht hel en verdoemenis beloven als Leo zich niet houdt aan het bevel om publiciteit te vermijden.

Leo pakt de pen, zet dikke strepen door de woorden en schrijft aan de onderkant: ‘Ik, Leo Berliner, zal met ultiem genoegen nooit meer enige pr doen voor *Enigma*.’ Hij geeft het ondertekende blaadje terug aan Grove.

‘Wie dat ventje gekidnapt heeft kan me niet schelen. Ik wil hem terug en dan kan je die drie miljoen ook in je zak stoppen.’

Er kan geen lachje af bij de filmbonzen.

Watertrappelen

Leo maalt de pedalen bonkig rond. Zweet kan hem niets meer schelen. Hij wil de ergernis over de Multi Media-bazen uit zijn lichaam verdrijven en fietsen is een prima middel.

Tussen Hotel du Cap en de Croisette rijdt weinig verkeer, het is drukker op het water. Leo merkt dat een speedboot hem inhaalt en een stuk verder afmeert bij een aanlegsteiger. Twee mannen verlaten de boot en lopen naar het fietspad langs het strand.

Leo gaat wat rechter op zijn zadel zitten. Is dit toeval? De mannen gaan achter elkaar op het fietspad lopen, ruimte makend voor tegemoetkomende fietsers. Loos alarm.

Hun brave toeristenhouding verandert echter als Leo dichterbij komt. Ze springen naar het midden van het fietspad en blokkeren zijn doorgang. Impulsief knijpt hij in de remmen. Beide mannen geven hem een flinke duw. Hij kan zijn stuur niet recht houden, schiet van het fietspad af en tuimelt in het zand.

Het zand is warm en zacht en Leo verwondt zich niet bij zijn val.

'We willen je iets vragen,' zegt de kleinste met een Oost-Europees accent.

'Fuck off!' Leo reikt naar zijn huurfiets, maar de andere man belemmert dat.

'Op de boot.' De man maakt een kleine hoofdknik naar de steiger.

'Ik dacht het niet,' balkt Leo.

‘Ik dacht het wel.’ De kleine Oost-Europeaan grijpt Leo’s arm en draait ’m in een vloeiende beweging op zijn rug. Leo weet dat zijn arm nu net zo kwetsbaar is als een luciferhoutje.

‘Ik huur die fiets. Ik moet het ding op slot zetten.’

‘Mag mee,’ biedt de man gul aan. Hij duwt Leo richting steiger. ‘Plek genoeg.’ De grotere man, ook met een oranje, bruingele albasten huidskleur, slingert de fiets over zijn schouder.

De speedboot is ruim en luxueus; het soort boot waar de eigenaar langzaam mee vaart om langer gezien te worden. Ze maken Leo met een eenvoudige handboei aan de balustrade vast, zodat hij niet overboord kan springen en wegzwemmen. Ze varen rustig richting open zee.

Uit de kajuit komt Grove tevoorschijn. Hij draagt een Hotel du Cap-badjas.

‘Leo, ik had het gevoel dat ons gesprek nog niet afgerond was.’

‘Handboeien? Is dat nodig?’

‘Tja, deze jongens komen uit een ander vakgebied, zij kennen de delicate gedragsregels van de filmwereld niet zo goed.’ Grove knikt, en de kleine man ontdoet Leo van zijn handboei. Leo staat op en gaat naar zijn fiets op het achterdek. Hij doet de fiets op slot en stopt de sleutel in zijn broekzak.

‘Ben je bang dat iemand er met je fiets vandoor gaat? Zoiets stoms heb ik in mijn leven nog nooit gezien,’ schatert Grove.

‘Ik heb nog veel en veel stommere dingen gezien. Domme Engelsen bijvoorbeeld die denken dat ze vijf miljoen van de Nederlandse belastingbetalers kunnen stelen zonder dat het opvalt.’

‘Geen vijf, acht miljoen. We hebben drie miljoen extra nodig.’

‘En als ik niet teken, dan ga ik overboord met een fiets aan mijn enkels?’

'Jij wilt toch dat jongetje redden? Je wilt toch de grote held spelen? Ik zeg niet dat wij iets met die ontvoering te maken hebben. Ik zeg wel dat wij contacten hebben, waardoor we een positieve invloed kunnen uitoefenen op een goede uitkomst voor iedereen.'

Grove is slim genoeg om geen bewijzen rond te laten slingeren, dat weet Leo maar al te goed. Niemand van Multi Media zal hij ooit aan de kidnapping kunnen linken. Dus hij houdt zijn mond.

'Wij doen niks illegaals,' doceert Grove verder. 'Al dat geld staat in de begroting. Het is goedgekeurd door de Nederlandse belastinginspecteur. De enige zeikerd ben jij.' De plotselinge agressieve, narrige en schreeuwerige toon verrast Leo. Grove heeft vast de schuld gekregen van de stroeve beursgang.

'Waarom heb je mij nodig? Ik heb je net een handtekening gegeven, die plak je zo onder elke andere overeenkomst.'

'Denk je dat we gek zijn? Elk document wordt dubbel, driedubbel, vierdubbel gecheckt. Er mag geen seconde twijfel bestaan over de geldigheid van het geld.'

'Hoe weet ik zeker dat Tony vrijkomt als ik betaal?'

'We zijn zakenmensen Leo, geen moordenaars. In zaken moet je je partners vertrouwen.' Hij grijpt in de zak van zijn badjas. Het briefje dat naar buiten komt, geeft hij aan Leo. 'Stort het geld op deze rekening. Boek het onder "Extra muziekkosten".'

Leo kijkt naar het nummer. Hij ziet dat het een Zwitsers bankrekeningnummer is. 'Voor zo'n bedrag heb ik de toestemming van Pierre de Waal nodig.'

'Prima, De Waal kent het Zwitserse banksysteem op zijn duimpje. Maakt het nog makkelijker.'

'En wie is de begunstigde? Mick Jagger?'

Grove kijkt Leo even aan. 'Hoe dom denk je dat we zijn? Het bedrijf heet LickMyMuse en Jagger bezit geen enkel aandeel.'

Grove doet zijn badjas uit en laat het kledingstuk op het dek vallen. Hij ziet er gespierder uit dan Leo verwachtte. 'Verlies het nummer niet, Leo.'

De grotere Oost-Europeaan pakt het blaadje uit Leo's handen en stopt het in een Tupperware bakje. Met een snelle beweging grijpt hij Leo's mobiel uit zijn borstzak. De telefoon gaat ook in het bakje en dan sluit hij met het deksel het geheel waterdicht af.

'Ik heb nog een vraag,' zegt Leo. 'Wie heeft het paard in het Colosseum neergeschoten?'

'Zou ik dat vertellen als ik het wist? Straks vraag je me nog wie Frankie van de galerij geduwd heeft.' Grove hinnikt als een paard, omdat hij zichzelf enorm grappig vindt.

'Ik kan jou via de *Enigma* wrapparty op het IJsselmeer linken aan de videotape van Tony,' beweert Leo.

'Je kan helemaal niks.' Grove maakt zich klaar om het water in te duiken. 'Als het geld op de goede rekening staat kunnen wij zorgen dat het jongetje gevonden wordt.'

'Gelijk oversteken, of er is geen deal.'

'Kun je zwemmen?' vraagt Grove.

'Ik hou niet van zwemmen.'

'Een Hollandse jongen die niet van zwemmen houdt?'

'Het is te nat.'

Grove gaat op de rand staan. 'Mick heeft vijfendertigduizend dollar privé nodig. Dat kan je zonder problemen betalen uit de discretionary begrotingspost en rechtstreeks overmaken naar de productierekening van Multi Media.'

'Waar heeft Mick Jagger dat geld voor nodig?'

'Discretionary betekent discreet. De reden gaat je geen reet aan. Dat geld wil ik morgen.' Hij duikt het water in en begint terug te zwemmen naar Hotel du Cap, een kleine kilometer verderop.

Zodra Grove ver genoeg van de boot weggezwommen is, geeft de stuurman een slinger aan het roer en plots, als een steigerend paard, schiet de boot de andere richting uit. Lang duurt de race niet. Al snel gaat de hendel weer naar neutraal en komen ze stil te liggen.

De albasten mannen hoeven niks uit te leggen. De grote man gooit het Tupperware bakje met een zwier in het water. Het blijft drijven. Het is duidelijk, Leo gaat hier overboord en zal naar het strand moeten zwemmen. Hij trekt zijn schoenen uit, strikt de veters aan elkaar en bevestigt ze aan zijn broekriem. Het kost hem moeite geen flauwe opmerkingen te maken.

Hij springt in het water, grijpt het Tupperware bakje en klemt dat tussen zijn hemd. Hij kijkt onder water. De bodem ligt iets dieper dan twee meter beneden hem, te diep om te kunnen lopen.

Leo hoort de plons van een zwaar voorwerp. Hij draait zijn hoofd om en ziet zijn fiets naar de bodem zinken.

De speedboot trekt op, de propeller woelt het water heftig en Leo wordt deels weggeduwd door de stuwing.

Hij zwemt naar zijn fiets toe, grijpt het voorwiel en trekt het metalen voertuig mee. Hij kan de fiets hoogstens een paar meter meezeulen. Dan moet hij loslaten, naar boven voor adem, terug naar beneden duiken, het volgende stukje op de hindernisbaan naar het strand.

Na een paar keer is het Leo duidelijk dat dit hem nooit gaat lukken. Hij vloekt en vloekt en vloekt. En toch, opgeven staat niet in zijn woordenboek.

Hij tast in zijn broekzak, vindt de fietssleutel, en laat zich naar de bodem zinken. Onderwater een fietsslot losmaken blijkt nog lastiger dan een blik bonen openen met een schaar, maar uiteindelijk lukt het.

De enorme operatie heeft al zijn denkcapaciteit opgeëist. Niet dat hij de dreigementen in Hotel du Cap vergeten is en hij beseft maar al te goed dat de enige kans om Tony te redden betekent dat hij de schurken van Multi Media de drie miljoen extra moet geven.

Wat zou er gebeuren als hij de politie inschakelde? Nate West en Grove zouden alles ontkennen, en Jagger weet helemaal van niks – wat hoogstwaarschijnlijk ook zo is. Leo kan niks bewijzen.

Zijn woede wordt opnieuw verdrongen door het water. Hij kan nu lopen. De fiets naast hem door het zand duwen lukt niet. Het ijzeren ros gaat over zijn schouder.

De mensen die hem uit het water zien komen, vlak bij het strandterras van het Majestic Hotel, denken dat het een publiciteitsstunt is. Een tafel Italianen geeft hem zelfs een applaus.

Leo draagt echter geen filmtitel op zijn rug, ook geen superheldkostuum, niet eens een zwembroek, en de belangstelling op het terras keert snel terug naar de witte wijn en wie de rekening moet betalen.

Leo blijft een kwartier op het strand liggen uitpuffen.

Zijn telefoon en het banknummer zijn droog gebleven in het Tupperware bakje.

Kikkerogenhuis

Ruby's fax ligt in het hotel op Leo te wachten. Hij ploft uitgeput op bed neer en staart naar de cijfers. Zijn horizontale houding wiegt zijn bewustzijn al snel naar vreemde oorden en de cijfertjes op de blaadjes vloeien in zijn hoofd alle kanten op.

Korte tijd zweeft hij in niemandsland. Iemand, Leo weet niet wie, geeft hem de opdracht om vrij te associëren. 'Het woord?' vraagt Leo aan de onbekende.

'*Moord.*'

Leo ziet zichzelf in een witte ruimte zonder muren of plafond. Hij hoort zichzelf losbarsten: 'Draai moord om en je krijgt droom ze zweven samen volg ze en je komt nergens want ruimte kent geen grenzen dat is onze afspraak wij mensen gebruiken het woord oneindigheid om aan te geven dat er geen einde is aan de ruimte de vraag wat erna ligt bestaat dan niet meer want de afspraak is dat er geen grens is moord en droom vloeien samen ze worden hetzelfde alles staat stil en beweegt tegelijkertijd dood is niets anders dan stil leven moord is een blokje tijd droom is ook een blokje tijd als ik over Rebecca kan dromen dan kan ik haar ook vermoorden en dan ben ik niet schuldig omdat tijd een hersenspinsel is een afspraak zoals elke gedachte.'

Leo's laatste gedachte is dat hij gedachteloos leegstroomt en tegelijk terugtelt van tien naar nul. Dan verdwijnt, bij drie, alles.

Een hard geluid brengt hem weer terug in de hotelkamer van Mandelieu. Was het zijn telefoon of een klop op de deur?

Een paar seconden later hoort hij opnieuw kloppen. Roomservice brengt zijn bestelde mozzarella met tomaat en parmaham plus extra olijfolie.

Leo schrokt het voedsel in een verbluffend tempo op. Hij neemt geen olijfolie. Dan draagt hij zijn fiets de hotelkamer binnen en zet het getergde vervoermiddel in de badkuip. Het zoute zeewater heeft een witte afzetting op de ketting, wielen en trappers achtergelaten, een mechanische artritis, die totale bewegingloosheid tot gevolg zal hebben.

Hij spoelt de fiets met de douche af en gebruikt een kleine handdoek om het metaal liefdevol af te drogen. Met de olijfolie smeert hij de ketting en trappers.

Zijn telefoon gaat: Pierre de Waal. De bankdirecteur belt nooit voor de gezelligheid. Waarom nu wel? Heeft hij de inbraak ontdekt?

'Dat *Telegraaf*-artikel...' begint De Waal. 'De beursgang van Multi Media is een big deal. Ook voor de bank. Wij verzorgen dat hele spektakel.'

'Pindakaas en grote voeten maken Jagger en Winslet tot normale mensen,' probeert Leo zijn opdrachtgever gerust te stellen. 'Daar sneuvelt de beursgang niet op. Een kind ontvoeren is minder goeie pr.'

'Heb je bewijzen?'

'Niks sterk genoeg om mee naar de politie te gaan,' verzucht Leo. 'Multi Media wil drie miljoen extra,' gooit hij erachteraan.

'Voor wat?'

'Extra muziekkosten.'

'Staat het in de begroting?'

'Niet met zoveel woorden. Grove beweert dat dankzij de drie miljoen Tony vrij zal komen.'

'Geloof je hem?'

'Ja en nee.'

‘Wat is het? Ja of nee?’

‘Nee en ja.’

Het blijft stil aan de andere kant. Leo vraagt of Pierre nog aan de lijn is. ‘Er lopen rillingen over mijn rug,’ antwoordt de bankier. ‘En dat is niet gemakkelijk als je in een hete sauna zit. Waar gaat het geld naartoe?’ vraagt hij, alsof de bestemming de pijn van zijn hernia kan verzachten.

‘LickMyMuse.’

‘Dat is het bedrijf van Ra’Kel,’ weet De Waal. ‘De vriendin van Jagger,’ licht hij toe. ‘Mode-ontwerpster.’

Het blijft weer stil. Deze keer wil Leo de stilte niet laten voortduren. Zijn fiets is afgedroogd, zijn benen jeuken om de ketting weer te laten ronddraaien. ‘Verder nog iets?’

‘Wat ga je vanavond doen?’ informeert De Waal.

‘Ik ga naar een feest ter ere van de festivalfilm *Mulholland Drive*, geregisseerd door David Lynch. Het feest wordt gegeven door de ontwerpers Dolce & Gabbana.’

‘Doe je wel voorzichtig?’ De Waal klinkt als een bezorgde vader. ‘Ik wil niet dat jou ook een ongeluk overkomt, zoals die jongen in Rome.’

‘De ontwerpers interesseren me niet, de party ook niet, ik ga omdat Mick Jagger er zal zijn,’ laat Leo hem weten.

De Waal vraagt Leo om Jagger zijn hartelijke groeten over te brengen en natuurlijk belooft hij dat.

‘Gaat u het geld overmaken?’ vraagt hij voordat De Waal kan ophangen. Hij voegt er meteen condities aan toe. ‘Niet alles in één keer natuurlijk. Maximaal een miljoen als eerste aanbetaling. Tweede deel als we zeker weten waar en wanneer Tony overhandigd wordt. En derde deel na de overhandiging.’

Het blijft even stil. ‘Die beursgang is ons heel wat waard, maar voor drie miljoen heb ik een onderpand nodig.’

‘Mick heeft toch een stapel rekeningen bij de bank?’

‘Hij wil niet borg staan voor Ra’Kel. Doet hij voor absoluut niemand.’

Leo rekent erop dat de olijfolie de huurfiets nog een avond draaiende zal houden. Hij fietst naar het beroemde Bubbelhuis van ontwerper Pierre Cardin in Théoule sur Mer drie kilometer verderop langs de kustlijn.

Het is een chaos van jewelste bij het fenomenale huis. De sterren worden per shuttlebusjes vanuit Cannes aangevoerd en de grootste VIP’s komen per privélimousine.

Ruby heeft geregeld dat de publiciteitsafdeling van Multi Media Leo op de gastenlijst geplaatst heeft, blijkbaar zonder dat West en Grove het weten.

Diverse watervallen, fonteinen en zwembaden zijn onderdeel van de futuristische omgeving. Het huis zelf ligt ondergronds. Overal steken glazen koepels van verschillende afmetingen hun kop op boven de aarde, door sommige critici ook wel vergeleken met kikkerogen, en door jaloerse tv-producenten met de woning van de Teletubbies. Er zitten geen rechte hoeken in en elke kamer, van bovenaf door een grote of kleine bubbel zichtbaar, is ingericht met uniek meubilair. Nergens een schilderij aan de muur, wel veel sculpturen en moderne wandtapijten.

Een belangrijk deel van het groen in de tuin is kunstmatig. Leo ervaart de tuin als een doolhof waarin je wilt verdwijnen. Hij krijgt echter niet de kans om zich onzichtbaar te maken, omdat Groves Oost-Europese Roma-vrienden hem spotten en op hem afkomen. Stilstaan is nu niet verstandig.

Leo spoedt zich naar de stenen trap, waar nagenoeg naakte mannelijke modellen met een Egyptische hoofdtooi aan de zijkanten van de treden staan. Met enorme gouden palmen wuiven ze de gasten verkoeling toe. De gasten lopen over de slingerende voetpaden naar het ouderwetse Griekse amfitheater naast het bubbelhuis.

Serveersters, bijna net zo naakt als hun mannelijke collega's, dragen een pluim op hun achterste die groter is dan de verenpracht van een trotse pauw. Ze lijken gecast op cupmaat C en bieden Dom Perignon aan.

De dienaren zijn er niet voor de gasten, de gasten zijn er om de glamour van de energieke, weelderig uitgedoste, jeugdige mannen en vrouwen te bewonderen.

Leo ziet een lege plaats bijna onder aan het amfitheater, zonder naambordje, en wil er snel gaan zitten. Op dat moment wordt iedereen tegengehouden. Een stem met een Italiaans accent schalt door de luidsprekers: 'Dames en Heren, wij verwelkomen Pierce Brosnan en zijn nieuwe echtgenote. Welkom James Bond.'

Brosnan, een trede voor zijn jonge echtgenote, stapt met brede glimlach en een klein hondje onder zijn arm de stenen trappen af alsof hij Scarlett O'Hara in *Gone with the Wind* is. Pas nadat ze zitten mogen de gewone stervelingen weer bewegen.

Leo bezet een plek schuin achter Brosnan. Hij hoort Bond aan zijn vrouw vragen: 'Was de entree goed?' Ze knikt bevestigend. 'Niet te overdreven?' Ze schudt van nee. 'Er waren geen fotografen.' Daar gaat het niet om, vindt ze, en hij is het met haar eens. Tenminste, heel even. 'Waarom doe ik zoiets als er geen fotografen zijn?'

Leo voelt een hand op zijn schouder. De kleine Roma uit de speedboot staat achter hem, samen met een baardige Hells Angel. 'Meekomen,' zegt de Roma.

'Ik dacht het niet,' laat Leo hem weten, maar de greep op zijn schouder blijft.

'Wil je problemen?' waarschuwt de man.

Leo springt op, zo onverwacht en onbesuisd, dat zelfs de stoere mannen even een stap achteruit doen. 'Weg jullie!' roept Leo met een schelle, luide stem. Iedereen om hem heen kijkt op en dat is precies wat Leo wil. 'Ik huur jullie om me te beschermen. Niet om me lastig te vallen. Maak je onzichtbaar. Weg. Weg.' Hij wuift arrogant met zijn hand alsof hij de Franse dauphin is, die lakeien hun minderwaardigheid inwrijft.

Leo stapt over de zitbanken heen, langs Brosnan, naar de voorste rij. Mick Jagger gaat net zitten met een vrouw die langer lijkt dan het Empire State Building.

Leo duikt op de plaats naast haar. Een kaart met de handgeschreven naam 'Kate Winslet' ligt op het kussen.

'Ze komt niet,' beweert Leo en voordat het koningskoppel iets kan zeggen, richt Leo zich tot Ra'Kel: 'Ik produceer *Enigma* samen met Mister Big Lips.' Leo buigt voorover. 'Mick, weet je nog wie ik ben?'

'De sokkenwasser!'

'Als je Mick kan laten lachen, dan maak je een kans,' geeft Leo ongevraagd advies aan Ra'Kel.

'En hoe moet ik dat doen?' vraagt ze met een open gezicht.

'Vertel hem de waarheid, die hoort hij nooit.' Hij buigt zich opnieuw naar Jagger. 'Mick, waar heb je vijfendertigduizend dollar voor nodig?'

Het gezicht van Jagger betrekt. Grove komt naar hen toegesneld.

'Wat is dit voor onzin?' snauwt Jagger.

'Ik regel het,' roept Grove.

'O, laat je me weer in zee gooien?' Leo begrijpt dat zolang mensen naar hem kijken, niemand hem iets kan doen. 'Mick, hou je van pindakaas?'

'Waar heb je het over? Is dit een verborgen-camera-interview? Ik zit naast mijn date.'

Grove probeert Leo van zijn zitplaats weg te trekken.

'De groeten van je bankier Pierre de Waal. Hij noemde de pindakaas en LickMyMuse. Wil je liever dat het geld niet overgemaakt wordt?' Leo zegt het hard genoeg, zodat Ra'Kel het duidelijk kan horen.

'Niet de stoute Mick. Vanavond de lieve Mickey Mouse,' zegt ze, terwijl ze Leo terug op het kussen naast haar trekt. Jagger lacht en de lach met zijn brede lippen is overdonderend. Hij wuift Grove weg. Leo heeft zijn plaats veroverd.

Trompetgeschal klinkt, de show gaat beginnen. In het water lichten fakkels op. Het verbluffende uitzicht biedt een blik over de Middellandse Zee met in de verte de haven van Cannes. Een enorme sloep met twintig roeiende slaven brengt de twee farao's, Dolce en Gabbana, naar de steiger. Van verschillende kanten paraderen modellen met extravagante kleren als een wervelwind over het speelvlak van het amfitheater.

Kate Winslet snelt naar haar plaats. Ra'Kel schuift dichter tegen Jagger aan zodat Leo kan blijven zitten en Kate er net tussen past. Leo stelt zich aan haar voor en maakt duidelijk dat hij haar salaris voor *Enigma* betaalt. Hij kijkt naar haar voeten. 'Wat voor schoenmaat heb je?' vraagt hij.

'Vierenveertig,' antwoordt ze zonder aarzelen.

'Heb je problemen met de maat van je voeten?'

'Helemaal niet.' Kate is eerder verbaasd dan beledigd.

Ra'Kel en Kate krijgen, net als alle andere vrouwen, een mobiel aangereikt, die alleen gebruikt kan worden om bestellingen van de getoonde kleding per tekstbericht door te geven.

Een jurk paradeert langs hen. Het gefluister om hen heen onthult dat de kostprijs boven de honderdduizend dollar ligt. Het kunstwerk uit de Alta Moda-collectie met Spaanse invloeden en grote bloemen op de baljurk wordt uitbundig getoond en eist alle aandacht van de vrouwenogen op.

Een stem met Italiaanse tongval fluistert zoet door de speakers: ‘De jurken zijn het resultaat van een drievoudige inspiratie: Homerus de visionair, Dante de poëet van Hemel en Hel, en Shakespeare de woordkunstenaar vol gekke humor.’

Leo buigt zijn lippen naar Ra’Kels oor. ‘Jouw smaak?’

‘Ik kom zelf met een stijlvolle variant van Mao’s rode garde.’

Een model loopt langs hen. Ze draagt een strapless ballroomjurk gemaakt van zwart gebreid fluweel met eronder een paar gouden hot pants.

‘Eenvoud is de nieuwe chique,’ fluistert Leo de lange ontwerpster toe.

‘Geweldig dat je mijn show sponsort.’ Ra’Kel legt haar hand boven op Leo’s been op een manier die Jagger naast haar niet kan zien.

‘Voor wat hoort wat.’

‘Zoenen in de bosjes?’ Ra’Kel zegt het met ironie, zodat Leo twijfelt of ze flirt of hem werkelijk een oneerbaar voorstel doet.

‘Ik zoen geen vreemde vrouwen.’

‘Hou je niet van vrouwen? Of ben je getrouwd?’

‘Ik was getrouwd en hield enorm veel van haar.’

‘En nu heeft ze je bedrogen?’ Het lijkt Ra’Kel de meest logische conclusie.

‘Ze is overleden,’ zegt Leo rustig. ‘Ongeluk.’

Ra’Kel schrikt van Leo’s mededeling. Ze streelt met haar lange vingers even tegen zijn wang. ‘Wat erg.’ Ze draait zich terug naar het volgende model met een zijden galajurk geïnspireerd op het sprookje van het toverbos, met levendige beelden van planten en dieren waaronder een eenhoorn en een elf. De jurk is groots, imposant en sexy, en heeft een prijskaartje van honderdvijftigduizend dollar.

Na de show begeleidt Leo Ra’Kel naar de circustent die op de tennisbaan is neergezet, terwijl Jagger met David Lynch gaat babbelen. Ze lopen langs een boom die is opgetuigd met drie schommels, waarop acrobaten met ontbloot torso, paarse pofbroeken en grote veren vleugels hun kunsten vertonen.

Aan de zijkant van de boom speelt een strijkkwartet. Jonge vrouwen in glimmende gewaden uit de Griekse Oudheid strooien roze blaadjes voor de voeten van Leo, Ra'Kel en andere wandelaars.

In het midden van de tent hangt een kristallen kroonluchter met een doorsnee van twee meter met eronder een troon. 'De Farao's troon,' roept Dolce trots. Mannen mogen erin zitten, terwijl ze wachten op hun vrouwen, die sieraden passen.

Door de tent heen, rondom de troon, staan fauteuils voor de vrouwen. De lakeien, allemaal ongeschoren jonge mannen met een strakke kaaklijn, dragen witte handschoenen en paarse jasjes afgezet met gouden kragen. Ze omhangen de vrouwen met prachtige sieraden en plaatsen soms een tiara, geschikt voor een tsarina, op hun hoofd.

Een andere lakei biedt de vrouw een blik op haarzelf door een ovalen spiegel met een lijst van bladgoud, zoals de spiegel van Sneeuwwitjes stiefmoeder, op te houden.

'Wat heeft dit met de film *Mulholland Drive* te maken?' vraagt Leo aan Ra'Kel.

'Is dat belangrijk?' vraagt ze terug.

Op dat moment fluistert Dolce door de speakers: 'Disney is het beste voorbeeld voor het echte leven.'

'Mijn nieuwe show heeft als thema de toekomst,' vertelt Ra'Kel ongevraagd. 'Ik ben zelf geadopteerd, dan wil je geen sprookjes of terugkijken. Vergeten en vooruit, is mijn motto. Een deel van mijn winst gaat naar kleding voor weeskinderen in vluchtelingenkampen.'

'Heb je zelf kinderen?'

'Mick vindt dat hij al genoeg kinderen heeft.'

‘Het bedrag aan LickMyMuse is bedoeld om een gekidnapt kind vrij te kopen.’ Leo gaat bewust het gladde ijs op. ‘Wist je dat?’

‘Niet mijn deel. Mijn deel is voor de nieuwe show. Ik doe al genoeg voor kinderen.’

Gearmd wandelen ze de tent uit, door de tuin in de richting van het bubbelhuis. Modellen gehuld in de extravagante designs staan tussen de planten, belicht door felle spots, en zijn als standbeelden te bewonderen. Ieder beeld heeft zijn eigen muzikant, die een harp, fluit of ander klassiek instrument bespeelt.

De woning is slechts toegankelijk voor een uiterst select gezelschap waar Ra’Kel wel toe behoort en Leo niet. Bij de deur zoent ze hem vaarwel.

Beiden ruiken ze een penetrante geur. Ra’Kel tilt haar rechtervoet op. Op de zool zit een platgetrapt stuk hondenpoep.

‘Geef maar,’ biedt Leo aan, ‘ik maak het voor je schoon.’

Ra’Kel geeft haar naaldhakken. Nog steeds torent ze uit boven iedereen om haar heen.

Leo klimt naar een kleine waterval waar hij met gras de zool schoonveegt en afwast. Zijn mobiel gaat; Ruby. ‘Overdracht van Tony is in Cadiz tegen een miljoen cash in vijftigeurobiljetten. Dat is een stevige attachékoffer vol. Zal ik mijn vader bellen?’ Het blijft stil. Te lang om Ruby’s enthousiasme te doven. ‘Dit is het bericht waar we op zaten te wachten, Leo. Kom op.’

‘Er klopt iets niet. Vraag het geld aan je vader en vertel hem alsjeblieft niks over mijn twijfels.’

Tussen de namaakplanten ontdekt Leo een kleine verborgen bubbel. Hij duwt de bladeren opzij en kijkt naar beneden. Hij ziet Jagger en Ra’Kel in een kleine kamer onder hem. De koepel is groen uitgeslagen en Leo schraapt met de punt van de naaldhak de alg weg. Mick houdt een stuk zilverpapier vast en Ra'Kel houdt er een vlam onder. Zijn ze aan het chinezen? In ieder geval spelen ze geen scrabble.

Uit zijn wielrentijd weet Leo dat je nooit achterom moet kijken als je door het peloton achtervolgd wordt. Zodra je kijkt heb je verloren. Auto's rijden vlak langs hem en bij elke naderende motor is hij bang dat hij van de weg gekegeld zal worden.

Leo, stoer in zijn benen, minder stoer in zijn nek, kijkt steeds achterom.

Champagne

Voordat Leo naar Cadiz vliegt, rijdt hij eerst nog langs muziekstudio Wisseloord in Hilversum. De Britse componist John Barry dirigeert daar persoonlijk het Concertgebouworkest voor de soundtrack van *Enigma*. Barry heeft echter zijn handtekening nog niet onder het contract gezet en zonder handtekening weigert Leo te betalen, tot grote woede van Multi Media. Barry eist een cheque, en anders geeft hij de muziek niet vrij. Pierre de Waal moet dus opdraven met een bankgarantie. Hij neemt meteen een attachékoffertje met een miljoen mee om aan Leo te overhandigen.

Zodra Leo binnenkomt ziet hij de bankier in de controlekamer, samen met diens twee geadopteerde dochters en Ruby's stiefmoeder.

'Nog vijf minuten, dan zijn ze klaar,' verzekert De Waal hem.

Hij opent het koffertje; het zit vol met nette pakketjes gladgestreken bankbiljetten, precies zoals in James Bond-films. De Waal laat Leo voor ontvangst tekenen.

'Wat voor waarde heeft zo'n bewijs?' vraagt Leo. 'Zou u dit ooit aan een rechter kunnen voorleggen? Kijk, meneer de rechter, dit is de handtekening waaruit blijkt dat Leo Berliner illegaal geld van ons heeft gekregen.'

'Wij bankiers houden van zekerheden.'

'Wat krijgt de bank als onderpand voor de drie miljoen?'

'We houden ook heel erg van het bankgeheim.'

Door het grote vensterraam in de controlekamer zien ze dat

Barry stopt met dirigeren. Om hem heen pakken de meeste musici meteen hun instrumenten in.

Een tweede violiste klampt Barry aan. Ze duwt de componist subtiel een cd in zijn handen. Via de nog openstaande microfoon horen ze haar zeggen: 'Ik componeer ook voor film,' en voor de zekerheid voegt ze eraan toe dat ze een enorme fan is van zijn James Bond-muziek.

Barry belooft er 'absoluut' naar te zullen luisteren en hij nodigt de jonge violiste uit voor een 'after recording'-drankje in de bar van zijn hotel.

De tweede violiste krijgt concurrentie van De Waals dochters. Ze vragen de componist om zijn handtekening. 'Welke film van mij vinden jullie het leukste?'

'*Titanic*,' antwoordt de oudste.

'Ah, de muziek voor die film is gemaakt door een goeie vriend van me.'

'Kent u Kate Winslet?'

'Ik ontmoet bijna nooit acteurs.'

'Jammer,' zegt de jongste.

'In ieder geval hoeft u hen niet uit te nodigen voor een "after recording"-drankje,' grapt Pierre de Waal en hij drukt zijn beide dochters tegen zich aan.

'Ik reis met zijden lakens speciaal voor zulke meetings,' vertelt de beroemde componist ongevraagd. 'Daar zijn deze meisjes nog iets te jong voor.'

Tijdens het gebabbel geeft De Waal de bankgarantie aan de Brit en tekent hij, zonder verder een woord te lezen, het contract.

'Oké mensen, aan de slag,' galmt opeens Klaas-Jan door de luidsprekers in de opnamestudio.

Een dozijn achtergebleven musici nemen hun plaats weer in. Moniek betreedt de ruimte om in een afgeschermd hokje de tekst van de titelsong van *Enigma* in te zingen.

De hoofdtechnicus drukt de intercom in. 'John, daar gaatie, tape loopt.'

Overal gaan rode opnamelampen branden. In de controlekamer horen ze de mix van de instrumenten en de stem van Moniek.

'Stop, stop, stop,' onderbreekt ze na een paar maten de opname. 'Het kan beter.'

'Wat maakt dat nou uit? Haar stem is tijdelijk,' moppert de technicus.

'Dat hoeft ze niet te weten,' corrigeert Klaas-Jan hem en de producent loopt de studio in om zijn vrouw te vertellen hoe geweldig ze was.

'Moniek zingt de titelsong voor *Enigma*?' vraagt Leo aan de hoofdtechnicus, die de filterstanden aanpast.

'Welnee, haar stem is bedoeld als leidraad voor de musici. Die hele song slaat nergens op. Mick is gek als-ie het doet. En gek is-ie niet.'

'Waarom nemen ze dit dan op?'

'Grove heeft Mick twee miljoen aangeboden om de song te zingen. Twee miljoen! En dan kan Mick het ding nog steeds weggooien, tenzij de regisseur van *Enigma* het echt wil.'

'En die doet natuurlijk wat Mick wil.'

'Tuurlijk.'

'En wat denk je, gaat Mick het doen?'

'Twee miljoen? Wat zou jij doen? Kwartiertje werk,' zegt de technicus met een cynische ondertoon.

Een gestage stroom passagiers passeert Leo. Ze lopen allemaal door naar het goedkope gedeelte van het vliegtuig. In de business class zit Leo met één andere passagier; de vrouw van Ruys.

Ze negeert Leo volledig. Hij vindt het prima. Hij begrijpt dat ze de pest aan hem heeft, hoewel hij nog nooit een woord met haar heeft gewisseld. Ruys had geëist dat zijn vrouw op kosten van de film naar Spanje zou vliegen, zodat ze bij haar man kon zijn en het beëindigen van de filmopnames kon meevieren. 'Nee,' was Leo's resolute antwoord geweest. Het Spaanse hotel bracht geen kostenverhoging met zich mee, maar het businessclassticket weigerde Leo met het argument dat hij niet inzag waarom de vrouw van de regisseur meer voorrechten verdiende dan bijvoorbeeld de vrouw van de tweede camera-assistent. De regisseur verdient veel meer, beargumenteerde Leo, en kan het dus makkelijk zelf betalen.

'Je hebt een discretionary begrotingspost voor dit soort kosten,' had Ruys woedend gebruld. Hij dreigde opnieuw met ontslag en wilde op staande voet vanuit Cadiz naar Nederland terugvliegen, voor het einde van de opnames. Een goed idee, vertelde Leo hem, omdat in de huidige montage de film een uur te lang dreigt te worden. Een film van drie uur kan niet, en moet ingekort tot maximaal honderdtien minuten. Leo wil liever scènes niet opnemen en daarmee geld besparen dan scènes wel opnemen en later eruit knippen. 'Dus wat mij betreft mag je vandaag stoppen.' Ruys had het gesprek vloekend beëindigd.

'Wat weet Ruys van het discretionary gedeelte in de begroting?' had Leo daarna bij Klaas-Jan geïnformeerd.

'Hij kent geen details,' had Klaas-Jan hem verzekerd.

'En welke details vallen volgens jou hieronder?'

'Bij elke film heb je onkosten die je niet goed kunt boeken en toch moet uitgeven,' was zijn antwoord geweest. 'Heel normaal, wordt ook door de Belastingdienst geaccepteerd.'

'Wat zouden ze als blinde onkosten accepteren?' had Leo aangedrongen.

'Chanterende chauffeurs in Rome zijn "overige transportkosten",' had de getergde producent gegromd. 'Mijn smoking voor de première, dat boeken we onder "kostuum aankoop". Cocaïne voor de acteurs, dat gaat naar "speciale make-up artikelen". Dure flessen witte wijn voor Ruys vallen onder "eenmalige rekwisieten".'

'En het verse bloed voor Jagger om eeuwig jong te blijven heet "muzikale adviezen",' had Leo er grimmig aan toegevoegd. Hij had Jaggers transfusie betaald, vijfendertigduizend. Zelfs de fooi, drieduizend, moest vooraf overgeboekt worden. Klaas-Jan begreep niet waar Leo op doelde, maar die gaf geen verdere uitleg.

Het eerste miljoen van het losgeld was door Pierre de Waal naar de Zwitserse rekening van LickMyMuse overgeboekt, een uur voordat de vlucht naar Cadiz vertrok.

Het tweede deel van het losgeld, opnieuw een miljoen, zit in het attachékoffertje onder de stoel van Leo. Hij drukt de hak van zijn schoen tegen het koffertje, als veiligheidsmaatregel dat het geld niet ineens verdwijnt. De Waal wilde internationale bodyguards inhuren om het geld in de gaten te houden, maar Leo had geen extra pottenkijkers gewild.

Tony's bevrijding lijkt een enorme stap dichterbij. Toch begrijpt Leo niet waarom het eerste deel via de bank loopt naar het bedrijf van Ra'Kel, en het tweede deel nu cash betaald moet worden. Ruby kon niet bewijzen dat de overdracht van Tony in Cadiz zal plaatsvinden. Er is geen tekstbericht, geen fax, geen rebus. Alleen een gesprek met een verdraaide stem. Aan wie moet hij het geld geven? En wat gebeurt er als Tony niet overhandigd wordt? Leo heeft geen woord gezegd tegen Klaas-Jan en Moniek, noch tegen de politie. Er zijn te veel dwaalsporen. Hij drukt zijn hoofd tegen de leuning en sluit zijn ogen. Zou Klaas-Jan toch zijn zoon zelf ontvoerd hebben? Of speelt Klaas-Jan onder één hoedje met Grove? Of met De Waal? Ruby misschien? Stel dat Ruby een verhouding heeft met Klaas-Jan, gepassioneerd, precies zoals ze dat wil, ontmoetingen in hotels langs de snelweg. De enorme stress van de ontvoering zorgt voor een breuk in het huwelijk tussen de producent en zijn vrouw en dat maakt de weg vrij voor een nieuwe relatie. Ruby vindt het jongetje, dat ze zelf ontvoerd heeft, en bingo, wie zou er nou niet verliefd worden op zo'n heldin? Het zoveelste dwaalspoor.

Leo gluurt door zijn wimpers naar de laatste binnenstromende reizigers. Tot zijn verrassing loopt Doreen Groenewegen langs hem naar de andere kant van het gordijn.

Vrijwel meteen nadat het 'stoelriemen vast'-lampje uitgaat, boven het wolkendek, schuift ze het gordijn opzij en spreekt hem aan.

'Meneer Berliner, wat een toeval.'

'Niet als je ook naar Cadiz gaat.'

'Nodig je me niet uit om even te zitten?'

Leo maakt een gebaar met zijn hand naar de lege stoel naast hem.

'Wil je dat ik over je heen klim?'

Leo maakt zijn riem los en schuift op naar de stoel bij het raam. Ze gaat naast hem zitten, op zijn warme plek.

'Zo, dus meneer reist business class? Op kosten van de belastingbetaler.'

'Staat in mijn contract. Zelfde klasse als de hoofdrolspelers. Als ik het niet doe, verlies ik veel respect. Nederigheid werkt niet in de filmwereld.'

'Diefstal werkt wel?'

De stewardess biedt hun een glas champagne aan. Ze weet dat Doreen niet in deze klasse hoort, ziet echter dat ze Leo kent en maakt er geen punt van. Doreen zet met genoegen het glas aan haar lippen. Leo laat zich niet tot de alcoholische versnapering verleiden.

‘En waarom reist de Fiod, op kosten van de belastingbetaler, naar Spanje?’

‘We hebben een anonieme tip ontvangen.’

‘Het is helemaal geen geheim dat we in Spanje opnemen.’

‘Er wordt flink gerommeld met het geld van de belastingbetaler en het gaat niet om een paar tientjes.’

‘Als dat waar is, dan vind je dat in bankafschriften, niet op de filmset in Spanje. We proberen Cuba in de jaren zeventig na te bootsen in Cadiz, om geld te besparen.’

‘Ik had een snoepreisje naar Cuba veel leuker gevonden.’

‘Cuba gaf geen toestemming om te filmen, of eigenlijk kwam er gewoon geen antwoord, positief of negatief. Het enige wat we te horen kregen was dat transportbusjes om de crew te vervoeren ook gewone Cubanen mee moesten nemen, omdat door het gebrek aan brandstof carpoolen verplicht is, ook voor buitenlandse filmmakers.’

Doreen draait zich in haar stoel naar Leo en kijkt hem als een akela aan. ‘Die bankafschriften hebben we allang gezien. Cijfertjes op papier zijn goed als aanvullend bewijs, maar de motivaties vind je meestal op twee plekken.’

‘Laat me raden. In rokerige achterkamertjes of in de slaapkamer?’

‘Niks is zo onthullend als veldonderzoek. En verder zeg ik er niks over.’

‘Waarom kom je dan naast me zitten?’ Leo laat de stilte even hangen. ‘Waar kunnen we verder nog over praten? Mag een ambtenaar zich tijdens diensturen wel lazarus drinken aan goedkope champagne?’

‘Doe je altijd zo narrig tegen vrouwen?’

‘Nee. Alleen tegen vrouwen uit Limburg.’

Doreen drinkt in één teug haar glas leeg en geeft het aan Leo.

'Sorry,' zegt hij, 'dat was een flauwe grap.'

'Zou je zulke grappen ook maken als ik een man was?'

'Geen idee. Ik denk het wel. Zou je een man willen zijn?'

'Nee. Mijn ouders hadden het graag gewild, maar het lot heeft anders bepaald.'

De stewardess komt langs en Doreen neemt het glas weer uit Leo's handen om het aan haar te geven. Ze klapt zelfs het tafeltje voor Leo naar boven en klikt het vast zoals een moeder dat voor een klein kind zou doen. 'Als ik een man was, dan zou ik nu bisschop zijn en over tien jaar de eerste Nederlandse paus.'

'Wauw. En wat voor ambities heeft een vrouw die geen paus kan worden?'

'In ieder geval geen stewardess en ook niet actrice, modeontwerpster of persoonlijke assistente van de producent.'

'Wat blijft er dan nog over? Moeder Teresa?'

Doreen staat op en loopt de businessclass uit. Leo gaat weer op zijn oude plek zitten. De stoel voelt koud aan. Zijn hak schuift onder de stoel; de attachékoffer ligt er nog. Als hij achterom kijkt, ziet hij dat het gordijn tussen de business- en de toeristenklasse weer dichtgeschoven is. Hij kan niet zien waar Doreen zit. De enige die hij ziet is de vrouw van Ruys, nippend aan haar glas champagne. Zo te zien niet haar eerste.

De receptioniste geeft Leo de sleutel van zijn kamer en een gesloten envelop. Er zit een toeristenkaart in met een plattegrond van Cadiz. De promenade is omcirkeld en met potlood staat er '15.00' bij geschreven. Veel tijd heeft hij niet meer, maar nog wel genoeg.

Hij gooit zijn reistas op bed. Die kan later uitgepakt. Wat moet hij doen met de attachékoffer? Als hij alles meeneemt en ze beroven hem, dan is hij de pineut. Maar als hij met lege handen komt, en tegen zijn verwachtingen in blijkt iemand Tony te willen overhandigen, dan loopt óók alles in het honderd.

Leo propt gebundelde pakketjes vijftig-dollarbiljetten in de binnenzakken van zijn colbertjasje. Andere pakketjes gaan in een grote envelop, die hij tussen zijn lijf en hemd stopt. Alles bij elkaar zo'n kwart miljoen, genoeg om serieus genomen te worden.

Wat moet hij doen met de rest? Leo neemt aan dat de kidnappers slim zijn. Ze weten dat hij naar de promenade zal komen en zeker niet alles zal meenemen. Dus ze kunnen, terwijl hij niet op de hotelkamer is, binnendringen en de rest van het geld stelen. Hij kan de attachékoffer afgeven bij de receptie. Maar kan hij dit hotelpersoneel vertrouwen?

Het kluisje in de kamer is heel makkelijk te kraken. Onder het bed hoeft hij het geld ook niet te verstoppen. Uiteindelijk kiest Leo ervoor om al het overblijvende geld uit de attachékoffer te halen. Hij stopt het in de waszak. De waszak hangt hij aan de binnenkant van het gordijn. De bergplaats is niet te zien als je in de kamer staat en zelfs als je het gordijn beweegt, valt het niet meteen op.

De attachékoffer vult hij met kranten en schuift hem onder het bed met een paar T-shirts quasi-nonchalant op de grond ervoor om de koffer aan het zicht te onttrekken.

De promenade langs de kust is een gewilde toeristenattractie mede omdat het Cubaans oogt. Er worden door Noord-Afrikaanse mannen zonnebrillen en kettingen aangeboden, hier zijn ze nog niet door de Roma verdreven, terwijl Spaanse verkopers met uitklaptafels de lokale ham en wijn verkopen.

Leo rekent erop dat de ontvoerders hem zullen benaderen. Hij slentert heen en weer. Bij een willekeurig eetkraampje ontdekt hij Doreen Groenewegen tussen andere toeristen. Ze lijkt een afspraak te hebben met een man die een grote sombrero draagt, een zonnebril op heeft, een camera op zijn borst laat bungelen. De man is zo op en top een toerist, dat hij daardoor extra opvalt.

Leo ziet dat de man Doreen een plastic boodschappentasje geeft. En dan ziet hij zijn gezicht: Speck.

De twee scheiden en ieder loopt een andere kant uit. Leo aarzelt geen seconde: hij volgt Speck. Als een sprinkhaan hopt de overbelaste belastingambtenaar tussen de dagjesmensen over de promenade. Leo heeft de grootste moeite om Speck in het vizier te houden.

Uiteindelijk stopt Speck bij twee bedelende Roma-vrouwen. Eentje draagt een baby in haar armen, de ander wiegt een buggy heen en weer. De kap van de vierwieler beschermt het kind tegen het zonlicht, nog extra geholpen door een handdoek die eroverheen hangt.

Leo komt zo onopvallend mogelijk dichterbij en ziet dat Speck foto's maakt van de vrouwen. Ze vinden dat niet erg als ze er geld voor krijgen. Dan wil Speck foto's maken van het kind in de buggy. Dat willen ze niet. Speck negeert hun afwijzing en trekt de handdoek weg.

In een flits ziet Leo het kind: Tony. De vrouwen duwen Speck weg. Uit het niets verschijnt een Roma-man. Zonder discussie timmert hij erop los en geeft Speck een paar flinke vuistslagen. Hij rukt het fototoestel uit zijn handen en slaat het kapot op de stenen.

Leo heeft genoeg gezien. Hij rent, luid roepend, naar de vechters. Zodra ze hem zien komen, vluchten de vrouwen weg. Hun beschermer is in eerste instantie bereid om Leo te lijf te gaan. Hij blokkeert de weg en zorgt ervoor dat Leo de vrouwen niet kan volgen door hem ruw vast te grijpen. Pas als omstanders Leo proberen te helpen, rent de man weg, de andere kant op.

Waar zijn de vrouwen? Waar is Tony? Speck wijst, ondanks zijn bloedneus, naar de richting waarin ze zijn verdwenen. 'Zij hebben het kind!' roept hij.

Veel meer heeft Leo niet nodig. Hij rent achter de vrouwen aan en krijgt ze weer in het vizier. Ze merken dat ze achtervolgd worden. Leo is sneller, de ene vrouw verliest tempo door het dragen van de baby, de ander door het duwen van de kinderwagen.

De vrouw met de baby geeft haar vlucht op en stopt met rennen. Ze blijft schreeuwend midden op de promenade staan, heft een hand naar de hemel en gilt hysterisch om hulp. Leo rent haar zonder vertraging voorbij.

De adrenaline geeft hem vleugels. Ondanks zijn bewustzijnsvernauwing flitsen de bouwstenen door Leo's hoofd. Ruys met zijn gekoketteer over zijn Roma-afkomst, de twee Roma in Cannes, de puzzel begint te passen. Hoe precies, dat gaat hij later wel uitdokteren, eerst Tony.

Hij haalt de vrouw in. Ze kan niet verder rennen omdat er een lange, brede, stenen trap opdoemt aan het einde van de promenade. Ook zij heft haar handen wanhopig naar de hemel en gilt.

Met bezwerende gebaren nadert Leo de laatste paar meter langzaam. Hij haalt een pakketje met geld uit zijn zak en laat het aan haar zien. 'Ik wil het kind. Verder niks. Alleen het kind.' Hij komt dichterbij. Nog twee meter. Ze gilt nog heftiger. Leo wijst naar de kinderwagen. 'Het kind.'

De vrouw geeft een duw tegen de buggy. Het wagentje stuitert de trappen af, slaat na een paar treden al over de kop, duikelt verder met sprongen, horten en stoten. Leo springt de treden af, maar de kinderwagen heeft een voorsprong die hij niet meer kan inhalen. De Roma-vrouw maakt zich uit de voeten. Wat er met de buggy en de inhoud gebeurt interesseert haar niet.

De laatste buiteling doet de kinderwagen weer op zijn wielen belanden. Er is wonder boven wonder niks uitgevallen. Leo duwt de kap naar achteren: hij hoopt op een peuter, die door het hele carnaval heen is geslapen. Maar nee. Niemand. Geen Tony. Leeg.

Cuba in Spanje

De lobby van het vijfsterrenhotel Andalucia doubleert voor de film als Cubaans revolutionair hoofdkwartier in Havana. Om kwart over zeven 's avonds wordt de laatste filmopname gemaakt en Ruys juicht: 'We hebben het wonder volbracht!' Omhelzingen volgen, tranen, beloftes en excuses. Dan gaan de assistenten snel inpakken, zodat de vrachtwagens 's ochtends vroeg terug naar Nederland kunnen rijden. Na het inpakken is het tijd om te feesten in de balzaal van het hotel.

Leo ziet dat Stephen Fry de make up- en kledingassistenten een klein cadeautje in hun handen duwt. De art director doet hetzelfde bij zijn medewerkers. De productieleidster verblijdt haar Spaanse runners met handgemaakte sieraden. De cameraman en de regisseur geven traditioneel nooit cadeautjes, omdat ze tijdens de laatste opnamedag geen tijd krijgen om te gaan winkelen.

Leo laat de eer om als eerste te speechen aan Klaas-Jan. Weet de vader dat zijn ontvoerde zoon ergens in deze stad verblijft? Of heeft Leo een spook gezien?

Klaas-Jan prijst Ruys; onder zijn bezielende leiding is de grootste en duurste Nederlandse speelfilm ooit opgenomen en het wordt een absoluut meesterwerk, voorspelt hij. Hij bedankt de crew en zijn vrouw Moniek, maar zegt geen woord over Tony. Als laatste huldigt hij Stephen Fry en overhandigt de Brit de microfoon om te speechen.

'We weten allemaal,' begint Fry, 'dat het een heel dom idee is om de hemel te willen ontdekken. En je moet wel een hele domme man zijn om te denken dat zo'n dom idee ooit tot een intelligente film kan leiden.'

Geholpen door de overdadige hoeveelheid alcohol rollen de eerste lachsalvo's door de ruimte. 'Wij hebben zo'n domme man, Robert Ruys is de domste man die ik ken.' Ruys en zijn vrouw lachen het hardste van iedereen. 'Robert regisseert acteurs zoals een priester een goed geboterde koorknaap de biecht afneemt...'

Leo ziet Ruby de balzaal binnen komen, samen met Doreen. Toeval? Uit hun lichaamstaal blijkt geen speciale band tussen de twee vrouwen. Het leeftijdsverschil is te klein voor een moeder-dochterrelatie, te groot voor intieme zussen. Maar waarom legt Doreen haar hand op de schouder van Ruby om iets in haar oor te fluisteren?

Leo spreekt Ruby dagelijks, maar hij heeft haar sinds het kruipen op de nagebouwde heilige trappen in de Italiaanse abdij niet meer gezien. Hier in Cadiz logeert ze in het goedkope hotel waar de assistenten ondergebracht zijn, niet in het chique Andalucia zoals hij zelf. Hij verlangt naar haar.

Doreen vertrekt voor het einde van de speech. Leo moet kiezen; blijven luisteren naar de gevatte woorden van Fry over de regisseur die hij in de loop van de filmopnames is gaan minachten, zodat hij daarna eindelijk Ruby discreet in zijn armen kan sluiten? Of de Fiod-hulpofficier van justitie volgen, omdat zij wellicht iets over Tony's verblijfplaats weet?

Doreen wandelt rustig, kijkt nooit om, pauzeert slechts eenmaal omdat ze moet niezen en gaat dan haar hotel binnen.

'Tweede verdieping,' zegt de receptioniste zonder dat Leo erom vraagt. Verhuren ze kamers per uur? Zo goedkoop ziet het hotel er nou ook weer niet uit.

Aan de gang liggen een achttal kamers, drie aan de ene kant en vijf aan de andere.

Leo ziet een open deur. Voordat hij naar binnen kan kijken bereikt het geluid van Doreens stem hem al. 'Wil je iets drinken?'

Ze staat aan het voeteneind van het bed naast de tv die boven op de kleine minibar staat. Ze schopt haar hakken uit met de souplesse die je bij een minnares verwacht, niet bij een hulpofficier van justitie.

Leo loopt naar binnen. 'Staat je tv hoog genoeg?' vraagt hij. Ze kijkt hem niet-begrijpend aan. 'Als je in bed ligt, kan je dan wel tv kijken?'

'Ik kijk nooit tv als ik in bed lig.' Ze heeft zichzelf een whiskey uit een zielig klein flesje ingeschonken en houdt haar glas omhoog. Wil Leo ook een whiskey, vraagt haar gebaar.

'Een glas water graag,' zegt hij, met de dwingende toon van een strijdlustige alcoholicus.

'Water drinken in een vreemd land? Jij hebt lef.' Doreen loopt langs hem, veegt bijna per ongeluk met haar schouder even tegen zijn lijf en gaat naar de badkamer om daar een glas water uit de kraan te vullen.

'Als er een stoel was zou ik je die aanbieden.' Er staat wel een stoel, maar die is bedolven onder kledingstukken. 'Je kan op de rand van het bed zitten.'

Doreen reikt naar haar nachtkastje en grijpt een map. Ze legt de map op bed, zodat Leo de inhoud kan zien. Het zijn foto's van Groves albasten speedbootvrienden. Ze waren zich er niet van bewust dat ze gefotografeerd werden en lijken rond te lopen in een stad met nauwe steegjes. Het zou Venetië kunnen zijn, omdat op één foto een smal kanaal staat met iets wat op de achterkant van een gondel lijkt.

'Ken je die mannen?'

'Ze hebben me kort geleden een lift gegeven op een boot in Cannes.'

'Werken ze voor jou of zijn ze betrokken bij de films?'

'Ze werken in ieder geval niet voor mij.'

'Wat kan je me over hen vertellen?'

'Weinig. Ik ken hun namen niet, weet niet waar ze vandaan komen, waar ze wonen, voor wie ze werken. Ik weet niet eens of ze uit hun mond stinken.'

'Iemand die zoveel niet weet, die weet meestal juist heel veel waar hij zijn mond over wil houden.' Ze gaat rustig op de rand van het bed zitten, slaat haar benen over elkaar en verwacht dat hij naast haar zal gaan zitten. Dat doet Leo niet, hij leunt naar achteren, met zijn rug tegen de muur.

'Ik denk dat ze betrokken kunnen zijn bij de verdwijning van Tony. Maar ik kan niks bewijzen.'

'Ik denk dat ze bij veel meer betrokken zijn.'

'Zoals?'

'Heroïnesmokkel.'

'En dat kan jij wel bewijzen?'

'Cadiz is een havenstad. Er wordt flink wat uit Afrika gesmokkeld. Volgens mij hebben we een gezamenlijk belang.'

'Is de Fiod ook betrokken bij kidnappingszaken?'

'Dat kind kan ons niks schelen. Begrijp me niet verkeerd. Het is vreselijk en als we het en passant kunnen oplossen: tuurlijk. Altijd een goeie zaak. Maar onze eerste interesse is de heroïne.'

'En hoe kan ik daarbij helpen?'

'Dit zijn de loopjongens. Ik wil de bazen. Volgens mij zijn ze bij de films betrokken.'

Leo fronst zijn wenkbrauwen. 'Nederlanders of Engelsen?'

'Dat wil ik graag van jou horen.'

'Hoe past Speck in de puzzel?'

Ze kijkt hem aan, begrijpt dat Leo haar met Speck op de promenade gezien heeft. 'Speck is behoorlijk doorgedraaid. Het is zielig en ik heb medelijden met hem. Maar hij heeft een uitzonderlijke neus voor financiële patronen. Geef die man een pak rekeningen en bonnetjes en hij kan je alles vertellen over het gedrag van de betaler. Ik kan hem goed gebruiken. Tegelijkertijd hou ik hem in de gaten zodat hij ons onderzoek niet kan verpesten.'

Leo overdenkt haar woorden. Hij vertrouwt op zijn ervaringen als Schiphol-onderzoeker en daarom vertrouwt hij Doreen niet. Zij heeft meer informatie voor hem dan hij voor haar dus wat wil ze van hem?

'Ik kan je niet helpen,' besluit Leo.

Het maakt geen indruk op haar. 'Nou, dan zijn we uitgesproken.'

Leo drinkt de laatste slok water en zet het lege glas op de tv. 'Wat doen een man en een vrouw in een hotelkamer, die elkaar niks meer te vertellen hebben?' vraagt ze opzettelijk nonchalant, terwijl ze tegen haar nagels blaast alsof ze die net gelakt heeft.

Leo begrijpt haar ondertoon heel goed. 'Tv kijken?'

Doreen schiet overeind. Met de afstandsbediening zet ze de tv aan. 'Jij mag tv kijken.' Ze sluit de deur, die nog steeds openstond. 'Je hoeft helemaal niks te doen.' Met haar hand wil ze hem naar het bed duwen. Leo beweegt niet mee met haar gebaar.

'Dit lijkt me geen goed idee.'

'Tuurlijk wel. Ik weet meer dan jij over die mannen. Misschien praat ik mijn mond wel voorbij.'

'Dat kan ook in een restaurant tijdens het diner.'

'Ja, dat kan. En dit kan ook. En dit wil ik. Ben je getrouwd? Ik niet. Dit is mijn ding. Maak je geen zorgen. Ik doe alles. Jij kijkt tv en luistert.'

Met een vrij forse duw laat ze Leo op het bed vallen. In dezelfde beweging zit ze boven op hem en grijpt in zijn binnenzak. Hij pakt haar handen om haar tegen te houden. 'Die mannen komen uit Venetië,' zegt ze.

'Prima,' zegt hij. 'Maar je hoeft me niet te fouilleren.'

'Wat zit er in je binnenzak? Heroïne?' Ze lacht om haar eigen ironie.

Leo lacht niet mee. 'Er zit geld in om Tony vrij te kopen.'

'Geld van de belastingbetalers.'

'Zo zou ik het niet noemen.'

'Ik wel. Ik kan je nu arresteren.'

'Het is een deel van mijn salaris dat ik vrijwillig beschikbaar stel.'

Doreen trekt de riem uit Leo's broek en maakt de knopen van zijn gulp los. 'Het zijn geen Italianen maar Roma, ze komen uit de Balkan. Ze opereren vanuit Venetië.'

Doreen trekt Leo's broek naar beneden. Met een snelle volgende beweging trekt ze ook zijn onderbroek uit. Ze laat de kledingstukken rond zijn enkels zitten, trekt ze niet over zijn schoenen en ook zijn hemd schuift ze alleen opzij.

'Ze zijn meedogenloos, verkopen hun moeder als het nodig is voor een betere deal. Volgens mij zitten ze achter dat ongeluk in Rome. En de schimmel. En kidnapping is ook onderdeel van het pakket.'

Met haar hand wrijft ze over Leo's eikel, haar andere hand grijpt zijn ballen en maakt knijpende bewegingen. Zijn erectie, die hij niet wil, laat niet lang op zich wachten.

Met een snelle beweging schuift ze haar mond even kort over zijn groeiend geslacht, voordat ze weer verder gaat met haar handen.

'Onze informatie geeft aan dat het kind ergens bij een familielid ondergebracht is in de buurt van Venetië. Wie zijn de opdrachtgevers van die schoften?' Opnieuw omsluit haar mond de nu harde erectie van Leo. Ze beweegt haar hoofd op en neer. Omdat hij niet antwoordt, onderbreekt ze haar werk even en herhaalt: 'Wie?'

'Ik weet het niet. Sorry, ik weet het echt niet.'

Ze trekt haar hoofd terug en begint hem met een enorme souplesse en snelheid af te trekken, terwijl ze met haar andere hand in zijn ballen knijpt. 'Is het West van Multi Media? Of Jagger? Wie is het?'

Leo's lichaam regeert hem en terwijl hij blijft ontkennen, laat hij haar verder gaan met iets wat hij niet wil en tegelijk wel verlangt. Zijn geluiden geven aan dat zijn orgasme niet lang op zich zal laten wachten. Doreen houdt haar open mond vlak bij zijn stijve pik. Zijn zaad spuit tegen haar gehemelte. Ze laat het vanuit haar mond in haar handpalm glijden, draait zich om, ligt met haar rug op het bed, stopt haar gevulde hand tussen haar kleding en begint te masturberen.

Leo is verrast door zijn eigen orgasme en zijn korte stoterige adem heeft even tijd nodig om weer regelmatig te worden. Zodra hij wat gekalmeerd is, richt hij zich half op en buigt naar Doreen om haar te omarmen. Ze duwt hem met haar vrije hand weg. Leo aait daarna liefkozend haar wang, opnieuw duwt ze zijn hand weg.

Hij mag haar niet aanraken, ze draait haar hoofd af, wil niet eens naar hem kijken, terwijl ze doorgaat met masturberen.

Leo's verbijstering maakt plaats voor nieuwsgierigheid. Hij observeert haar ademloos.

En dan gaat haar telefoon. Na de derde bel stopt Doreen, reikt over en neemt het gesprek aan. Leo kan de stem aan de andere kant niet verstaan, vooral omdat Doreen haar mobiel te dicht tegen haar oor drukt.

'Wat?' roept ze. 'Wat?'

Geen goed nieuws, dat is duidelijk, hoewel Leo bedenkt dat geen goed nieuws voor haar, wel goed nieuws voor hem kan zijn. Dan ontploft haar kwaadheid met een intensiteit die op Leo nog sterker overkomt dan haar seksuele uitspatting. 'Godver de godver de godver. Haal me direct op!' De andere kant kan niet of wil niet, maar dat accepteert Doreen niet. 'Nee, nu meteen, hoor je me? Binnen vijf minuten!'

Ze gooit de telefoon op het bed en grijpt haar reiskoffer, waar ze alles zonder opvouwen inpropt. 'Fuck, fuck, fuck, godverdomme!'

'Met dat soort woorden word je nooit paus.'

Het vloeken houdt op.

'Geen goed nieuws, neem ik aan?'

Doreen loopt langs hem, stuift de badkamer in om haar spullen te verzamelen.

'Kan ik je met iets helpen?' vraagt hij.

'Niet in de weg lopen.'

Voorzichtig probeert Leo de vrouw, die enkele minuten eerder nog zijn zaad in haar mond opving, te helpen door rondslingerende spullen op het bed te leggen; een paar schoenen, de folder met de foto's en ook een plastic zak die tussen de kleding op de stoel ligt.

Leo voelt dat er een klein metalen voorwerp in de zak zit. Hij kijkt erin; een speelgoedautootje. Het is identiek aan het autootje waar Tony mee speelde op de video.

'Is dit van Tony?'

'Je mag het houden.'

'Waar heb je dit vandaan?'

'Speck.'

'Waar kan ik Speck vinden?'

'Weet ik niet.'

'Luister Doreen. Het terugvinden van een gekidnapt jongetje

van twee jaar is heel wat belangrijker dan een mislukt vluggertje op een hotelkamer.'

Doreen kijkt op en haar ogen schieten vuur. 'Die schoften smokkelen een lading heroïne naar Nederland. Dat zit verstopt in een van de filmvrachtwagens en een paar van die auto's zijn nu weggereden, voordat wij ze hebben kunnen onderzoeken. Niemand zou vertrekken tot morgenochtend. Als ik erachter kom dat jij ervan afwist, dan ben je nog niet jarig.'

Ze ritst haar trolley dicht en pakt als laatste haar handtas, waar ze een lipstick uithaalt. Terwijl ze in een handspiegeltje kijkt, verschoont ze haar lippen van elke zonde.

Het verbaast Leo dat ze tijd heeft om haar uiterlijk op te poetsen. 'Waarom ben je in paniek?'

'Ik moet die lui op heterdaad betrappen. Dus ik rij nu achter ze aan.'

'Behoorlijk stom om mij dat allemaal te vertellen,' zegt Leo. 'Ik kan ze nu gewoon bellen en waarschuwen.'

'Graag. Hebben we eindelijk bewijs via het mobiel netwerk dat je in contact bent met die mannen.' Leo begrijpt dat zijn telefoon afgeluisterd wordt en dat Doreen nooit een link tussen hem en de mannen heeft kunnen leggen. Hij begrijpt ook dat ze hem, ondanks haar zwarteweduwegedrag, vertrouwt.

Op straat voor het hotel klinkt agressief en gejaagd getoeter. Doreen kijkt even uit het raam, pakt meteen haar koffer en jas en loopt naar de deur om de kamer te verlaten.

Toch loopt ze nog even snel terug en geeft Leo een zoen op zijn wang. 'Bedankt voor de seks.' Haar stem klinkt neutraal en dat is voor haar doen heel warm. 'Wil jij de kamer betalen? Ik heb haast. Je krijgt het later terug.' En weg is ze.

Leo schuift het gordijn voor het raam iets verder opzij. Op straat staat een kleine, wat oudere middenklasser met een

Nederlands nummerbord. Doreen gooit haar koffer en jas op de achterbank en stapt in.

De auto stuift weg. Wie rijdt kan Leo niet zien. Hij kan zich niet voorstellen dat Doreen samenwerkt met Speck. Aan de andere kant, waarom niet?

Danse macabre

Leo slentert terug naar het Andalucia Hotel. Waar moet hij anders naartoe? In gedachten achtervolgt hij de goedkope middenklasser, die op zijn beurt filmvrachtwagens najaagt.

Heeft Doreen wel de bevoegdheid om een vrachtwagen te onderzoeken op buitenlands grondgebied? Stopt ze bij elke truckersparkeerplaats om te kijken of de smokkelende chauffeurs koffiedrinken, of een tukje doen? Loopt ze geen gevaar? Of blijft ze schaduwen tot ze de Nederlandse nummerborden, die ongetwijfeld in haar geheugen gegrift staan, over de Nederlandse grens ziet rijden?

De vele vragen die Doreens gedrag oproepen verbleken bij zijn vragen over de betrokkenheid van Mick Jagger. Heroïne en rock&roll gaan goed samen. Mick Jagger en geld ook. Maar Mick Jagger en geld verdienen met heroïne, dat klopt niet.

Het feest van *De ontdekking* in het hotel is in de eindfase beland. De alcohol regeert. Vrouwen springen alsof ze tieners zijn, handen hoog in de lucht, heupen alle kanten op. Mannen hangen tegen de bar en slaan constant armen om elkaar heen onder het uiten van onverstaanbare zinnen.

Leo loopt tussen de springers door en vindt een open plek aan de bar. Hij bestelt een mineraalwater en hoort hoe de vrouw van Ruys Stephen Fry belaagt.

'Je kan het toch eens proberen,' zwabbert haar stem. Ze heeft een drankkegel die Leo op een meter afstand kan ruiken.

'Ik wil het niet proberen,' reageert Stephen in zijn kalme, beschaafde Engels. 'Ik walg van de vrouwelijke yoni.'

'Je bent een acteur. Zie het als een rol. Probeer het met mij.'

'Zo'n goede acteur ben ik niet.'

Leo loopt met zijn water naar Ruby. Ze is blij hem te zien, omarmt hem: 'Waar was je?'

'Wandeling over de promenade.'

'Alleen?'

'Ja. Nadenken.'

Vlak bij hen danst Klaas-Jan in een driemans tonga. Hij lijkt zich uitstekend te amuseren, zonder zijn vrouw. Ruby bemerkt de bijna beschuldigende blik van Leo.

'Zijn vrouw zit in een tiendaagse stilteretraite. Ze belt twee keer per dag met hem, voor het geval er nieuws over hun zoon zou zijn.'

Ze wandelen langs het hotel waar Leo nauwelijks een uur geleden nog deels uitgekleed op bed lag.

'Welk hotel logeer je?' vraagt hij. Ze wijst met haar hand en een glimlach naar het hotel dat ze passeren. 'Echt waar?'

'Er zitten heel wat crewleden. En ook die Fiod-medewerkster.'

'Echt waar?' herhaalt Leo.

'Ja. Ze belde een paar dagen geleden op en vroeg of ik een hotel wist. Toen heb ik haar dit adres gegeven.'

'Dat heb je helemaal niet verteld.'

'Ik vertel niet alles. Ik heb vanmiddag koffie met haar gedronken. Ze was erg benieuwd naar jou. Ook privé. Vertel jij wel alles?'

Leo schudt zijn hoofd. Onwillekeurig denkt hij terug aan Rebecca. Hij vertelde haar altijd alles, tenminste, alles waarvan hij dacht dat het belangrijk was, ongeacht of het leuk was of niet. Maar Rebecca wilde niet alles weten; geheimen zijn de dragers van liefde, vond ze. Leo vindt, nog steeds, geheimen de dragers van wantrouwen. Toch houdt hij over Doreen zijn mond, al is het meer uit onzekerheid dan uit lafheid.

De bries op de promenade draagt zowel zwoelheid als verkoeling in zich. Leo en Ruby zijn niet de enigen die gearmd langs het water wandelen.

'Je bent zo stil,' zegt Ruby, terwijl ze haar schoenen uittrekt. Ze wil met haar blote voeten de warme stenen kunnen voelen.

'Ik breek me het hoofd over hoe ik Jagger te pakken kan krijgen.'

'Waarom stuur je de politie niet op hem af?'

'Ik heb niet genoeg bewijzen. Zelfs al kon ik bewijzen dat Jagger samen met Grove het brein achter alles is, betrokkenheid bij fraude, kidnapping en drugssmokkel, dan nog zou ik de politie erbuiten houden. Grove offert zich op voor die man en dan sta ik met lege handen. Ik wil Jagger spreken, en tegelijkertijd moet ik hem en Grove uit de klauwen houden van Doreen Groenewegen.'

'Je bent de producent. Je kan zijn privénummer eisen.'

'In de ogen van Multi Media ben ik een hand met een pen, die af en toe een krabbel zet, zodat ze meer geld over hun eigen balk kunnen gooien. Ik ben totaal vervangbaar.'

'Ben ik ook vervangbaar?' vraagt Ruby.

De vraag overvalt Leo. 'Hoe bedoel je? Persoonlijk of voor de film?'

'Mick Jagger is onvervangbaar. Zonder hem kan Multi Media geen aandelen slijten, kunnen generaties niet hun ongenoegen in "Satisfaction" wegschreeuwen. Mijn vader is onvervangbaar, zonder zijn invloed wil de bank niks met film en rocksterren te maken hebben. Voor Tony ben jij onvervangbaar, omdat je de enige bent die echt moeite doet om hem te vinden. En ik, hoe zit het met mij?'

'Voor de film,' begint Leo voorzichtig, 'ben je niet

essentieel. Wat jij doet, kan een ander ook. Voor mij persoonlijk...' Hij zoekt naar de juiste woorden en de juiste toon: 'Het is nog vroeg in onze relatie. Ik zit nog met de erfenis, die constante herinnering aan mijn vermoorde vrouw.' Opnieuw vermijdt hij zijn dochter te noemen. De herinnering aan haar overschaduwt alles. 'Je wordt wel steeds minder vervangbaar.'

'Weet je, toen mijn moeder in het ziekenhuis lag en ik haar elke dag na school bezocht... Ik herinner me dat ik van mijn zakgeld een "Van Harte Beterschap"-kaart kocht bij het tijdschriftenstalletje in de hal. De foto toonde twee schattige kleuters en een enorme tros ballonnen. Vooral de ballonnen vond ik mooi. Ik had niet genoeg geld en de verkoper vroeg voor wie ik de kaart kocht. Ik vertelde hem over mijn moeder en dat ze soms donkerbruine drab moest overgeven. Hij gaf me de kaart. Mijn moeder vond de kaart prachtig en voor haar was ik onvervangbaar en zij was voor mij onvervangbaar. En toch ging ze een paar weken later dood. Voor mijn vader was ze wel vervangbaar. Al heel snel woonde mijn stiefmoeder in ons huis, sliep ze in mijn moeders bed, gebruikte haar potten en pannen. En ik was ook vervangbaar, want ze adopteerden meteen twee meisjes uit Somalië.'

Leo wacht tot Ruby haar ogen droog veegt. 'Heb je een hekel aan je vader?'

'Heb je een hekel aan Mick Jagger?'

'Jagger is niet persoonlijk. Ik ken hem nauwelijks.'

'Ik ken mijn vader te goed. Als ik zou kunnen bewijzen dat hij betrokken is bij drugssmokkel of ontvoering, meteen...'

'Ruby, misschien was het de wens van je moeder dat je vader snel weer zou trouwen. Misschien wilde zij dat je niet alleen opgroeide. Vergeef en vergeet.'

Ze praten op de terugweg alleen nog over kleine alledaagse dingen, die vooral niets met de kidnapping of hun relatie te maken hebben. Het zien van het neon uithangbord van het hotel voedt de honger naar intimiteit.

'Blijf je vannacht bij me?' vraagt Ruby met een klein stemmetje.

'Goed,' zegt Leo. 'Even een sms sturen, dan kom ik. Dat lukt boven niet, slecht bereik,' voegt hij er snel aan toe zonder uit te leggen hoe hij dat zou kunnen weten. Ruby stelt geen verdere vragen en gaat naar binnen.

Leo kijkt door zijn adresboek en twijfelt over wie hij een sms zal sturen. Uiteindelijk kiest hij zijn moeder. 'In Spanje. Alles prima. Denk veel aan je. Liefs, Leo.' Zijn vader stuurt hij niks.

'Tweede verdieping,' zegt de receptioniste en ze noemt er deze keer een kamernummer bij.

Ruby's kamer ligt aan de andere kant van de gang zonder uitzicht op de straat. Leo schuift de gordijnen dicht en verbergt zo het uitzicht op de binnenplaats, waar gasten 's ochtends kunnen ontbijten.

Hij poetst zijn tanden met Ruby's tandenborstel en kleedt zich in de kleine badkamer uit voordat hij naast haar gaat liggen.

'Wat wil je dat ik met je doe?'

'Nee, je moet doen wat jij wilt.'

'Ik wil doen wat jij graag wil.'

'Ik wil dat jij het initiatief neemt. Ik ben er helemaal voor jou. Jouw passie voelen, vind ik opwindend.'

Zijn hand streelt haar rug al, nu nog met lange halen. De details, de kleine pukkel op haar linkerschouder, het kuiltje in haar bil, komen later. Hij laat zijn mond naar haar tepel gaan. Hij likt eerst met zijn tong voordat hij zijn lippen eromheen sluit en de tepel in zijn mond zuigt. Dan zoekt zijn mond haar mond. Haar tong is gulzig. Zijn penis wordt groter maar een harde erectie krijgt hij niet.

'Misschien ben ik wat moe,' zegt hij zacht. Ruby antwoordt niet. Ze haakt haar wijsvinger in zijn mond, zodat hun beider tongen ook haar vinger kunnen raken.

Leo merkt dat het opwindend werkt en zijn erectie helpt. Snel schuift hij zijn lichaam op Ruby. Met zijn hand helpt hij zijn penis naar de ingang van haar vagina. Hij hoopt dat de natuur hem nu zal helpen. Veel stijver wordt hij echter niet en het op en neer bewegen heeft nauwelijks invloed.

Leo varieert het tempo in de hoop dat Ruby het zal uitleggen als passie. Hij maakt er geluiden bij, niet te hard, niet te zacht. En dan probeert hij een variëteit aan posities, die Ruby gewillig ondergaat. Als hij weer normaal op haar ligt en nog steeds geen gevoel krijgt dat een orgasme bij hem of bij haar in aantocht is, stopt hij met bewegen. 'Sorry schat, het is een erg vermoeiende dag geweest.'

Zijn penis wordt snel kleiner. Toch blijft hij op haar liggen. 'Ik vind het niet erg. Voor mij is vrijen niet op resultaat gericht.'

'Het hoort er wel bij, vind ik,' zegt Ruby, 'anders is het niet compleet.'

'Wil je dat ik doorga? Zal ik je likken?'

'Nee. Morgenochtend misschien.' Hij gaat naast haar liggen, zijn armen om haar heen, zijn been over haar bovenbenen, hun hoofden tegen elkaar aan.

'Ben je nu teleurgesteld?' vraagt hij.

'Leo, ik heb je het feest zien verlaten nadat Doreen de deur uitging. Haar kamer is leeg met een onbeslapen maar rommelig bed. Zelfs de wind op de promenade kon de Limburgse geur niet van je afblazen.'

Ik moest wel, wil hij zeggen, ze had informatie over Tony. Maar hij zwijgt omdat hij niet wil toegeven dat Doreens gedrag, haar doortastendheid, hem zowel verraste als ook overdonderde.

'We hebben geen contract. Ik ben ook geen heilige,' gaapt Ruby. 'Wil je dat ik erover vertel?'

'Liever niet.'

Leo doezelt al snel weg, totdat hij wakker schrikt omdat Ruby opnieuw tegen hem praat. 'Jagger heeft toch jouw telefoon gebruikt in Amsterdam?'

Leo knikt bevestigend, hoewel hij de bedoeling achter haar vraag niet vangt.

'Wiens telefoonnummer kent hij uit zijn hoofd?'

'Zijn moeder? Dat was zijn grootste fan, en destijds leefde ze nog.'

'Jagger is ook maar een mens. Hij belt of zijn drugsdealer, of zijn vriendin. Een vrouw als Ra'Kel belt hij minstens vijf keer per dag. Haar nummer zit vast opgeslagen in je telefoon. Zij weet waar hij is. Je moet haar bellen.'

Ruby slaat het laken weg en snelt naar de badkamer, om meteen terug te komen met Leo's mobiel. 'Welke dag was het ook weer?'

Leo ziet haar geconcentreerd naar zijn scherm turen. Ze voelt zich onbespied, hoewel ze naakt voor hem staat. Haar linkerborst hangt iets dieper dan haar rechter, het is maar een fractie en het komt misschien omdat ze met de vingers van haar rechterhand op de toetsen van de mobiel drukt.

Perfecte symmetrie van een vrouwenlichaam vermorzelt de lust. Op haar bovenbeen heeft ze een blauwe plek en ook die imperfectie vindt Leo aantrekkelijk. Hij bewondert haar. Haar achteloosheid en spontaniteit ontroeren hem en maken haar onweerstaanbaar.

'Hier,' zegt Ruby en ze draait de mobiel naar hem toe, zodat hij het scherm kan zien. 'Een nummer in New York, daar woont Ra'Kel toch? Gesprek van veertig minuten. Dat moet haar zijn.' Ze drukt op re-dial.

'Niet nu, het is twee uur 's nachts.'

'New York is zes uur vroeger.'

'Misschien is ze nog in Europa.'

'Dan is ze aan het feesten en is het nog vroeg.' Er wordt aan de andere kant opgenomen. 'Ra'Kel? Met de secretaresse van Leo Berliner... Leo Berliner, de verantwoordelijke producent van *Enigma* en *De ontdekking van de hemel*. Hij moet u dringend spreken...'

Ruby geeft hem de telefoon. Leo heeft geen idee wat hij moet zeggen. Hij heeft wel een idee wat hij wil vragen: 'Waar is Mick?'

Nieuw bloed

Leo geniet van het meer Lac Leman. De talloze prachtige, sobere kastelen aan de oever maken indruk, maar de werkelijke schoonheid zit voor hem in de reflecties. Het oppervlaktewater gedraagt zich als een superkameleon; het hemelsblauw is in de weerspiegeling intiemer, de bergen met en zonder sneeuw onaantastbaarder, en het meer gedoogt mensen maar omarmt ze niet, ze blijven nietige gasten te midden van de overweldigende natuur.

Montreux is Leo's eerste stop: Clinique La Prairie. Niemand bij de receptie weet in welke kamer Mick Jagger ligt. Ook David Brown, zijn pseudoniem in het Amsterdamse Grand Hotel, blijkt onbekend bij de zangerig Duitssprekende Zwitsers.

'Mijn vriend is hier voor een bloedtransfusie,' legt Leo uit aan de arts, die opgetrommeld is om hem te woord te staan.

'Nierproblemen? Een dialyse?'

'Heroïne. Bloed spoelen en vervangen.'

De arts verzekert Leo dat zoiets in hun kliniek niet gebeurt. 'Het is op z'n minst een ongebruikelijke methode,' voegt de man eraan toe, 'en helemaal geen garantie tot genezing van een drugsverslaving.'

'Ik ben geen paparazzo,' verzekert Leo hem. 'Ik ben Jaggers businesspartner.'

Ook dat maakt weinig indruk, zodat Leo zijn telefoon grijpt en strijdlustig Ra'Kel belt. Ze geeft hem het adres van een villa in Villars-sur-Ollon, twintig minuten rijden van Montreux.

De villa met naambord Le Pech Carp ziet er peperduur uit en enorm saai, eerder iets voor een bankdirecteur en zijn gezin, dan voor een popster en zijn geliefde.

Leo belt aan. Er klinkt geen gestommel in het huis, geen bodyguards duiken op, niks. Hij loopt om het huis heen, duwt zich door een heg, kruist een perfect gemaaid grasveld, gaat voorbij het zwembad, naar de veranda. 'Ra'Kel!' roept hij. En nog eens: 'Ra'Kel, ik ben het, Leo!'

Een raam op de eerste verdieping gaat open. 'Mick slaapt,' roept ze met gedempte stem.

'Ik wacht wel,' verzekert Leo haar.

'Gaat lang duren.' Zonder verdere uitleg sluit ze het raam en verdwijnt achter het gordijn.

Omdat de verandadeur wijd openstaat, besluit Leo zijn wachttijd binnen uit te zitten. In de enorme woonruimte zijn minstens drie open haarden en genoeg leren zitbanken voor een voetbalelftal plus hun vrouwen en vriendinnen. Veel tijd om verdere details op te snuiven krijgt hij niet, want Grove stevent op hem af. 'Ik laat je arresteren voor inbraak!'

'Graag. Wel meteen vragen of de politie hun sirenes niet willen gebruiken, anders wordt je vriend wakker.'

'Mick slaapt, ja. Bezwaren?'

'Dus nieuw bloed is het wondermiddel tegen verslaving?'

'Wie is er verslaafd?' vraagt Grove ijzig.

'Je boekt een bed in de Clinique La Prairie, die contractueel alles ontkennen, krijgt een hermodialyse, je bloed wordt netjes gefilterd, alle giffen in je aderen gaan niet meer naar de nieren maar via een membraam. En als je lang genoeg blijft spoelen, dan is je bloed weer zo helder als het levensvocht van een pasgeboren baby.'

Grove laat Leo zonder onderbreken praten, maar de haat spat van z'n gezicht af. 'Heb je medicijnen gestudeerd?'

‘Dankzij het discretionary budget betaalt de Nederlandse belastingbetaler voor Jaggers drugslolletjes. En via slimme omwegen stort RijckeVorst Bank een miljoen naar Zwitserland. Wat is het onderpand van Ra’Kel? Staat Mick garant?’

Grove houdt zijn mond.

‘Het geld kan me allemaal niks schelen,’ gaat Leo verder. ‘Het enige wat ik wil is Tony. Waar is het jongetje? Je hebt je eerste miljoen. Jagger heeft zijn babybloed. Ik wil het jongetje. Waarom is het in Cadiz fout gelopen?’

Grove ploft neer op een van de vele sofa’s. ‘Weet je wat Multi Media nu waard is?’

‘Weet je wat een kind waard is?’

Grove negeert Leo’s ergernis. ‘Sinds de beursgang is het aandeel binnen een paar dagen met vijfenveertig procent gestegen. Multi Media is nu bijna honderdtachtig miljoen waard.’

‘Gefeliciteerd. En wat schiet Tony daarmee op?’

‘Ik bezit twee procent. Nate West en zijn familie hebben samen vijfentwintig.’

‘En Jagger?’

‘Mick gelooft niet in aandelen. Hij belegt zijn geld liever in oude postzegels en kunst. Over een maand, misschien twee, als ik dan zorg dat Tony dankzij Multi Media teruggevonden wordt, dan gaat het aandeel door het plafond. Ik schat dat we naar vierhonderd miljoen kunnen.’

‘Je houdt Tony gevangen om je aandelen te pushen?’

‘Denk wat je wilt. Je kunt niks bewijzen. Wij willen graag dat er een happy end komt aan de ontvoering, waar we overigens helemaal niks mee te maken hebben. Maar op dit moment hebben we andere belangen.’

‘Helpt heroïnesmokkel de verkoop van Rolling Stones-tickets?’

‘Goeie songs helpen de Rolling Stones. Dat is mijn doel.’

Leo realiseert zich plotseling wat Grove eigenlijk bedoelt: ‘Jij hebt de titelsong voor *Enigma* geschreven. En nu wil je dat Jagger de song gaat zingen?’

Grove kan zijn trots niet verbergen. Zijn lippen plooien zich onwillekeurig in een glimlach.

‘Ik betaal geen twee miljoen aan Mick Jagger voor een song die nooit gebruikt gaat worden,’ zegt Leo woedend tegen Grove.

‘Het kost de film twee miljoen,’ verbetert de advocaat hem.

‘Kost de film niks.’

‘Lees de kleine lettertjes. Promotie. Extra onkosten. Wat denk je dat een titelsong door Mick Jagger gaat opleveren?’

‘Ik heb de kleine lettertjes gelezen. Geen woord dat *De ontdekking* twee miljoen moet betalen aan Mick Jagger.’

‘Je betaalt Ra’Kel twee miljoen,’ barst Grove woedend uit. ‘Voor haar ontwerpen. Omdat jij die twee miljoen betaalt, doet Mick ons een gunst en zingt de titelsong voor niks, waar we allemaal rijk van gaan worden. Dus in feite geeft hij die twee miljoen aan zijn vriendin. Ja? Begrepen? Jij krijgt dat jongetje terug. Jij blij. Ra’Kel blij. Mick blij. Ik blij. De investeerders blij. Wat zit je te zeuren?’

‘Weet je wie niet blij zijn?’ brengt Leo er rustig tegen in: ‘De gewone arbeiders. Eenvoudige mensen die belasting betalen en geen speciale voordeeltjes opstrijken door handige jongens zoals jij en De Waal.’

‘Jongen, neem een enkeltje in een tijdmachine en reis terug naar het communistische walhalla.’

Grove wijst naar de voordeur. De ongewenste gast kan vertrekken.

‘En wie krijgt het derde miljoen?’ vraagt Leo zonder de geringste aanstalten te maken om te vertrekken.

‘Er zijn onkosten. Verzorging. Verblijf. Tussenpersonen.’

'Roma-schurken in Cadiz. Ze kunnen naar het derde miljoen fluiten. Het tweede miljoen krijg je niet. En dat eerste miljoen komt terug want Pierre de Waal heeft een onderpand,' verzekert Leo hem.

Grove lacht hartelijk en hooghartig omdat hij begrijpt dat Leo niet weet hoe de vork in de steel zit. Hij besteedt er geen woord meer aan. Hij wijst simpelweg opnieuw naar de voordeur.

'Mick gaat mijn titelsong zingen. Absoluut. Honderd procent. Als het moet betaal ik het uit de winst van mijn aandelen.'

Leo kan niets anders doen dan met opgeheven hoofd het slagveld verlaten. Hij loopt naar de buitendeur, maar als hij geluiden uit de keuken hoort komen, verandert hij van richting.

'Je hebt de villa gevonden,' zegt Ra'Kel enthousiast zodra Leo de keuken binnenstapt. Het lijkt alsof ze vergeten is dat ze hem eerder vanuit het raam gezien heeft. 'Leo, schat.' Ze geeft hem een hand en zoent hem op zijn wangen. 'Leuk om je weer te zien. Wat doe je hier?'

'Ik kwam voor Mick, maar hij schijnt een stevig middagdutje te doen.'

Ra'Kel knikt en geeft geen verdere uitleg. Ze draagt een prachtige kimono van eigen ontwerp. Het zijde hangt los om haar bovenlijf en suggereert subtiel de aanwezigheid van haar blote borsten. Ze smeert een boterham met pindakaas.

'Kan een supermodel zoiets banaals eten als een boterham met pindakaas?'

Ze lacht om zijn vleierij. 'Mijn modellentijd ligt in het stenen tijdperk. En deze pindakaas komt uit een speciale gezondheidswinkel in New York.'

'Geweldig! Een vrouw die de wereld over reist met haar favoriete pindakaas.'

'Zo makkelijk is het niet. De douane zeurt altijd. Ze denken dat het pasta voor kneedbommen is. Ik moet ter plekke mijn vinger in een pot steken en een dikke lik eten.'

Ze lachen er alle twee om.

'Het gaat goed met het ontwerp van mijn nieuwe show,' vertelt Ra'Kel ongevraagd. 'Kijk.'

Op de keukentafel ligt een grote portfoliomap. Bovenop liggen een paar schetsen met nieuwe ontwerpen, en daarna volgen foto's van een vervallen kerkhof.

'Highgate begraafplaats, Noord-Londen,' legt Ra'Kel uit. 'Karl Marx ligt er. Daar houden we de presentatie. Als we toestemming krijgen.' Leo bekijkt de foto's van de overwoekerde graven. 'Het bestaat al eeuwen. De laatste tweehonderd jaar is het oostelijke deel niet onderhouden. Een prachtige tegenstelling. Graven die langzaam wegrotten, herfstbladeren die door zuur gif de stenen aantasten, tegenover nieuwe designs, verse kleuren met toekomst. Vergankelijkheid tegenover schoonheid.'

'Ik zou het niet doen.'

Ra'Kel is verbaasd door Leo's opmerking.

'Een begraafplaats gebruiken voor het promoten van kleding gaat veel negatieve reacties oproepen. Het is macaber, maar niet respectvol. Mensen zijn heel sentimenteel over de doden.'

'Maar...' Ra'Kel moet zoeken naar woorden om haar plan te verdedigen. 'De laatste dode is zo'n driehonderd jaar geleden hier begraven. Het is een monument geworden, geen begraafplaats meer.'

'Doden moeten niet worden gestoord, die verdienen eeuwige rust. En er leven nu allerlei wilde dieren. Al je gasten trappen in de poep. En dan vraag je mij weer om dat schoon te maken.'

Ra'Kel lacht om de kwinkslag van Leo.

‘Ra’Kel, ik mag je graag, dus ik wil eerlijk met je zijn. Het geld dat je is beloofd voor de show, dat krijg je niet.’

‘Waarom niet?’

‘Het geld was bedoeld om het ontvoerde zoontje van de Hollandse producent vrij te kopen. Dat is in het water gevallen. Je zal het toch van Mick zelf moeten lenen.’

‘En als Mick zorgt dat het jongetje vrijkomt? Wat dan?’

‘Dat zou een wonder zijn,’ antwoordt Leo. Hij laat in het midden of hij wel of niet in het wonder gelooft.

Ontslag

Leo is de laatste die aanschuift. Hoewel technisch gezien de voorlaatste, want Pierre de Waal staat achter zijn stoel, zijn handen op de rug van de leuning. Doreen Groenewegen zit bij het raam, Klaas-Jan en zijn vrouw tegenover haar.

Leo's verontschuldigende woorden over de vertraging worden met gepaste stilte genegeerd. Het interesseert niemand écht dat hij na zijn terugkeer uit Zwitserland rechtstreeks vanaf Schiphol door Ruby naar de meeting in het Hilversumse belastingkantoor is gebracht en dat de A9 vastzat.

'Sorry dat ik blijf staan,' onderbreekt De Waal hem. 'Mijn hernia.' Hij recht zijn rug, duwt zijn handen in zijn zij om zijn spieren te steunen, waardoor hij langer lijkt en meer overwicht uitstraalt. 'We zijn hier omdat we begrijpen, Leo, dat je belangrijke informatie over de verdwijning van Tony hebt. En die nog niet met anderen hebt gedeeld.'

'Waar is mijn kind?' schreeuwt Moniek. Klaas-Jan houdt haar letterlijk tegen, zodat ze Leo niet aanvalt.

'Doreen heeft in Cadiz gezien dat je bewijzen hebt,' zegt Klaas-Jan. 'Waarom hou je die achter?'

'Ik heb een speelgoedautootje, waarmee Tony gespeeld heeft. Dat heb ik van Doreen gekregen.'

'Opdat jij het aan de politie en de ouders zou doorgeven,' voegt Doreen daar meteen aan toe.

'Omdat het kind jou niet interesseerde. Omdat je smokkelaars wilde pakken.'

'Ik begrijp er niks meer van,' werpt De Waal tussenbeide. 'Waar komen die smokkelaars ineens vandaan? Wat wordt er gesmokkeld?'

'Ik heb genoeg gehoord,' zegt Doreen. 'Laten we in godsnaam dit overdragen aan specialisten.' Ze opent de deur van de vergaderkamer.

Meteen komen er twee gezette mannen, zwembanden gevuld met fast food, de ruimte binnen. Ze stellen zich alleen voor aan Leo, waardoor hij begrijpt dat ze de anderen al voor zijn komst hebben ontmoet. De twee mannen vertellen hem dat ze rechercheurs zijn en belast met het onderzoek naar de verdwijning van Tony. Eerst bestond hun team uit twintig man, nu is het team teruggeschaald naar twee.

De dikste zet een ouderwetse cassetterecorder op tafel en drukt de opnametoets in 'als geheugensteun'. 'Graag uw naam, woonplaats en geboortedatum.'

Dat het speelgoedautootje via Speck en Doreen in handen van Leo terechtgekomen is, lijkt hen niet bijster te interesseren. Ze willen weten in welke stad het kind verborgen gehouden wordt. Hoe vaak Leo ook zegt dat hij Venetië vermoedt maar dat niet zeker weet, ze blijven erop terugkomen. Hij geeft het op. 'Zij weet veel meer, vraag het aan haar.' Leo wijst met zijn hoofd naar Doreen.

'We kunnen dit gesprek verder voeren op het bureau,' zegt de kaalste van de twee kalm.

'Doe niet zo belachelijk,' kaatst Leo terug. 'Dat soort dreigementen horen in Amerikaanse tv-shows. Wil je me misschien in een isoleercel opsluiten, omdat ik niet weet waar een speelgoedautootje vandaan komt?'

'U bent momenteel onze belangrijkste verdachte.' De rechercheur verliest zijn geduld. 'Wij vermoeden dat u samenwerkt met de ontvoerders.'

‘Dat zegt alles over jullie onderzoekskwaliteiten,’ zegt Leo geërgerd.

‘Rustig Leo,’ sust De Waal. ‘We willen allemaal hetzelfde.’

‘Nou, dat weet ik zonet nog niet. Het gaat haar niet om het kind, maar om de heroïne.’

‘Welke heroïne?’ vraagt De Waal.

‘Moet ik het uitleggen?’ vraagt Leo aan Doreen.

‘Dat deel van het onderzoek heeft niks te maken met de verdwijning van het kind,’ stelt Doreen op zakelijke toon.

‘Tenzij de smokkelaars ook de ontvoerders zijn.’ Leo merkt dat alle aanwezigen een hekel aan hem krijgen, omdat hij op alles een antwoord heeft. Het kan hem niks schelen.

‘Meneer Berliner, gebruikt u drugs?’ vraagt de zwijgzame rechercheur.

‘Ben ik verslaafd? Nee. Heb ik het ooit geprobeerd? Ja, jaren geleden, heroïne. Ik kan het niemand aanraden. Maar onderzoek naar mijn mogelijke drugsgebruik brengt Tony niet terug.’

Moniek springt uit haar stoel, rent om de tafel heen en stormt op Leo af. ‘Schoft!’ schreeuwt ze. Zijn afwerende armen deren haar niet. Ze roffelt erop los. ‘Vuile, smerige rotschoft.’

Doreen steekt geen vinger uit. De twee rechercheurs ook niet. Moniek stoot tijdens haar woedeuitbarsting tegen De Waal. Die grijpt meteen naar zijn rug en hinkt met verbeten gezicht een paar passen naar de muur.

Klaas-Jan grijpt zijn vrouw vast in een poging haar te bedaren. Ze krabt hem in het gezicht en blijft schreeuwen. Klaas-Jan neemt haar in een judogreep en draagt haar naar de gang, waar het schreeuwen doorgaat.

De achterblijvers in de vergaderkamer zwijgen. Leo ziet het van pijn vertrokken gezicht van De Waal. ‘Gaat het?’ vraagt hij.

‘Mijn hernia.’

‘Is dat pijnlijk?’ vraagt Doreen plichtmatig, alsof het over een nieuwe stretchpanty gaat.

‘Vanochtend nog een morfinezetpil genomen. Ik verrek van de pijn in mijn kuit. Uitstralingspijnen. Niet te harden.’

‘Een glas water?’ biedt de kale rechercheur aan.

‘Het ergste is dat je aan niks anders meer kunt denken. Je wordt emotioneel helemaal leeggezogen.’

‘Probeer heroïne. Schijnt een geweldig middel te zijn tegen hernia, hoofdpijn, liefdesverdriet, fraude. En als u verslaafd raakt, laat u gewoon uw bloed verversen op kosten van de film. Uw vriend Jagger weet een goed adres in Zwitserland,’ knettert Leo.

‘Hoe laag kan je zinken?’ zegt De Waal kil.

‘De bodem is nog niet in zicht,’ verzekert Leo hem.

‘Onder de huidige omstandigheden is het mijn taak om je te vertellen dat de bank je diensten niet langer wenst te gebruiken, Leo.’

‘U ontslaat me?’

‘De bank kan zich geen schandaal veroorloven. Dus totdat de zaak met dat jongetje is opgelost, sta je op non-actief.’

Leo kijkt de anderen rustig één voor één aan. Geen van hen ontwijkt zijn blik. Ze wisten al dat hij de bons zou krijgen, ziet hij in hun ogen, en ze wachten als hongerige wolven op zijn knieval vol berouw.

‘Tijd om wat af te vallen.’ Niet-begrijpend kijkt men hem aan. ‘Even naar de wc,’ verduidelijkt Leo.

De herentoiletten van het Hilversumse belastingkantoor zijn ruim en vooral heel netjes. Net zoals op de burelen van de ambtenaren heerst hier orde en netheid; er belandt niets naast de pot.

Leo is alleen, maar al snel komt er een man naast hem

staan. Vreemd, want er zijn minstens zes andere urinoirs. Leo kijkt op.

'Meneer Speck?'

De ambtenaar schuift even zijn zonnebril omhoog, alsof de donkere glazen eigenlijk een blinddoek zijn.

'Hoe gaat het met u?' vraagt Leo.

'Ik hou de boel in de gaten. En ik kan u wel zeggen, het is hier een totale janboel.'

'Deze plek lijkt mij prima onderhouden.'

'O, u bent er zo één.'

'Wat voor één?'

'Eentje die denkt dat ik gekkenpraat uitsla.'

'Meneer Speck, weet u waar Tony is?' vraagt Leo hem op de man af.

'Waarom zou u me geloven als ik dat vertel? Ik ben toch gek?'

'Ik geloof dat iemand die in de war is, nog steeds de waarheid kan vertellen.'

'Doe geen moeite,' zegt Speck. 'Al trekken ze al mijn nagels uit, uit mijn mond geen kik.'

'Hoe heeft u het speelgoedautootje van Tony in uw bezit gekregen?'

'Ik zeg niks meer. U draagt vast een bandrecorder.'

Leo trekt zijn hemd uit zijn broek en laat zijn bovenlijf zien.

'Die recorders zijn zo klein tegenwoordig, dat kan overal verstopt zitten.'

'Goed, dan stel ik vragen en u knikt of schudt uw hoofd.'

'Zodat ze alles met de verborgen camera kunnen opnemen? Ik doe niks behalve knipperen met mijn ogen.'

'Eén keer is ja,' suggereert Leo, 'twee keer nee.'

Speck zegt niks. Heeft hij geknipperd? Door de zonnebril kan Leo het niet zien.

‘U moet wel uw zonnebril afzetten.’

‘Zodat de camera op mijn ogen kan inzoomen? De zonnebril blijft op, daar moet u maar doorheen kijken.’

Leo buigt naar de ambtenaar toe. Hij moet bijna met zijn hoofd tegen Speck aanleunen om door het donkere glas heen te kunnen kijken.

‘Weet u waar Tony vastzit?’ Leo ziet twee knipperingen. ‘Hebben de Roma hem ontvoerd?’ Dat is een ja-knipper. ‘Wie is de opdrachtgever? Grove?’ Opnieuw een ja. ‘Samen met Ruys?’ vraagt Leo voor de zekerheid. Hij krijgt weer een ja.

‘Plus een bankdirecteur, een hulpofficier van justitie, de producent en zijn vrouw,’ fluistert Speck.

Leo laat de complottheorie onbetwist. ‘Hebben Roma u gedwongen de Colosseum-rebus te versturen?’ Dat klopt niet. ‘Frankie?’ Dat klopt wel. ‘En daarna heeft u zelf een nieuwe versie gestuurd?’

Speck fluistert opnieuw. ‘Ze hebben identiteitsdiefstal gepleegd. Ik zat toen al op het spoor van de drugs.’

‘Hoe kwam u op het spoor van de drugs?’

Gelukkig vergeet Speck te knipperen. Hij gaat door met fluisteren. ‘Benzinebonnen en restaurantrekeningen.’

Leo kijkt hem afwachtend aan. ‘De Belastingdienst mag de boekhouding inzien. Ik weet waar de dossiers liggen en niemand houdt me tegen als ik in dit gebouw kom. Een benzinebon van vijftig euro betekent ongeveer zevenhonderdvijftig kilometer rijden. Als er ineens op een dag voor honderdvijftig euro gereden wordt, is dat verdacht. En restaurantbonnen op diezelfde dag uit Marokko zijn ook verdacht. Daar heeft de film niks te zoeken.’

Leo is verbijsterd door het simpele maar uiterst effectieve detectivewerk van Speck.

‘Is er een verband tussen de ontvoering en de drugs?’

'De drugs liggen opgeslagen bij de bankdirecteur,' onthult de ambtenaar.

'Hoe weet u dat?'

'Een journalist van *de Volkskrant* heeft bewijzen. Pas op, hij zit ook in het complot.'

Leo krijgt meer en meer absurde teksten te horen van Speck. Ze zouden in een modern toneelstuk niet misstaan. Na een paar minuten geeft hij het op.

'Is er een wet,' vraagt Speck, 'die voorschrijft dat je na wc-bezoek terug moet gaan naar de vergaderkamer?' Hij geeft zelf het antwoord: 'Nee. Bent u in staat van beschuldiging gesteld? Nee. Willen ze u meenemen naar het bureau. Ja. Helpt dat de zaak tegen het vrijmetselaarscomplot? Absoluut niet.'

Leo loopt vrolijk fluitend door de gangen van het kantoorgebouw. Hij stopt met fluiten als hij de receptioniste bij de uitgang vreemd ziet opkijken. Ze heeft gelijk; wie fluit er nou als je bij de Belastingdienst op bezoek bent?

Leo vermoedt dat hij vijf minuten voorsprong heeft, voordat ze begrijpen dat hij niet meer terugkomt. Zouden ze de politie achter hem aansturen? Je weet maar nooit. Leo versnelt zijn pas en verlaat het gebouw.

Ruby staat naast het station geparkeerd. Leo stapt in de auto. 'Ik ben ontslagen, dus je werkt niet meer voor me,' zegt hij zonder verdere uitleg.

'Ontslagen? Wie kan jou nou ontslaan?' vraagt Ruby geschrokken.

'Je vader.'

'Mijn vader? Waarom?'

'Ze denken dat ik weet waar Tony zit. Dat ik samenwerk met de ontvoerders en de schuilplaats geheimhoud. De politie wil me als verdachte arresteren. Dus ik moet dat ventje nu echt vinden of ik ben zelf de pineut. In feite, Ruby, heb jij hier niks mee te maken. Je werkt voor de film, dus als je de handdoek in de ring gooit, ik bedoel in mijn ring, dan begrijp ik het volkomen.'

Ruby ijsbeert langs de auto, leunt dan tegen de achterkant en staart naar de bomen rondom het parkeerterrein.

'Waarom heeft mijn vader jou ontslagen?'

'Omdat ze denken dat ik...'

Ruby laat hem niet uitspreken. 'Mijn vader doet nooit iets zonder reden. Wat zit erachter? Waarom sta jij hem in de weg?'

Ze gaat naast hem zitten.

'Ik zou graag je vaders huis onderzoeken. Kijken of hij drugs verstopt.'

Ruby reageert niet op zijn verzoek.

'Ik moet naar een hotel, zo'n anoniem hotel langs de snelweg, daar vinden ze me nooit,' zegt Leo.

'Je kan toch bij mij...'

'Weet je vader van ons?'

'Ik heb het hem niet verteld. Jij?'

'En mijn vader?'

'Hij weet alleen dat er een ander is.'

Ruby start de motor, controleert eerst haar zijspiegel en dan haar achteruitkijkspiegel, alsof ze net haar rijbewijs gehaald heeft.

'Hoe heb je die ander beschreven?' vraagt Leo als de auto eenmaal rijdt.

'Jong, intelligent, soms grappig, soms ernstig. Draagt het leed van de wereld op zijn schouders en kan tegelijkertijd alles van zich laten afglijden. Neukt netjes, zonder passie. Passie zit wel in hem, maar opgesloten.'

'Dat gezeur over passie, zo'n onzin. Daar gaat het toch helemaal niet om.'

‘Waar gaat het dan wel om?’

‘Aardigheid, loyaliteit, niet het laatste koekje opeten als je weet dat de ander dat wil als ze thuiskomt.’

‘Dat moet je van je moeder hebben. Je vader is niet zo saai, die vloekt als ik te hete thee maak, hij neukt me terwijl ik de afwas doe en een koekje bewaren, ho maar; niet eens een droge broodkorst als het hem niet uitkomt.’

‘Tijdens de afwas? En dat noem je passie? Het is gewoon een ouwe geile man.’

‘Elke vezel in hem wil genieten. En hij wil genieten van mij. Door zichzelf te zijn, kan ik mezelf zijn. Hij gebruikt mij en ik gebruik hem. En we houden van elkaar.’

‘Wat doe je dan met mij?’

‘Jij bent anders.’

Leo denkt even na. ‘Ik ben jonger.’

‘Ja,’ zegt ze verslagen. ‘Ja, je bent jonger.’

Na een paar kilometer op de snelweg doemt een hotel op. Leo wijst naar het bord met de afslag. Maar Ruby slaat niet af. ‘Mijn vader en stiefmoeder zijn niet thuis. Ze zitten met mijn stiefzusjes in ons weekendhuisje op de Veluwe. De villa staat leeg.’

‘Je vader heeft me net ontslagen. En nu bied je me aan dat ik vannacht in zijn bed slaap?’

‘De logeerkamer. Maak je geen illusies, ik wil geen seks met je in het bed van mijn ouders.’

‘Jammer, dat leek me precies de elektroshock die ik nodig heb voor passie.’

Ruby kijkt opzij.

Leo houdt zijn gezicht in de plooi en ze weet niet zeker of hij het meent of niet. ‘Ik was toch grappig? Of niet?’

Ze geeft hem een por tegen zijn schouder en lacht. ‘Jij? Jij wordt nooit volwassen.’

Eerste hulp

Ruby geeft een rondleiding. Leo volgt haar en krijgt vooral een verslag van haar jeugd: de zitkamer met de zetel waar Sinterklaas in zat, de open haard die jaren ongebruikt bleef nadat een hamster in de schoorsteen kroop, de onderkant van de eettafel volgekladderd met schunnige woorden. Dan verplaatst de bezichtiging zich naar de keuken, het kastje met de thee, boven, de kamer van haar zussen met stapelbed en veel Afrikaanse posters, de ouderlijke slaapkamer, de logeerkamer, zo te zien haar oude kamer.

Als laatste neemt ze hem mee naar de werkkamer. 'Hier kan je bellen, faxen, computer, zodat je door kan gaan met je onderzoek.'

'Merkt je vader niet dat iemand zijn spullen gebruikt heeft? En je stiefmoeder ziet een beslapen logeerbed. Je zussen vinden druppels op de wc-bril.'

'Ik logeer heel vaak in de villa als zij het weekend weg zijn. Dat weten ze. Soms neem ik iemand mee. Zolang je niks kapotgooit en de wc netjes doortrekt, is er niks aan de hand.'

Leo verandert van onderwerp. 'Ligt het contract met Multi Media en Jagger ook in de kluis? Ik ben benieuwd of de kleine lettertjes waar Grove het over had ook werkelijk bestaan.'

Hij helpt haar het schilderij los te haken en voorzichtig tegen de muur op de grond te zetten. Ruby draait het cijferslot met zo'n hoge snelheid rond, dat Leo nooit de getallen kan onthouden.

Ze trekt de stalen deur open en steekt haar hand in het

donkere gat. Ze geeft een vuist vol papieren aan Leo. Dan haalt ze er een pakketje uit, iets groter dan een goudstaaf.

Hij ruikt eraan: 'Saffraan.'

Ook het pakketje gaat via Leo's handen naar het bureaublad. Een tweede pakketje volgt, geurloos, wellicht omdat er plastic om het stugge papier zit. Gevulde enveloppen volgen, een paar horloges, cash geld en een Engelse mobiele telefoon.

Leo en Ruby onderzoeken de papieren. Een kopie van haar vaders testament schuift Ruby achteloos opzij. 'Ben je niet benieuwd?' vraagt Leo.

'Ik ken deze versie al.'

Het Multi Media-contract met Jagger zit er niet tussen. 'Kan ik de begroting buiten de kluis houden?' vraagt Leo beleefd.

'We laten de kluis gewoon open. Als je genoeg gezien hebt, doe je de kluisdeur dicht, draait een paar keer flink aan het cijferslot, net als mijn vader doet, en hangt het schilderij ervoor.'

'Blijf je niet?'

'Ik heb afgesproken met een paar vrienden. Als ik niet kom is het verdacht. Misschien na afloop van het feestje. Als ik niet te dronken ben en nog kan rijden. Reken nergens op.'

'Wat als je vader opeens thuiskomt, omdat-ie met saffraan wil koken? Als jij hier bent, is het niet zo gek.'

'Zijn dochter met de zoon van zijn beste vriend? Niet zo gek?'

Leo kan niks vinden, niet in de kelder, niet in de garage, niet op zolder, hij kijkt zelfs onder het ouderlijk bed. Geen verstopte drugs. Hij belt zijn vader voor advies.

'Drugs? Draag de zaak meteen over aan de politie, Leeuw.' Zijn vader adviseert vooral als vader.

Leo belooft dat hij voorzichtig zal zijn. 'Is het normaal dat de Fiod achter drugssmokkelaars aanzit?'

'Herinner je je Al Capone? Die is nooit gepakt voor

dranksmokkel, hij ging de cel in voor belastingontduiking. De Fiod hoopt via de drugs belastingfraude of witwassen te kunnen bewijzen. Is de Fiod-dame erg ambitieus?'

'Haar ouders hoopten dat ze paus zou worden, maar ze had het foute geslacht.'

'Nou, dan weet ik het wel,' grinnikt zijn vader door de telefoon. 'Als ze deze zaak uit de modder trekt, dan wordt ze staatssecretaris in het volgende kabinet.'

Leo wil het gesprek beëindigen. Zijn vader nog niet. 'Hoe gaat het met mijn kleine poppedijn?'

'Ruby werkt hard en is erg loyaal. Nu ik eruit geknikkerd ben, zal ik haar niet zo vaak meer zien, vrees ik.'

'Als ze jou niet meer hoeft rond te rijden, heeft ze meer tijd voor mij. Ik verheug me er nu al op.' Hij brult een oerkreet door de telefoon, genoeg voor Leo om snel afscheid te nemen.

De stilte zou moeten weerkeren, maar geluiden die de villa binnendringen trekken Leo's aandacht. Hij hoort druppels die door een lekkende dakgootpijp naar beneden vallen op een stuk plastic.

Leo schuift de vitrage voor de tuindeuren opzij om de bron van het irritante getik te lokaliseren. Hij schrikt. Er zwiept een tak langs het raam. Dan ziet hij dat het geen tak is maar een schaduw. Een lamp aan de buitenmuur verlicht deels het grasveld achter het huis en werpt schaduwen van een kleine kastanjeboom op de ruiten.

Blijkbaar is de lamp dag en nacht aan. Een vergissing. Licht in de gang aanlaten houdt inbrekers buiten, maar een buitenlamp helpt inbrekers juist. Leo vindt de lichtschakelaar en doet het buitenlicht uit.

Wat nu? Geen drugs in het huis. Hoe kan hij verder gaan met zijn onderzoek? De open kluis werkt als een magneet. Hij steekt zijn hand in het zwarte gat alsof hij in een grabbelton graait. Zou het niet grappig zijn, bedenkt hij, als er een muizenval in de kluis lag die nu, snappp, dichtsloeg op zijn vingers. De schrik zou tien keer erger zijn dan de pijn.

Hij betast met zijn vingers een pakket. Niet het saffraanblok komt naar buiten, maar het andere pakketje. Het is zo goed ingepakt dat Leo niets door de folie heen kan ruiken en de verpakking eraf peuteren lijkt hem onverstandig. Tegen het licht houden biedt geen enkele aanwijzing, schudden ook niet, behalve dat er niets rammelt, dus diamanten in een koker kan hij uitsluiten.

De woorden cocaïne en heroïne schieten door Leo's hoofd. Wat zou een bankdirecteur in godsnaam met zulke drugs in zijn kluis moeten? Het ligt meer voor de hand dat het een andere exotische specerij is, zoals witte truffel.

Leo zoekt op het bureau van Pierre de Waal naar een paperclip. Hij buigt het uiteinde en duwt de punt in het pakket. Met zijn neus snuift hij zo dicht mogelijk bij het gaatje en ruikt vooral het plastic. Hij prikt nog een paar gaatjes, schudt het pakket flink heen en weer om de geuren wakker te schudden en ruikt opnieuw. Het grasachtige aroma van weed dringt door in zijn neus.

Leo stopt alles terug in de kluis. Tot zijn schrik gaat het buitenlicht opnieuw aan. Raar. Hoe kan dat? Hij kijkt door het raam. De regen valt gestaag in het schijnsel van de lamp. Als hij de schakelaar naast de verandadeur naar beneden doet gaat het licht uit; klik, naar boven: aan. De lichtknop lijkt normaal te werken.

Leo laat het raadsel onopgelost en loopt naar de keuken. Tijd voor thee.

In de hal denkt hij een beweging te zien. 'Hallo,' roept hij meteen. Geen antwoord. Hij draait zich om en wil verder naar de keuken lopen. Nog voordat zijn hersenen begrijpen wat er gebeurt, vliegt de adrenaline al door zijn lijf. Twee meter bij hem vandaan staat een man, helemaal in het zwart, bivakmuts over zijn gezicht.

De man springt op hem af en grijpt zijn arm. Leo kan geen kant op. Hij schopt met zijn voet tegen het scheenbeen van de indringer. Met een karatetrap die hij vele jaren geleden geleerd heeft, maait hij zijn tegenstander nog verder uit balans.

Daar eindigt zijn verdediging. Een andere man, ook in het zwart, ook gemaskerd, geeft Leo een goed gerichte schop in zijn buik en daarna grijpen ze hem van twee kanten.

'Nog één beweging en we breken al je botten,' roept een van de overvallers.

Hij wordt meegesleept naar de zitkamer, waar hij in de Sinterklaaszetel neergesmeten wordt. De twee mannen zijn beter getraind en toch hijgen ze net zo hard als Leo.

'Jij stopt met het opsporen van dat kind. Begrepen?'

Leo denkt een Limburgs accent te horen. Door het slepen is de mouw van de man opgeschoven, waardoor een deel van een tatoeage op zijn arm te zien is; een Rolling Stones-tong.

'Wie is jullie opdrachtgever?'

'Jezus, ben je doof?'

'Nee, ik ben niet doof, en stikken jullie maar in je eigen vlaai.' Het is een bizarre eigenschap van Leo, dat hij tijdens gevaar alle angst verliest en als een maniak verbaal in de aanval gaat.

'Ik zou niet zo'n stem opzetten, mannetje.'

'Of anders?'

'Of anders, wat?'

'Of anders, mijn vader werkt bij de politie,' sneert Leo snuivend. 'Hoepel toch op met je dichtgenaaide badmutsen. Fuck off.' Hij wil opstaan uit de zetel maar krijgt meteen twee vuisten tegen zijn borstkas.

Leo maait om zich heen, ongecontroleerd. De basisregel van karate, rustig blijven en goed kijken naar de bewegingen van de tegenstander, past hij niet toe en de spierkracht van de twee gemaskerde indringers is simpelweg groter. Hij grijpt de jongere man bij zijn hoofd en trekt aan zijn bivakmuts. Het masker gaat echter niet af.

Binnen de kortste keren hebben ze hem op de grond, op zijn buik, de ene duwt een knie op zijn schouders, de ander ligt gekruist over zijn benen. Ze draaien zijn handen op zijn rug en binden ze aan elkaar vast met gaffertape. Zijn enkels ondergaan hetzelfde lot.

Hij is in hun macht en dat laten ze merken. Ze trappen naar hartenlust tegen hem aan en schelden hem verrot.

Leo's mond is nog niet dichtgeplakt en daar maakt hij dom gebruik van. 'Trek je lul uit je broek. Dan kan je over me heen pissen. Imbecielen!'

Een paar extra trappen in zijn buik zijn het gevolg. 'We willen het tapijt niet vies maken,' zegt een mond van achter het masker. Ze trekken Leo op aan zijn armen en kwakken hem terug in de zetel.

'Nu zitten en luisteren.'

'Of anders?' roept Leo opnieuw. Hij wil tegen het masker spugen, maar zijn speeksel is door al het hijgen op.

'Goed, je hebt er zelf om gevraagd. Zoek jij even een nagelschaartje?' Wie het zegt weet Leo niet. De twee mannen lijken identiek, ze zijn nagenoeg dezelfde lengte en hebben min of meer dezelfde stem.

Wat Leo begrijpt is dat ze hem vooral moeten afschrikken. Hem vermoorden zit niet in het takenpakket, anders hadden ze nu al met een honkbalknuppel zijn schedel tot moes geslagen. Het geeft Leo moed.

'Wat betalen ze nou voor dit karweitje?'

‘Genoeg.’

‘Een slecht geweten is altijd goedkoop.’

‘Ja, straks moet ik nog in de zak van Sinterklaas.’

De andere man komt terug met een nagelschaartje. Ze trekken Leo naar voren zodat ze zijn handen op zijn rug kunnen grijpen. Het schaartje is veel te klein om een vinger af te knippen. Toch biedt Leo zo veel mogelijk tegenstand. Hij wriemelt en draait en duwt.

De indringers buigen hem verder voorover. Eentje gaat schrijlings op zijn hoofd en schouders zitten om zijn lijf in bedwang te houden. Leo’s handen zitten nu klem op zijn rug, alsof ze op de operatietafel op hun beurt wachten.

‘Kleine kinderen willen nooit dat hun nagels geknipt worden,’ zegt de paardrijder.

‘En pappie en mammie zeggen dan altijd dat het geen pijn doet. Niks aan de hand,’ zegt de andere man.

Met vier handen spreiden ze Leo’s vingers op zijn rug. Ze concentreren zich op zijn linker ringvinger. ‘Grote jongen. Doet geen pijn.’

Om te treiteren knipt de schurk een paar keer met het nagelschaartje voor het gezicht van Leo en dan verdwijnt het weer uit zijn blikveld naar zijn rug.

Leo hoort een klik van het schaartje en voelt absoluut niets. Voor zover hij kan nagaan hebben ze gewoon in zijn nagel geknipt.

‘Weet je wat zo vervelend is met een scheurtje in je nagel? Het kan ergens achter blijven haken. En wat gebeurt er dan?’

‘Dan scheurt je hele nagel,’ antwoordt de andere man, alsof het een quizvraag was. Voor Leo’s ogen verschijnt een kleine nijptang. Hap, hap, hap, gaan de twee delen open en dicht, voordat de tang naar zijn rug verdwijnt.

De tang pakt de ingeknipte nagel vast, dan draait de man

de tang naar boven en scheurt de nagel open. De pijn schiet door Leo's vinger, zijn arm in, verdwijnt dan in niemandsland en komt weer naar boven vlak bij zijn scrotum, waar het deels zijn been in knalt.

Leo brult een lawine aan pijn naar buiten, maar hij hoort zichzelf niet schreeuwen. Hij plaatst zijn gevoel buiten zijn lichaam. Dit is niks, forceert hij zichzelf te denken, mijn lichaam is een omhulsel, pijn is een keuze. De enige pijn die telt is de moord op Rebecca en de verdwijning van zijn dochter. Lichamelijke pijn bestaat niet.

En toch, zijn schreeuwen wordt er niet minder om. Leo schreeuwt en hij schreeuwt heel hard, zo hard dat de mannen gaffertape pakken en hem een stuk over zijn mond plakken, hopende dat de buren in de villawijk niks gehoord hebben.

Ze binden een tissue om zijn vinger en wikkelen dat ook in gaffertape. Blijkbaar willen ze niet dat er bloed op de zetel komt.

Ze duwen Leo weer rechtop in de zetel. Ze laten hem de afgescheurde nagel zien.

'Teennagels doen nog veel meer pijn.'

'We weten je te vinden, knaap. Als je nog meer recherchewerk wilt doen, moet je solliciteren bij de politie.' Ze verdwijnen zonder iets mee te nemen, terwijl de kluis wagenwijd openstaat.

Al snel begint Leo's vinger te kloppen alsof zijn hart naar zijn ringvinger verhuisd is. Leo begrijpt niet goed wat hem overkomen is. Zijn hersenen krijgen onvoldoende bloed om zinnige gedachten te vormen. Zijn ademhaling en hartslag zijn op hol geslagen en nemen veel tijd om te kalmeren. Zijn lichaam doet wat een lichaam in fysieke stress behoort te doen: het slaat dicht. Hij valt in slaap.

Leo weet niet hoe laat het is als Ruby opeens voor hem staat. 'Wat is er gebeurd?!'

Ze peutert de tape over zijn mond los. Haar handen trillen. Ze blijft vragen stellen, die hij, zolang de tape nog over zijn mond zit, niet kan beantwoorden.

Als zijn mond eenmaal vrij is, vraagt hij als eerste: 'Hoe laat is het?'

Het blijkt bijna vier uur 's nachts te zijn.

Ze maakt zijn handen los. Zijn vingers zijn bebloed. 'We moeten naar de Eerste Hulp,' verzekert Ruby hem.

'Als je wat jodium in huis hebt, is dat genoeg. Het lijkt erger dan het is.'

Ruby is het niet met hem eens. Voordat ze hem naar het ziekenhuis rijdt, grijpt ze vlekkenreiniger uit de keuken. Ze probeert het bloed van de zetel te poetsen. Er ontstaat een natte plek door het schrobben. Leo weet dat de bloedvlekken nooit helemaal zullen verdwijnen, net zo min als de bloedvlekken op de muur, nadat Rebecca was neergeschoten. Overschilderen was toen het enige redmiddel. En het had verschillende lagen verf nodig gehad, want bloedvlekken op een witte muur blijven lange tijd als schaduwen door de verf heen spoken.

Ruby stelt hem onophoudelijk vragen, terwijl ze naar de Eerste Hulp net buiten Amsterdam rijden. 'Wie wist dat je in de villa was?' vraagt ze meerdere malen.

Leo kan maar één naam bedenken: Ruby.

Venetië

Drie dagen zit Leo nu in het Bastion Hotel; een treuriger hotel is in Nederland niet vindbaar. Niemand weet dat hij er verblijft, zelfs Ruby niet. 'Stel je voor,' hield hij haar voor, 'dat ze jou achtervolgen, mij vinden, en ons alle twee omleggen.'

Onzin, volgens Ruby, maar Leo houdt voet bij stuk. Ze bellen vaak met elkaar, dat wel. Vandaag wil ze hem zien, en hij haar. Ze spreken af in de hal van het Amstelstation. Dan lopen ze naar de auto. Ruby stapt in, krijgt een blinddoek voor en Leo rijdt, met een ruime omweg, naar het hotel.

Na de vrijpartij en de twintig minuten zalige doezelslaap, vertelt Ruby, terwijl ze nog in elkaars armen liggen, dat er overmorgen een testscreening van *De ontdekking* gehouden zal worden in Venetië.

'Waarom Venetië?' vraagt Leo.

'Publiciteit,' legt Ruby uit. 'Het festival is net begonnen en nu kunnen ze zeggen dat de film tijdens het festival een voorvertoning gehad heeft. De screening en het festival hebben helemaal niks met elkaar te maken, maar het klinkt goed.'

Leo houdt zijn mond. Drie dagen heeft hij niks gedaan om Tony te vinden. Dit bericht alarmeert elke vezel in zijn lichaam. Hij begrijpt onmiddellijk dat Venetië geen toeval is. Hij moet ernaar toe. Niet per vliegtuig, want wellicht is hij door de politie op een lijst gezet en zelfs zijn vrienden op Schiphol kunnen hem dan niet doorlaten.

'Mag ik de directiewagen een paar dagen lenen?' vraagt hij aan Ruby.

Ruby heeft de klasse om niet te vragen wat hij wil doen of waar hij naartoe wil. Ze vraagt alleen: 'Heb je ook cash nodig?'

Nee, hij heeft niks nodig. Tenslotte heeft Leo nog een attachékoffer met een miljoen erin. Hij gebruikt het niet, wie weet zijn de biljetten genummerd, maar als de nood aan de man komt...

De directieauto parkeert hij aan de rand van Venetië naast het Santa Lucia-station waar alle auto's van buitenlanders staan. Leo heeft een kamer in het Danieli Hotel vlak bij de Brug der Zuchten, een vijfsterrenhotel met een prachtig gebeeldhouwde lobby. De kamer was goedkoop, opmerkelijk, want meestal gaan tijdens het filmfestival de prijzen omhoog, niet alleen op het Lido-eiland, waar het festival plaatsvindt, maar ook rondom het San Marco-plein.

Er staat een grote groep mensen bij de ingang van de Rossini-bioscoop; de ronselaars hebben hun werk goed gedaan. De nieuwsgierige bezoekers zijn vooral Amerikanen, die waarschijnlijk in de slipstream van het festival naar Venetië komen en hopen belangrijke producenten of acteurs te ontmoeten. Niemand weet welke film getest wordt, het kan de nieuwe Spielberg zijn of de laatste met Elizabeth Taylor.

Klaas-Jan heeft alle bescheidenheid, die hij als gekwelde vader uitstraalde, verloren. Hij is duidelijk aanwezig, druk groetend, zwaaiend en omarmend; Leo ziet vanuit zijn schuilplaats niet langer een man die verdriet heeft over zijn verdwenen kind.

Tot Leo's verrassing staan ook Harry Mulisch en zijn vrouw tussen de wachtenden. Zodra de hongerige kijkers de trappen opgaan naar de zaal, loopt de schrijver gearmd met zijn vrouw de andere kant op, de stad in.

Hij volgt Mulisch, want de bioscoop ongemerkt binnensluipen zal niet lukken.

De schrijver vermijdt de voor de hand liggende toeristische plekken. Soms stoppen hij en zijn vrouw even en kijken op een kaart. Dan vervolgen ze kordaat hun weg.

Leo begint te twijfelen of een restaurant hun doel is. Te vaak staan ze stil, kijken rond, wijzen naar gebouwen of het water, en soms lopen ze terug, zodat Leo een portiek moet inschieten of moet zorgen dat hij sneller terugloopt en zij alleen zijn rug kunnen zien, als ze daar al op zouden letten.

Als hij geen kant op kan, laat hij hen passeren. Hij kijkt in een etalage van een vioolmaker waar de schrijver en zijn vrouw, gelukkig, geen belangstelling voor hebben. Hij hoort hun conversatie.

'Een dwerg is een kind,' zegt Mulisch stellig.

'Een dwerg maakt het dode kind nog doder.' Het klink zo overtuigd, dat Carla er snel aan toevoegt: 'Tenminste, zo komt het op mij over.'

Over welk kind hebben ze het? En waarom is het kind dood? Hij probeert dicht bij hen te lopen om meer van hun gesprek op te vangen. Het woord kind valt verschillende malen, maar in welke context kan Leo niet opvangen.

Als ze over een kleine brug met treden lopen, hoog vanwege de gondels, stopt Carla en pakt een camera uit haar tas. Ze kijkt om zich heen. Leo is de enige die in hun buurt loopt en ze spreekt hem in het Engels aan. 'Wilt u een foto van ons maken?'

Het korte moment dat Leo kon gebruiken om zich om te draaien en hen volledig te negeren, laat hij verloren gaan.

'Leo! Wat een toeval. Moet je niet bij de screening zijn?' vraagt ze verbaasd. Dan geeft ze hem het cameraatje in handen.

'Het is een testscreening. Ik pas niet binnen het profiel van het testpubliek. En jullie? Zijn jullie niet razend benieuwd naar de film?'

‘Ik weet hoe het afloopt,’ grapt de schrijver.

‘Misschien hebben ze het hele einde wel veranderd.’ Leo geeft met zijn hand aan dat ze asymmetrisch op de brug moeten staan om een betere foto te krijgen.

‘Dat zou dan heel dom zijn,’ laat Carla weten. ‘Het einde dat Harry geschreven heeft is perfect.’

‘Ik zeg niet dat ze het einde nu al vermorzeld hebben.’ Leo begint te klikken en als een ware modefotograaf praat hij ononderbroken door. ‘Het doel van een testscreening is om de reacties te peilen van nietsvermoedende bezoekers, die vooraf niet weten welke film ze te zien krijgen.’ Hij duwt Harry wat naar de zijkant en drapeert zijn arm over Carla. De schrijver laat zich gewillig regisseren. ‘Als jullie niet hier zijn voor de testscreening, wat doen jullie dan in Venetië?’

‘Je collega-producent Klaas-Jan bood tickets aan. Hij had blijkbaar nog geld over.’

‘Dat zou ik niet gedaan hebben,’ bekent Leo.

‘Ik ook niet,’ geeft Mulisch eerlijk toe.

Leo geeft de camera terug aan Carla.

‘Ze vinden het belangrijk dat de Nederlandse pers Harry hier ziet rondlopen in Venetië. Goeie publiciteit. We komen hier vaak en graag. We onderzoeken de route van de dwerg met de rode cape in *Don’t Look Now*.’

‘Ik ben altijd benieuwd of zoiets klopt. In mijn boeken moet alles kloppen, ze kunnen niet zomaar ineens een gracht overslaan.’

‘Interessant,’ zegt Leo. ‘Vergeet het Hotel des Bains niet, daar is Visconti’s *Dood in Venetië* opgenomen.’

‘We logeren altijd in Hotel des Bains, we hebben onze vaste kamer. Als we die niet kunnen krijgen, komen we niet,’ zegt Carla trots.

‘Wat leuk dat jullie zulke film-buffs zijn.’

'Dat zijn we niet,' zegt Mulisch. 'Maar als schrijver ben ik geïnteresseerd in alles. Je weet nooit wat je nog eens voor een boek kunt gebruiken.'

'Hoe gaat het met je? Ik bedoel persoonlijk?' vraagt Carla terwijl ze in haar Engelse thee roert.

'Ik ben ontslagen,' vertelt Leo zonder terughoudendheid.

'Maar... je bent hier. Dat kan geen toeval zijn.'

'Ik wil dat gekidnapte jongetje vinden, de zoon van de producent. Ik kan niks bewijzen, ik heb geen aanwijzingen en toch ben ik ervan overtuigd dat het hogere film-echelon ermee te maken heeft.'

'De butler heeft het altijd gedaan,' zegt Mulisch stellig. Zijn vrouw lacht haar ondersteunende lach en Leo grinnikt mee.

'Je hoeft niet te lachen. Het is echt zo. Soms is de butler de tuinman, of de boekhouder, of de stille echtgenoot. Het is altijd iemand met een dienende functie, die niet laat blijken dat hij ontevreden is.'

'Behalve bij een crime passionel,' werpt Leo tegen.

'Bij passie zijn mensen ook ontevreden,' steunt Carla haar man. 'Ik ben geen expert natuurlijk, maar het lijkt me dat je moordt omdat je iets wil en niet wil dat een ander krijgt wat jij wil – typisch butlergedrag.'

'Mijn groep verdachten slinkt nu drastisch,' lacht Leo. 'Onze butler is wel slim, in ieder geval slimmer dan ik.'

'Wij gaan je helpen,' belooft Mulisch. 'Ik wil een spannend boek schrijven. Goeie research. Wat kunnen we doen?'

'Jullie logeren in Des Bains. Daar zitten een aantal van mijn hoofdverdachten. Als je toevallig iets in de wandelgangen opvangt.'

'We zien ze allemaal over een uurtje. We hebben afgesproken

in de salon om de testresultaten te vieren. Ze verwachten de hemel.'

'Waarom ga je niet mee?' oppert Carla.

'Ik sta niet meer in hun balboekje.'

Ze laat haar mobiel zien. 'Als jij de thee betaalt, dan bel ik je op tijdens dat gesprek.'

Bij de Vaporetto, die vanaf het Danieli Hotel naar het Lido-eiland vaart, koopt Leo braaf een kaartje. Carla en haar man niet. 'Je wordt nooit gecontroleerd,' laat ze hem ongevraagd weten. 'Zonde van het geld.'

De busboot vaart met een brutaliteit over de golven alsof hij elk moment de strijd wil aangaan met een speedboot. De toeristen vinden het prachtig.

De schrijver voelt zich geen toerist. Hij is overal een buitenstaander en een toeschouwer, zegt hij, zelfs op een Vaporetto.

'Is het waar,' vraagt Carla, 'dat er bij *De ontdekking* miljoenen verdwenen zijn?'

Leo begrijpt dat de vraag niet uit de lucht komt vallen. '*Enigma* en *De ontdekking* zijn high-profile projecten en daarbij gebeuren soms transacties die het daglicht niet kunnen velen. Maar miljoenen verduisteren lukt niet, de overheid zit er bovenop, ze controleren alles.'

'De pers ook. We werden gebeld door *de Volkskrant*,' bekent Carla.

'Alsof die verdorven katholieken enig recht van spreken hebben,' moppert Leo.

'Je ziet het fout,' verzekert de schrijver hem. 'Jij denkt dat fatsoenlijke mensen de baas moeten zijn en de wereld moeten leiden. Dat is niet zo. Orson Welles zei het perfect in *The Third Man*: Zwitserland is het meest fatsoenlijke land ter wereld en wat heeft het voortgebracht? De koekoeksklok. Italië ten tijde van de Medici was corrupter dan ooit tevoren. En wat kwam er uit hun koker? Michelangelo en Da Vinci. Fidel Castro is beter voor Cuba dan Joop den Uyl was voor Nederland.'

Hun kaartjes worden niet gecontroleerd als ze na aankomst bij het Lido van de boot afstappen.

Het interieur van de lobby van de Danieli is prachtig, maar de lobby van Hotel des Bains is nog veel imposanter. De overweldigende bloemenpraal verandert de receptiehal in een feestzaal. De plafonds, de wanden, het meubilair, de tapijten en de uniformen van het personeel bezitten allemaal een overdonderende kwaliteit en grootsheid met een zweem van nostalgie.

Leo zit in een onopvallend hoekje bij de ingang met de telefoon tegen zijn oor. Hij kan het gesprek, ergens in een luxe salon in het hotel, goed volgen.

'En hoe vond iedereen de film?' hoort hij Carla enthousiast vragen.

'Over het algemeen goed,' antwoordt de stem van Klaas-Jan. 'Een paar kritiekpuntjes.'

'Wordt het een Oscarwinnaar?' wil Mulisch weten.

'Oscars zijn een enorm politiek spel. Niet de beste film wint, maar de film die de stemmers het meeste geld, al of niet cash, kan bieden,' verduidelijkt Grove.

'De film gebaseerd op mijn boek *De aanslag* won een Oscar omdat het een goeie film was. Waarom zou dat deze keer niet lukken?'

Niemand springt in de bres voor *De ontdekking*. 'De bovenste twee vakjes in de publieksenquête "goed" en "uitmuntend" moeten boven de 75 procent zitten, wil je een succes hebben.' Grove brengt verdere beleefdheden niet op. '*De ontdekking* komt aan 34 procent. En de andere twee vakjes "Aanbevelen" en "Absoluut Aanbevelen" moeten op 90 procent komen voor een succes. *De ontdekking* zit op 47 procent. We kunnen de film net zo goed verbranden.'

'Het waren Italianen,' protesteert Ruys tegen de dodelijke woorden van de Multi Media-advocaat. 'Ze begrijpen geen Engels. En de muziek is nog niet af. Ik geloof in de film.'

'Er zijn een paar manieren om de film te redden,' gaat Nate West op zakelijke toon verder. 'Heel veel advertenties, zoals Hollywood dat doet met een slechte James Bond. Of de film wint een festival zoals Cannes, of een Oscar. Daar hebben we de tijd niet meer voor. Laatste mogelijkheid: een gigantisch schandaal.'

'Waar denk je dan aan?' vraagt Klaas-Jan, omdat hij weet dat de Engelsman gelijk heeft.

'Waar zou jij aan denken als je de film moest redden?' zegt West.

'Je hebt Harry,' suggereert Carla met gepaste bescheidenheid. 'Het boek heeft geweldige kritieken gekregen, internationaal.'

'Mulisch is goed voor Nederland. Zodra je wielen een kilometer de grens over rijden is het voorbij,' stelt West.

'Stephen Fry is redelijk bekend,' probeert Ruys.

'Hij maakt geen geheim van zijn homoseksualiteit, dus daar kan je niks mee. En dat hij af en toe coke snuift is ook geen voorpaginanieuws.'

Er valt een stilte. De woorden branden op Leo's tong. Hij weet waar de extra publiciteit te halen valt. Maar hij zwijgt natuurlijk.

Grove verbreekt de stilte. 'Het enige waar je absoluut publiciteit uithaalt is Tony. Als dat jongetje nu na negen maanden gevonden zou worden, dan sta je in alle kranten en elk artikel zal de film noemen.'

'Wat een afschuwelijke, cynische, walgelijke suggestie.' Klaas-Jan klinkt gekwetst.

'Het is geen suggestie,' zegt Grove snel. 'Het is pure fantasie. Wij hebben geen controle over de kidnapping. En persoonlijk zou ik zoiets nooit doen. Maar als je vraagt wat publiciteit oplevert: zijn bevrijding zou in banketbakkersletters op de voorpagina's komen.'

Kinderspeelplaats

Leo neemt zich voor maximaal een uur op de uitkijkpost tegenover Hotel des Bains te blijven. Als er dan nog geen verdachte het hotel heeft verlaten, gaat hij pizza eten. Hij gokt op Grove.

Tot zijn verrassing vliegen twee andere vogels al na tien minuten uit het nest: Robert Ruys en Klaas-Jan van Gent. Met ferme tred lopen ze naar de Vaporetto. Gelukkig is het nog steeds druk met toeristen, zodat Leo zich gemakkelijk tussen de passagiers kan verschuilen en onopgemerkt de Hollanders in de gaten kan houden.

Pas bij Canareggio verlaat het duo de busboot. Leo heeft geen hoed met diepe gleuf die hij over zijn voorhoofd kan trekken, geen kraag of sjaal waarmee hij zijn gezicht deels kan verbergen. Hij hoopt dat de producent en de regisseur zich niet zullen omdraaien om te controleren of ze achtervolgd worden.

Ze stellen hem niet teleur en blijven vastberaden doorlopen. Zodra ze een hoek omslaan, versnelt Leo zijn pas, omdat in Venetië elke volgende hoek dichtbij is en hij ze snel in het doolhof van nauwe straatjes en steegjes kan verliezen.

Uiteindelijk gebeurt dat ook, het tweetal slaat een hoek om, Leo versnelt, kijkt voorzichtig de nieuwe straat in en ziet niemand meer. Eerst rent hij door naar het einde van het straatje; een T-splitsing. Hij kijkt naar beide richtingen: geen Klaas-Jan en Robert. Niemand. Hij loopt langzaam terug, luistert zorgvuldig naar stemmen. Uit bijna elk huis klinken menselijke geluiden, maar geen enkele stem met een Hollands accent.

Na een dik uur geeft hij het op. Klaas-Jan en Robert kunnen overal zijn en als Tony in deze buurt gevangen gehouden wordt, dan zal het jongetje zeker niet nu op straat spelen.

De volgende ochtend om acht uur staat Leo weer op de hoek van het straatje. In zijn binnenzak zitten de foto's van de twee Roma, die hij van Doreen gekregen heeft. Hij heeft ook een foto van Tony meegenomen. De oude vrouw die hij gisteren op een krukje zag zitten loopt nu traag met wandelstok langs hem. Hij laat haar de foto van Tony zien. Ze schudt haar hoofd, ze begrijpt Leo niet, en hij verstaat haar dialect niet.

Iets voor half negen verlaat een jongere vrouw, gehuld in kleurige doeken, met drie kleine kinderen een huis in het straatje. Het oudste kind gaat achter op de buggy staan om zich te laten voortduwen. Het middelste kind houdt de hand van de vrouw vast.

Leo's aandacht gaat naar de jongste in de buggy. Het is een jongetje, hij is zo te zien nog geen drie jaar oud, hij heeft niet de charmante krullen van Tony op de foto want zijn haar is kort.

Leo twijfelt. Als het ventje zich in zijn buggy omdraait herkent Leo de manier van bewegen. Zo bewoog Tony in de video ook.

Hij volgt de moeder met haar kroost. Alle drie de kinderen lijken zich totaal op hun gemak te voelen bij de vrouw.

Na niet al te lange tijd komen ze bij een school. De twee oudste kinderen maken zich van hun moeder los en ze zwaaien uitbundig naar haar en het jongste ventje, voordat ze het gebouw in gaan.

De vrouw loopt met de buggy weer door, en Leo volgt haar voorzichtig. Ze stopt bij een pleintje met schommels en glijbanen. Diverse moeders zitten bij elkaar op de houten bankjes.

Ze hebben thermoskannen bij zich en delen een soort gekronkeld brood. Ze kletsen en lachen, terwijl hun kinderen spelen. Het is een volledig ongecompliceerd en alledaags tafereel, dat Leo ontroert. Als hij dichterbij komt, hoort hij het kind Italiaanse woorden uitwisselen met zijn speelkameraadjes.

Het ventje struikelt en valt. Huilend rent hij naar zijn moeder, die hem omarmt, tegen zich aandrukt, zoent op zijn zere knie en de bovenkant van zijn hoofd, waarna hij weer vrolijk terugdribbelt naar de groep.

Het raakt Leo als een donderslag bij heldere hemel; als dit jongetje Tony is, dan is hij nu helemaal aangepast aan zijn nieuwe omgeving. Hij is blij met zijn vriendjes, hij houdt van zijn Italiaanse moeder, en zij, zo te zien, ook van hem. Wordt de schade voor het kind nog groter als hij deze omgeving moet verlaten?

Leo denkt aan zijn eigen dochter. Stel je voor – het zal nooit gebeuren, maar stel je voor – ze vinden haar. Die gek, die volslagen idioot, die zijn Rebecca neerschoot en hun dochter als afval meenam, heeft haar niet in een woestijngat gedumpt. Nee, hij heeft haar bij een indianenstam afgeleverd waar een lieve vrouw het kind als het hare heeft opgevoed. Zou hij dan zijn dochter weghalen?

Ja. Hij zou zijn kind terugwillen. Hij begrijpt meteen dat het egoïsme is, dat ouders kinderen claimen uit emotioneel zelfbehoud, dat hun leenrecht veel korter duurt dan ze zelf denken, en toch zou hij willen geloven dat hun beider geluk groter zal zijn als ze herenigd worden.

Leo twijfelt nog steeds of het ventje de zoon van Klaas-Jan en Moniek is. Hij weet het pas zeker op het moment dat de helper van Grove, die zijn fiets uit de speedboot smeet, het pleintje op komt lopen en even met de moeder praat. Zoveel toeval bestaat niet.

Leo maakt zich zo onopvallend mogelijk uit de voeten. Zijn behoefte om in te grijpen is groot, zijn verstand nog groter. Hij wil niet dezelfde fout maken als in Cadiz. Dit kan hij niet alleen doen. Hij heeft hulp nodig.

Hij loopt snel terug naar zijn hotel. Het is net na negenen, kantoren in Nederland stromen vol met loonslaven aangevoerd door een ambitieus middenkader.

'Doreen Groenewegen,' hoort hij nadat hij een nummer heeft ingetoetst.

'Doreen, je spreekt met Leo Berliner.'

Het blijft even stil aan de andere kant.

'Waar ben je?'

'In Venetië.'

'Waarom bel je?'

'Je moet me helpen.'

De baksteen van het Venetiaanse huis voelt kruimelig. Leo duwt voorzichtig zijn wang tegen de muur. Zouden de jarenlange zonnestralen de stenen weker maken? Of is het de klei? In Amsterdam voelt baksteen als schuurpapier en hier als eelt.

Iedereen staat verdekt opgesteld. Doreen, aan de andere kant van de steeg, let niet op Leo. Haar ogen zijn uitsluitend gericht op de voordeur van het huis. Het oude vrouwtje zit op haar kruk naast de deur, maar verder is het straatje leeg.

De agenten maken onderdeel uit van een elite groep, die ingezet wordt bij voetbalrellen en antiterrorismebestrijding.

Doreen overlegt met haar Italiaanse collega. Die moet tenslotte de opdracht geven, de wedstrijd wordt op zijn terrein gespeeld.

De Italiaan stopt een fluit in zijn mond en blaast drie keer heel hard. Van verschillende kanten schieten de mannen uit hun schuilplaatsen. De buitendeur wordt met een stormram ingebeukt en met getrokken karabijnen schieten de goed getrainde ordebewakers de trap op.

Doreen, met in haar kielzog Leo, gaat pas naar boven als de eerste Italiaanse commando's alweer de trap afkomen, met hun vuurwapens op veilig en de viziers van hun helmen naar boven opengeslagen. De inval heeft wat hen betreft niet de adrenalinepiek opgeleverd waar ze op gehoopt hadden.

Leo mag de kamer niet binnen. Vanuit de gang ziet hij drie personen op de grond liggen met hun armen op hun rug vastgebonden; de kleine Roma-man uit Cannes, de moeder van de kinderen en een vreemde, die hij nooit eerder gezien heeft.

De vrouw maakt luid misbaar, wat voor de Italianen misschien normaal is maar voor een Hollander hysterisch klinkt.

Op de tafel liggen twee pakketjes, die er precies zo uitzien als het pakje wat Leo eerder in de kluis van Pierre de Waal aantrof.

Doreen is uitermate geïnteresseerd in de pakjes en uit haar spervuur aan vragen is meteen duidelijk dat zij denkt dat het om heroïne gaat.

'Waar is het kind?' roept Leo naar Doreen. 'Waar is Tony?'

'Dat kind zit allang ergens anders,' roept Doreen terug. 'Ze wisten gisteren al dat we zouden komen.'

'Van wie?' vraagt Leo eerder verbaasd dan geschokt.

'Misschien wel van jou,' snauwt Doreen hem toe.

'Waarom zou ik de boel verraden? Wat is mijn voordeel?' Leo raakt geïrriteerd. 'Wat is dit? Suske en Wiske? We staan hier helemaal met lege handen.'

'Ik heb een verdachte,' antwoordt Doreen. 'Ik kan iemand op heterdaad linken aan drugshandel. En die persoon is verbonden aan films die grotendeels financieel zijn opgehoest door de Nederlandse belastingbetaler.'

'Het is een runner, een loopjongen, niet bepaald de vangst van de eeuw.'

'Geen investeerder, nee, zoals je vader,' snauwt ze terug. 'Ook geen rijke bankier met een dochter met wie jij een intieme verhouding onderhoudt.'

Leo hoort de bittere teleurstelling in Doreens venijn. Hij besluit het te negeren.

'Wat is de deal met Klaas-Jan?' vraagt Leo.

'Hij is onschuldig,' stelt Doreen, 'hij is er totaal ingeluisd.'

'Door wie? Door Ruys? Is dit zijn familie?'

'Alle Roma zijn familie van elkaar.'

'Ruys heeft een band met deze Roma. Klaas-Jan en Ruys werken nauw samen. Dan is er toch een link? Je gelooft toch niet dat Klaas-Jan dit huis bezocht om op ziekenbezoek te gaan?'

Doreen kijkt naar hem met een vernietigende blik. Ze houdt niet van zijn sarcastische grappen.

Leo begrijpt dat elke vorm van humor op dit moment misplaatst is. Hij matigt zijn toon. 'Hij liep samen naar dit huis met Ruys alsof hij wist wat hij deed, alsof hij wist dat zijn zoon hier tijdelijk logeerde. Hij leek geen onschuldige bezoeker.'

'En dat kan je allemaal afleiden uit zijn manier van lopen?' Nu kan Doreen de ironie niet voor zich houden.

'Ja. Iemands gedrag vertelt zoveel meer dan iemands woorden. Woorden verhullen de waarheid. Gedrag liegt nooit.'

'Ik zal het onthouden,' schampert Doreen.

Moedermoord

‘Is gevangen nog wel het goeie woord?’ vraagt Leo, terwijl hij samen met Doreen door het Vondelpark naar de Waldeck Pyrmontlaan loopt. ‘Je bent gevangen als je tegen je wil geen bewegingsvrijheid hebt.’

‘Het kind is minderjarig, het heeft nog geen eigen wil,’ brengt Doreen er tegenin.

‘Nee, zijn ouders bepalen zijn vrije wil. Stel dat zijn vader alles wist, misschien zelfs geregeld heeft, dan zat Tony niet gevangen.’

‘Het kan dan nog altijd tegen de wil van de moeder zijn.’

‘Moniek is tamelijk impulsief,’ waarschuwt Leo.

‘Ik ben erop voorbereid,’ zegt Doreen. ‘Ik ben Monieks uitbarsting in Hilversum niet vergeten. Ik heb mijn pistool bij me en sowieso een blauwe band in karate.’

Leo ziet diverse mannen op het trottoir voor het huis in kampeerstoeltjes zitten. Ze kijken met belangstelling naar de bezoekers.

‘Wat doen we?’ vraagt Leo aan Doreen.

‘Ik heb make-up op,’ fluistert ze terug. Leo laat het erbij. Hij belt aan. Er zit geen spionnetje in de deur en geen raampje. Ze horen de stem van Klaas-Jan aan de andere kant. ‘Wie is daar?’

Na Leo’s antwoord vraagt hij of de kust veilig is. ‘Staan er persfotografen?’

‘Ze zitten.’

De bezoekers worden snel binnengelaten en gaan via de beletage een verdieping naar beneden. De boerenbontgordijntjes hangen nog steeds voor de smalle keukenramen tegen ongewenste inkijk.

Moniek zit op een verhoogde kruk aan het keukenblok, haar beide handen om een kop thee, alsof ze net een uur in de vrieskou buiten gewandeld heeft zonder handschoenen. Het valt Leo weer op dat de woede op haar gezicht gebeiteld staat, vol achterdocht en bittere teleurstelling.

'Er zijn aanwijzingen dat jullie zoon in Italië zat,' zegt Doreen na de uitwisseling van een paar korte, beschaafde vriendelijkheden.

'Waar?' vraagt Moniek meteen.

'Venetië.'

'Dus hij leeft nog?' Ze geeft Doreen nauwelijks tijd om meer uitleg te geven, zo gulzig zuigt ze alles naar binnen.

'Dat weten we niet. We hebben hem niet gevonden.'

'Hoe bizar,' voegt Klaas-Jan eraan toe. 'Een paar dagen geleden was ik nog in Venetië. Als ik dat geweten had...'

'We vroegen ons af,' begint Leo voorzichtig, 'of iemand een hint gegeven heeft over zijn verblijfplaats.'

'Aan mij?' vraagt Klaas-Jan verbaasd.

'U bent een paar dagen eerder gezien, toen u uit het huis kwam waar uw zoon volgens onze informatie werd vastgehouden,' vult Doreen aan.

'Welk huis?' vraagt Moniek.

'Het huis waar uw kind zo'n tien maanden lang opgevoed is.' De opmerking van de hulpofficier van justitie veroorzaakt een ijzige stilte. Doreen Groenewegen en Leo kijken naar Klaas-Jan, die het vuur van de brandstapel begint te voelen.

Moniek blaast extra zuurstof naar de vlammen. 'Niemand anders kan Tonnetje opvoeden.'

'Mijn woordgebruik kan fout zijn, of onzorgvuldig gekozen.'

Doreen richt zich weer tot Klaas-Jan. 'Wat ik wil weten: wist u dat uw zoon in dat huis aanwezig was?'

Klaas-Jan begint met handbewegingen te antwoorden, zonder geluiden te maken. Dan volgen er een paar 'uhhh's' en 'ahhhs' en ten slotte ploffen de woorden uit zijn mond. 'Ik wist niet zeker of hij er was. Na zoveel maanden vertrouw je niemand meer.'

'Je hebt mij helemaal niks verteld!' Monieks stem slaat over.

'Er was niks te vertellen,' verdedigt Klaas-Jan zich. 'Tony was er niet. Ik wou niet voor de zoveelste keer valse hoop geven.'

'Wie gaf u de tip?' vraagt Doreen.

'En waarom bleef je zo lang in het huis als je zoon er toch niet was?' vraagt Leo er direct achteraan.

'De tip was via via binnengekomen. Een anoniem briefje in het hotel.'

'Heb je dat briefje nog?'

'Ik mocht geen bewijzen nalaten,' beweert hij gejaagd.

'Op alle andere momenten heb je de politie wel direct informatie gegeven. Nu met een mogelijk adres niet. Is dat niet vreemd?' vraagt Doreen met professionele vastberadenheid.

'De politie is nooit een stap verder gekomen. Vind je het raar dat ik er niet meer in geloof?' Hij richt zich tot zijn vrouw. 'Je hebt het zelf gezegd Moniek, we moesten andere wegen inslaan.'

'En waarom bleef je zo lang binnen?' herhaalt Leo zijn vraag.

'Ja logisch, ik probeerde uit te zoeken of die mensen iets wisten. Dat kost tijd.'

'Er woonde een vrouw met twee andere jonge kinderen. Het is een Roma-gezin. Zij spreekt gebrekkig Italiaans. Spreekt Robert Ruys Romani? Vertaalde hij voor je?'

'Ik probeerde met handen en voeten, ik probeerde met bekken trekken, ik probeerde alles om informatie te krijgen. Wat denk je anders dat ik daar deed?'

'Met je kind spelen?' suggereert Leo. Onmiddellijk heeft hij spijt van zijn beschuldigende toon.

'Belachelijk!' schreeuwt Klaas-Jan. Hij springt op van zijn kruk. 'Jullie zien spoken. Tony was er niet, anders had ik hem heus wel meegenomen.'

'De volgende ochtend was hij er wel,' vertelt Leo gelaten. 'Ik heb hem gezien.' Het voelt opeens alsof hij over zijn eigen verdwenen dochter praat.

'Je hebt hem gezien?' Moniek probeert dat feit te bevatten.

'Hij speelde met andere kinderen op een pleintje,' voegt Leo eraan toe.

'En wie paste op hem?'

'Laten we haar maar zijn oppasmoeder noemen,' stelt Doreen voor.

'Hoe behandelde zijn oppasmoeder hem?'

'Heel lief. Ze was goed voor hem.' Leo weet dat elk fout woord een onvoorstelbare uitbarsting kan veroorzaken. Gelukkig blijft Moniek vooralsnog kalm. Te kalm, volgens Leo.

'Hield ze van hem?' vraagt ze.

'Ik heb haar gezicht niet van dichtbij kunnen zien. Ze was in ieder geval wel zorgzaam.'

Moniek wendt zich tot haar man. 'Heb je Tony gezien?'

'Moniek. Alsjeblieft.'

'Heb je met hem gespeeld?'

'Dat heb ik toch net verteld! Hij was er niet.'

Moniek springt van haar kruk af en grijpt het eerste wapen wat haar handen kunnen vinden: een vleesvork. Ze duwt de vork tegen de keel van haar echtgenoot.

'Leeft Tony nog?'

‘Tuurlijk. Dat geloof jij toch ook?’ Klaas-Jan houdt zijn handen omhoog, alsof hij onder schot staat en wil laten zien dat hij geen wapens heeft.

‘Je wist al maanden waar hij zat.’ Moniek begint geluidloos te huilen. Er rolt een traan over haar wang.

En met haar verdriet komt ook een trilling in haar armen. Een trilling die past bij ijskoude handen, niet genoeg opgewarmd door de hete theekop. Ze begint controle te verliezen, waardoor de tanden van de vleesvork in het vel van haar echtgenoot schrapen.

Een eerste kras veroorzaakt een voorzichtige bloeddruppel. Doreen aarzelt niet langer, ze trekt haar pistool, stapt tegelijk van haar kruk, gaat met gespreide benen staan, en omvat haar wapen met twee handen. Ze richt op Moniek.

‘Vork laten vallen,’ roept Doreen.

‘Doreen, dat is niet nodig.’ Het sussen van Leo helpt niks.

Doreen schuifelt een paar stappen achteruit, terwijl haar pistool op Moniek gericht blijft. Leo begrijpt de beweging niet. Staat ze te dichtbij? Heeft ze te veel oogcontact? Moet ze afstand creëren?

‘Ik wil mijn kind,’ roept Moniek en blijft de vork tegen de keel van haar echtgenoot drukken.

‘Dat willen we allemaal,’ zegt Leo. ‘Dat wil je man ook.’

‘Hij wil Tony voor zich alleen.’ Ze is niet meer voor rede vatbaar.

‘Dit is mijn laatste waarschuwing.’ Doreen strekt haar armen nog strakker, klaar om te schieten.

‘Kom,’ zegt Leo rustig, ‘niet overdrijven.’ Hij is de enige die nog op een kruk zit en schuift nu ook naar achteren om te gaan staan. Hij wil tussen het echtpaar en de richtende hulpofficier gaan staan, in de vuurlinie. Doreen geeft hem die kans niet.

'Achteruit jij!' Ze zwaait heel even haar armen met pistool in zijn richting om aan te geven dat ook hij nu een doelwit kan zijn, en dan zwiept ze weer terug naar Moniek.

Leo vindt het absurd en tegelijk serieus genoeg om te blijven staan; hij stapt niet vooruit en ook niet achteruit.

'Leg die vork weg. Ik tel tot drie.' Doreen laat geen ruimte voor discussie. 'Eén, twee...'

'Niet schieten. Moniek doet niks,' bezweert Klaas-Jan.

'Ik vermoord je als jij met Tony gespeeld hebt. Nou?' De vork gaat de verkeerde kant op. Het bloed uit Klaas-Jans keel ook.

'Drie.'

'Moniek. Please.' Het Engels van Klaas-Jan klinkt misplaatst, alsof ze in een film noir terechtgekomen zijn.

'Fuck you.' Monieks Engels klinkt als een fataal antwoord op de smeekbede van haar man.

Leo roept: 'Doreen, niet schieten!' Zijn woorden vallen weg in de knal.

De knal is verrassend hard en iedereen verstijft. Doreen gebruikt het moment en met een welgeplaatste karatetrap velt ze Moniek.

Het schot klinkt veel langer, seconden, dan de tijd die de kogel nodig heeft om het plafond binnen te dringen. Ook de geluiden van Monieks val, de vork die na een boog door de lucht afketst tegen de muur en daarna op de keukenvloer klettert, een kruk die omvalt na de ongecontroleerde duw van Monieks geknakte lichaam, verdwijnen allemaal in de na-ijlende fluittoon van het schot.

Moniek valt met haar hoofd tegen de punt van het fornuis en schreeuwt van pijn.

In de kakofonie zit ook een kreet van Klaas-Jan, hoewel Leo niet uitsluit dat hij het zelf was.

‘Fuck you, Doreen!’ roept Leo. Hij wil om het keukenblok heen stappen naar Moniek, die op de grond ligt te kronkelen.

‘Terug. Niet aanraken. Terug!’ roept Doreen en ze houdt haar pistool gericht op Leo. ‘Neem haar echtgenoot mee de kamer uit,’ beveelt ze.

Ze stapt richting Moniek en schopt met haar voet de vleesvork weg.

‘Ik bel 112.’ Leo grijpt zijn mobiel.

‘Buiten de keuken!’ herhaalt Doreen, die nu bij Moniek neerhurkt en haar begint te onderzoeken. De val tegen het fornuis heeft een hoofdwond veroorzaakt, die nu flink begint te bloeden.

Klaas-Jan gaat op zijn knieën naast het hoofd van zijn vrouw zitten en pakt haar gezicht in zijn handen.

‘Schat. Lieverd. Zeg wat.’

Moniek zegt niets. Haar ogen staren naar een onbestemd punt in de verte, haar bewustzijn is in een gebied beland waar een persoon met 43 graden koorts ook terechtkomt.

‘Neem hem mee,’ beveelt Doreen opnieuw. Leo begrijpt het en trekt Klaas-Jan aan zijn schouders overeind.

Hij belt 112 en neemt Klaas-Jan dan mee de trap op naar de zitkamer. Dan merkt hij geflits, en hij realiseert zich dat fotografen door het grote raam aan de straatkant heen fotograferen. Hij ziet een paar mannen op keukentrapjes staan op het trottoir voor het huis.

Leo trekt Klaas-Jan de kamer uit en gaat naar de kamer van Tony, een verdieping hoger.

‘Gaat ze dood denk je?’ vraagt Klaas-Jan snikkend.

‘De ambulance komt eraan, ze kunnen haar vast wel oplappen.’

Het snikken wordt er niet minder door. ‘Zo stom, zo stom, zo stom,’ prevelt Klaas-Jan. Leo gebruikt een paar tellen om zijn burgerlijk fatsoen buiten de deur te zetten. Klaas-Jan biedt een opening, die hij niet gesloten kan laten.

'Heb je wél met Tony gespeeld? Heb je hem die avond inderdaad gezien?'

'De hele kidnap zou drie miljoen opleveren. Twee miljoen voor Grove, een miljoen voor mij. Einde geldzorgen, in ieder geval voor een paar jaar. Weet je hoe het is om in de filmwereld te overleven?'

Leo gelooft elk woord van Klaas-Jan. Maar hij had veel liever gehad dat het allemaal leugens waren.

'Ons kind zou zorgeloos opgroeien, Moniek kon de zangeres uithangen, ik hoefde niet meer om subsidies te bedelen.'

'Je eigen kind?'

'Wat merkt hij er nou van? Je hebt het toch zelf gezien? Hij is dol op zijn oppasmoeder. Hij lijdt er absoluut niet onder.'

'En later? Als hij hoort dat hij gekidnapt is voor geld?'

'Dat zou hij nooit te horen krijgen. Het was een win-win situatie. Behalve dat die schoften ineens bedachten dat ze een piek in de publiciteit konden krijgen, dat hun aandelen veel meer waard worden als hij op het goeie moment vrijkomt. Dus het duurt langer en langer en langer. Het zou oorspronkelijk hoogstens een paar maanden zijn.'

'En je vrouw wist van niks?'

'Ze hoefde niks te weten.'

Leo haalt een aantal opgevouwen call sheets uit zijn binnenzak. Hij laat de rebussen aan Klaas-Jan zien. 'Deze en deze zijn van jou, neem ik aan?' Klaas-Jan bevestigt *Blow Out* en *Marathon Man*. Leo laat hem het vrijmetselaarsgeheimschrift zien en de rebus met *Das Boot*. 'Grove?'

Klaas-Jan schudt zijn hoofd. 'Frankie. Ik huurde hem om de geluidsman een lamp op zijn kop te laten vallen. En de runner met een zaag te bewerken. Ik dacht dat je familie kon vertrouwen, maar hij werd hebberig.' De producent lacht cynisch door zijn tranen heen.

'Rome?'

'Ik weet het niet. Opdracht van Grove denk ik. Om mij in het gareel te houden.'

'En de drugs?'

'Daar heb ik niks mee te maken.'

'Ruys?'

'Ik denk het niet. Hij heeft me geholpen aan een tijdelijk gezin. Dat was zijn stok achter de deur om de regie veilig te stellen. Voor de rest wist hij niks. Niks van het losgeld en ook niet van de smokkelroute.'

Het aanzwellende geluid van de sirene stopt voor de deur.

'Draai ik nu jaren de bak in?'

'Luister Klaas-Jan. Je houdt je mond. Je weet niks. Als je nu doorslaat en ze ondervragen Grove, dan zie je Tony nooit meer terug. Je houdt je mond, begrepen?' Leo grijpt de verslagen producent bij zijn schouders en kijkt hem recht in de ogen. 'Begrepen?!'

Klaas-Jan knikt.

Er wordt aangebeld, Leo gaat de trap af en doet open. 'De keuken,' zegt hij tegen de hulpverlener en wijst de weg.

'Ze heeft veel bloedverlies,' zegt Doreen tegen de arts. Daarna loopt ze naar Leo. 'Heeft Klaas-Jan nog een bekentenis afgelegd? Dat gebeurt vaak na een stress-incident.'

'Hij weet niks. Je hebt gelijk, hij is erin geluisd.'

De arts in de keuken staat op, na Moniek onderzocht te hebben. 'We nemen haar mee. Ze heeft wellicht een schedelbasisfractuur. Een zware hersenschudding minstens.'

Doreen toont geen enkele blijk van schrik of ontzetting.

'Hoe kan je in godsnaam zo kil blijven?'

‘Wat wil je van me? Had ik dan Klaas-Jan moeten neerschieten?’

‘Ik was toch jouw hoofdverdachte?’

‘Er komt een onderzoek,’ zegt Doreen. ‘Het zal uitwijzen dat mijn handelen helemaal binnen de regels lag. Er was sprake van een doodsbedreiging en dan is het mijn plicht daar adequaat op te reageren, in het uiterste geval, zoals nu, met geweld.’

‘Je hebt de moeder vermorzeld om de vader te redden. Ik hoop dat je nooit kinderen krijgt.’ Leo kan zijn tranen niet langer bedwingen.

Première *Enigma*

Meteen nadat Leo samen met Ruby uit de ondergrondse stapt en de uitlaatgassen van Charing Cross Road noodgedwongen inademt, verschijnt er een sms op zijn mobiel.

'Doreen probeert het nog eens.' Leo laat het bericht aan Ruby zien.

'Ze belooft je "alles". Zoiets kan je toch niet laten lopen?'

'Jij belooft me toch ook alles?'

Om de hoek van de metro-uitgang is het meteen druk. Vrolijke toeristen trekken zich niks aan van de motregen; het hoort bij het Londense feestpakket.

Leo en Ruby versnellen hun pas richting Leicester Square naar de Odeon, waar de première zal plaatsvinden. Normaal zou het dertig seconden duren voordat hun voeten het bioscooptapijt zouden raken, nu door het vele publiek en de afzetting duurt het veel langer om binnen te komen. Bovendien moeten ze wachten, omdat een limo door de dranghekken geloodst wordt om Kate Winslet af te zetten.

'Waarom hebben wij geen limo? Je bent een van de belangrijkste producenten?' port Ruby plagerig.

Leo laat zijn VIP-uitnodiging zien. Hij en Ruby mogen de glazen trap met de groen-blauw verlichte treden op. Na een paar treden blijft Leo staan en doet alsof hij een stofje van zijn smokingbroek slaat.

'Stel je niet zo aan,' zegt Ruby. 'Er zit helemaal niks op je broek.'

'Jawel, spetters.'

'Je wil gewoon dat iedereen je ziet.'

'Ruby, ik ben hier niet voor de film, dat weet je.'

'O ja, boeven vangen gaat gemakkelijker als er geen spetters op je broek zitten.'

Ze lopen verder naar boven, waar opnieuw een controleur staat om hun kaart te bekijken. Hoe de kaart tijdens de vierentwintig treden ineens veranderd zou kunnen zijn, is een raadsel.

Leo ziet dat Kate Winslet haar kaart niet hoeft te laten zien, net zo min als Rolling Stones-drummer Charlie Watts.

Onvermijdelijk denkt hij even aan Rebecca, die tijdens Hollywoodpremières in de laatste maanden voordat ze vermoord werd, haar gezicht ook als toegangskaart kon gebruiken.

Een vriendelijk handgebaar verwijst Leo en Ruby naar een VIP-kamer aan de zijkant van de lobby. De kamer is klein en bomvol.

Leo duwt zich door de massa om een mineraalwater voor zichzelf te scoren en een glas witte wijn voor Ruby. Iets verderop, ook duwend als een gewone sterveling, ziet hij Mick Jagger, die zijn hand opsteekt en zwaait. Leo zwaait terug. Mick duwt zich zijn kant op en Leo gaat op hem af. Met nog drie personen tussen hen omarmt Jagger Bill Wyman, de vroegere Stones-bassist, die een beige maatpak draagt en eruitziet als een onderbetaalde accountant. Mick ziet Leo niet eens staan.

Het kost Leo moeite om de bar te bereiken. Hij krijgt hulp van Ra'Kel, die boven de kleine Britten uittorent en hem ziet worstelen. 'Wat wil je?' roept ze.

Ra'Kel bestelt, ze wordt onmiddellijk bediend en geeft Leo de drankjes. 'Je bent de mooiste totempaal die ik ken,' bedankt Leo haar.

'Flirt je met me?' lacht ze. 'Laat Mick het maar niet horen. Hij is heel jaloers.'

'Zoenen in de bosjes?' flirt Leo verder. 'Zonder gekheid Ra'Kel, je ziet er geweldig uit. Je moet blij en gelukkig zijn.'

'Ik wil een kind,' zegt ze, waarbij de diepgang achter haar woorden, ondanks de chaos om hen heen, Leo raakt. 'Ik denk aan adoptie.'

'Alleen of samen met Mick?'

'Als hij mij wil, dan moet hij het hele pakket accepteren.' Ze ziet vanuit haar kraaiennest een celeb die ze wil spreken. 'Is jouw jongetje al bevrijd?' is haar afscheidsvraag.

'Bijna. Ik hoop op een doorbraak vanavond.'

'Als Mick kan helpen, laat het me weten. Maar niet vanavond. Vanavond hoort hij geen vragen, alleen complimenten.'

'We hebben geluk,' zegt Leo tegen Ruby, terwijl hij haar een glas wijn overhandigt waarvan de helft onderweg is gesneuveld na botsingen met smokingjasjes en galajurken. 'Kijk eens wie daar is.' Hij knikt met zijn hoofd in de richting van de champagnebar: Grove.

'Zie je met wie hij staat te praten?' vraagt Ruby.

Leo ziet een man op zijn rug, een goed gesneden, op maat gemaakte smoking, onder een stoere grijze bos haar. 'Mijn vader,' voegt Ruby eraan toe, als Leo niet snel genoeg reageert.

Tuurlijk kan de dochter aan de rug zien dat het haar vader is, zoals Leo zijn vader kan herkennen aan de haartjes op zijn vingers.

Er klinkt een gong. 'Showtime,' fluistert Leo naar Ruby.

'Zenuwachtig?' vraagt Ruby. Leo knikt.

De benedenzaal zit vol met gewone genodigden. Het balkon is voor celebs. De voorste vijf rijen zijn gereserveerd voor VIP-gasten en over de leuningen van de stoelen van de eerste rij hangen handgeschreven naamkaartjes voor de allerbelangrijkste super- VIP's: regisseur, producenten, hoofdrolspelers en de koninklijke genodigden.

Grove kiest een stoel op de rij pal achter Jagger en Leo en Ruby schuiven meteen op de plaatsen direct achter hem. Zodra alle plekken rondom de harige advocaat ingenomen zijn en hij niet meer kan wisselen, klapt Leo zijn hand op Groves schouder.

'Wat een toeval.' Grove is niet blij om Leo achter hem te zien. 'Wat een zaal. Hoeveel mensen kunnen erin, denk je?'

'Zestienhonderdnegenenzeventig, zonder de brandweerstoelen.'

'Ken je ook de schoenmaten van alle bezoekers?'

Op het bioscoopdoek is het binnenkomen van de laatste gasten via een videolink te zien. Voor de ingang van de Odeon stopt een prachtige Bentley. Kroonprins Charles stapt uit.

De camera volgt hem de groen-blauw verlichte treden op. Boven in de foyer staat de erehaag van *Enigma*-prominenten om handjes te schudden met de royal.

Iedereen in de zaal kan de adellijke begroetingen op het scherm volgen, maar niemand kan ze horen, want protocol verbiedt dat er privégesprekken te horen zijn met leden van de Royal Family.

Nate West staat vooraan in de rij. Leo geeft Grove opnieuw een pets op zijn schouder. 'Kijk, je baas,' zegt hij hard.

Naast Nate West staan de actrices Saffron Burrows en Kate Winslet. Bij de laatste blijft Charles staan om een paar – geprepareerde, gecontroleerde en goedgekeurde – vragen te stellen.

'Zou hij haar schoenmaat willen weten?' vraagt Leo luid aan Grove, die net doet alsof hij niets hoort. Leo schudt aan zijn schouder. 'Wat denk je, Ron, vraagt prins Charming de schoenmaat van Assepoester?'

Omzittenden kijken verbaasd naar de aandacht trekkende Nederlander. Grove knauwt onder zijn adem: 'Fuck off.'

'Wat een grote woorden. Pas maar op dat de hofhouding het niet hoort.'

Bill Wyman, die een paar plaatsen verderop in de rij van Grove zit, kijkt onderzoekend naar Leo. 'Hij zei "Fuck off",' zegt Leo en wijst naar Grove. 'Gedraagt zich als een rock&roll ster en denkt dat hij alles kan zeggen wat hij wil.'

Wyman richt zijn blik weer op het scherm, waar nu te zien is hoe prins Charles handjes schudt met Mick Jagger en een kort gesprek begint met hem en componist John Barry.

Leo port Grove opnieuw. 'Kijk, kijk, Mick zingt jouw song. Jammer dat de song niet in de film zit.'

'Wordt binnenkort op cd uitgebracht,' gromt Grove.

'Denk je dat nou echt? Ronnie, word wakker, hallo.'

'Shut up,' snauwt Grove.

'Shut up of wat?' snauwt Leo terug. 'Wil je me in zee dumpen? Mijn nagels uittrekken?' Hij laat zijn nagel zien, die zwart-blauw is. Anderen kijken in hun richting en Leo spreekt ze meteen aan. 'Deze man laat kinderen ontvoeren, zodat de aandelen van Multi Media stijgen.'

Grove staat op en schuift naar het einde van de rij. Leo schuift mee in zijn rij. Hij grijpt de advocaat in het gangpad vast.

'Zodra de prins binnenkomt, ga je aan de schandpaal, Grove. Ik schreeuw alsof de zaal in brand staat. Multi Media ontslaat je. Mick kijkt je nooit meer aan,' dreigt Leo dicht bij Groves oor.

Plotseling gaat iedereen rechtop staan, omdat prins Charles en de grootheden van *Enigma* de zaal binnenkomen. Leo blijft Grove vasthouden. 'Zal ik de prins verzoeken om te bemiddelen?' vraagt Leo zo hard dat iedereen om hem heen het kan horen.

'Je gaat hier heel veel spijt van krijgen,' sist Grove.

'Vertel dat aan de moeder van het jongetje. O nee, ze ligt in coma. En haar halfbroer Frankie is dood. Dood, Grove, dood!'

Het adellijke gezelschap loopt door het middenpad naar de voorste rij. Ze kunnen Leo horen, terwijl ze hem en Grove passeren. Jagger werpt een woeste blik in de richting van Grove.

'Is moord je hobby, of je beroep? Wie is de volgende? Tony? Wie is je opdrachtgever? Mick?' Leo is niet van plan om op te houden. 'Waar ligt de heroïne?'

Prins Charles draait zich om, vlak voordat hij gaat zitten, en kijkt waar de stem vandaan komt.

'In de kluis van de bank,' fluistert Grove zo zacht als hij kan.

Het antwoord verrast Leo. 'Welke kluis?'

'In Rotterdam.'

De zaal gaat weer zitten, niet iedereen even snel. Een van de laatsten is Pierre de Waal. Is het zijn hernia? Of zoekt hij bewust contact met Leo? In ieder geval ontmoeten hun blikken elkaar en hij maakt een handgebaar dat Leo zich rustig moet houden.

Leo laat Grove los. De advocaat spoedt zich meteen de zaal uit om elke verdere confrontatie te vermijden. Leo schuift terug naar zijn plaats. Zodra hij zit legt Ruby haar hand op zijn bovenbeen. 'Heeft hij een naam genoemd?' fluistert ze, te nieuwsgierig om te wachten.

Leo knikt.

'Wie?'

'Later,' fluistert hij.

De eerste credits schitteren op het immense doek. Bij bepaalde namen klinkt applaus en gejoel. Er zitten – al of niet betaalde – fans in de zaal. De voorste VIP-rij onthoudt zich van zulke volkse uitingen en beweegt niet.

Bij de credit van Mick Jagger barst extra hard gejuich los en

Ruby maakt gebruik van het lawaai om Leo opnieuw te vragen: 'Wie? Is het iemand die ik ken?'

'Ja,' zegt hij en zwijgt verder.

Tijdens de film dringt ze niet verder aan. De scène waarin Kate Winslet stiekem de Enigma-machine gebruikt om de code van de Poolse namen te breken, herkent Ruby. 'De dag van *Marathon Man*.'

'En van de runner die zijn arm brak,' fluistert Leo terug.

Niet veel later komt de scène die is opgenomen op de dag van *Blow Out*.

Kate Winslet en Saffron Burrows dansen in de kamer. 'De favoriete scène van mijn halfzusjes,' zegt ze dicht bij Leo's oor.

'Door die scène was ik bijna ontslagen,' fluistert hij terug. 'Je vader heeft me gered.'

'Aardig van hem.'

''k Weet niet of ik hem nu kan redden.'

Ruby draait haar hoofd, haar blik verschuift van het doek naar zijn gezicht. Ze hoeft niets te vragen, Leo heeft lang genoeg gezwegen.

'Mijn vader?'

'De drugs liggen in de bankkluis van het Rotterdamse hoofdkantoor.'

Een paar nors omdraaiende hoofden in hun richting manen hen tot zwijgen. Ruby houdt het kort vol. 'Als dit waar is, dan hangt-ie.'

'Rustig blijven. Eerst Tony terug. We hebben je vader nodig.'

Opnieuw storen omstanders zich aan hun gefluister. Ruby staat op en schuift zo zacht als ze kan de rij uit. Leo blijft zitten.

Leo neemt de ondergrondse terug. Ruby is op de hotelkamer geweest, haar galajurk ligt half op het bed, half op de grond, de stof losgescheurd van haar lichaam, in haast achtergelaten.

'Waar ben je?' vraagt hij aan haar voicemail. 'Wanneer kom je terug?' Hij weet het antwoord: Ruby komt niet meer terug. 'Vertel alsjeblieft niemand iets over de drugs in de kluizen. Je vader moet ons nu helpen. Denk aan het belang van Tony.'

Na de voicemail stuurt hij een sms-bericht: 'Ik mis je.' Dan legt hij rustig zijn mobiele telefoon op het nachtkastje. En een seconde later maait hij wild de schemerlamp op hetzelfde nachtkastje van zijn voetstuk. De lamp spettert tegen de muur kapot en Leo vloekt als een dronken zeeman. Hij had zijn mond moeten houden tegen Ruby, verwijt hij zichzelf.

Het duurt even voor hij zijn woede in bedwang heeft. Hij kijkt door het raam naar het verkeer op Piccadilly. Leo weet dat Ruby haar mond niet zal houden. Vaderliefde is bij haar een vreemdeling geworden, volwassen gedrag een zwerver en verdriet is verhard tot verbittering.

Leo staart naar buiten en denkt aan de vele fases waar hij zelf doorheen is gegaan na de moord op Rebecca. Eerst kwam de angst, toen de zelfkwelling, daarna de woede gevolgd door sarcasme, en nog steeds heeft hij de monsters niet overwonnen. Regelmatig maakt hij korte tochten langs de oude, diep liggende spelonken vol emoties. De dood van Rebecca heeft hij zichzelf kunnen vergeven, het verdwijnen van zijn dochter nog niet.

De telefoon gaat. Leo neemt snel aan, in de hoop dat het Ruby is.

'Leo, ik ben op zoek naar je vriendin Ruby de Waal,' zegt de stem van Doreen Groenewegen. 'Ze heeft me gebeld, maar ik kan haar niet bereiken.'

'Misschien zit ze in de metro. Daar is geen bereik.'

'Kan je bevestigen wat ze zegt over de drugs in de kluizen van RijckeVorst Bank en haar vaders betrokkenheid?'

Blind ontkennen zou het beste zijn, maar dat is te gemakkelijk en Doreen is niet dom. 'Doreen, kun je een paar dagen wachten met je onderzoek?'

'Het recht is geen koehandel.'

'Tony gaat eraan als de aandelen van Multi Media kelderen en dat gebeurt als er een heroïneschandaal in de publiciteit komt.'

'Dus je wilt niet bevestigen dat je weet dat de kluizen van RijckeVorst vol liggen met gesmokkelde heroïne?'

'Ik ben nog nooit in de kluizen geweest.'

'Ik kan je laten arresteren voor obstructie.'

'Wat ben ik? Een jojo? Telkens als iets jou niet naar de zin gaat, neem je wraak op mij. Hou je zoveel van me?'

En daarmee wordt het gesprek door Doreen zonder beleefd afscheid beëindigd.

Gevangen

'Geniet je hiervan?' vraagt Pierre de Waal.

'Waarvan?'

'Mij hier zien zitten. Ongeschoren, niet gedoucht, mijn pak verfrommeld.'

'Nee,' zegt Leo. 'Het geeft me geen enkel genoegen.'

'Gelukkig. Leedvermaak is een heel slechte raadgever. En denk je dat ik hieronder lijd?'

In de stem van de bankier kan Leo geen emotie ontdekken. 'Ik kan me niet voorstellen dat u geniet.'

'Ik waardeer sommige onderdelen van de ervaring. Het is heel interessant om te zien hoe mensen zich met zoveel gemak kunnen aanpassen aan barre omstandigheden. Voor mij is het nog luxe, ik heb een cel alleen, en toch sta ik open en bloot in een wc te pissen zonder echte privacy. Dat zou ik op safari midden in de rimboe niet eens doen. Hier wel. En de mannen om me heen hebben nog minder schroom.'

'Ik ben niet gekomen om te luisteren naar uw ervaringen als bajesklant. Ik wil info.' Leo kijkt De Waal recht aan en trommelt ongeduldig met zijn vingers op het metalen tafelblad.

'Je bent hier gekomen, omdat je ook wel weet dat ik hier twee, hoogstens drie dagen zit. En daarna krijg je geen afspraak meer met me. Dan krijg je me nooit meer te spreken. Je staat gewoon met je rug tegen de muur, terwijl ik een paar dagen uitrust.'

De Waal staat op. Stijfjes duwt hij zijn stoel achteruit, die een krassend geluid maakt op de stenen vloer van de bezoekruimte. 'Kom, laten we een frisse neus halen.'

Leo loopt achter de bankier aan en ziet dat-ie met zijn been trekt – de hernia is meer de reden voor de wandeling dan zijn verlangen naar buitenlucht.

'Verlicht lopen de pijn?' vraagt Leo.

'Nee, helemaal niet, het is een verandering. En elke verandering geeft heel even het gevoel dat de pijn ergens anders vandaan komt en dat maakt het een kort moment dragelijker.'

Ze lopen door een gang, die uitkomt in een gezamenlijke ruimte omgeven door cellen. In de ruimte spelen een paar jonge mannen pingpong. Het gaat met veel gevloek en gelach gepaard.

'Ik ben niet snel beledigd, neem niet snel iets persoonlijk, maar me laten arresteren op Schiphol na de première van *Enigma*, dat was heel laag.'

Leo laat de opmerking lopen. De Waal niet. 'Jij werkte vroeger toch op Schiphol?'

'De arrestatie was niet mijn keuze.'

'Jou ontslaan was puur zakelijk. Mij laten arresteren was onder de gordel.'

Leo houdt zijn mond, hij heeft geen enkele behoefte om De Waals wrok als schuldgevoel te omarmen. Hij bekijkt de pingpongers, terwijl ze langs de tafels lopen. De cipiers onderscheiden zich alleen van gedetineerden door hun uniform, en hun geschoren wangen.

'Is het voorschrift om niet te scheren?' vraagt Leo.

'Je mag alleen scheren met een elektrisch scheerapparaat van een bepaald merk en type. Als iets moet en je kan het weigeren, dan geeft dat een gevoel van vrijheid. En dus scheert niemand zich.'

'Een topbankier hoeft zich daar toch niet aan te houden? Bovendien bent u in voorarrest.'

'Dat is iedereen hier. Ik scheer me niet omdat ik alleen mijn eigen scheerzeep wil gebruiken. Mijn dochter komt me spullen brengen.'

'Is dat dezelfde dochter die justitie heeft ingelicht?'

'Dezelfde dochter waar jij met je vingers niet vanaf kon blijven.'

Leo steekt zijn vinger met de blauwe nagel op. 'Is dit de wraak van een bezorgde vader? Of de waarschuwing van een gechanteerde bankier?'

De Waal veinst dat hij de vragen niet begrijpt.

Leo: 'Grove wist waar de heroïne lag. U kon zorgen dat ik mijn onderzoek naar Tony stopte, zodat hij zijn handen niet vuil hoefde te maken. Hij kon u dwingen om mij aan te pakken.'

De bankier houdt zijn mond.

'Misschien heb ik geluk, en heeft u me gespaard. Frankie is er niet zo goed van afgekomen. Had u medelijden met mij? Of met uw dochter?'

De Waal opent een deur naar een binnenplaats. 'Vanavond slaap ik hier niet meer. Ik wil wel in stijl het kasteel verlaten. Daarom heb ik mijn privéscheergerei nodig.'

Ze lopen over een grasveld met een paar bloemenperken.

'Dit zou de binnentuin van een duur hotel kunnen zijn,' zegt Leo

'Welke info hoop je van me te krijgen?'

'Hoeveel weet u?'

'Domme vraag. Wat ik weet is één ding, wat ik wil vertellen een tweede.'

Leo laat zich niet op de kast jagen. Hij blijft kalm doorvragen. 'De film-CV levert de bank een paar miljoen op. De beursgang van Multi Media wellicht zelfs meer. En toch, voor een bank? Waar zit het grote geld?'

'Gewone mensen hebben geen idee hoe geld werkt. Het is opnieuw een domme vraag, Leo. Je vader kon vroeger ook zulke domme vragen stellen. Hij begreep er ook niks van.'

'Ik wil graag van mijn domheid af, maar ik heb wel hulp nodig.'

'Winst haal je uit de breedte. Je geeft 3500 investeerders een klein voordeel. Iedereen vindt het heerlijk om geen belasting te betalen. Waar gaat het over? Een paar duizend euro voor iedere investeerder. Niemand slaapt er een nacht minder om. Ze geven de bank daarna al hun spaargeld, en dan gaat het ineens om miljarden.'

'Investeerders zijn meestal conservatieve mensen. Die willen niks te maken hebben met kidnapping of heroïne.'

'Klopt. Ik ook niet.'

'Wanneer wist u dat Grove betrokken was bij de kidnapping?'

'Dat weet ik niet. Dat beweer jij.'

'Waar zit Tony?' Omdat De Waal niet meteen reageert, herhaalt Leo zijn vraag. 'Waar zit dat arme kind?'

'En waarom zou ik dat weten?'

'Omdat u alles weet.'

'Ik weet opvallend weinig. Ik ben gearresteerd omdat ik een van de vijf vice-presidenten van de bank ben, niet omdat ik ook maar iets met die rommel te maken heb.'

'Moet ik geloven dat u niet wist dat er vijftig kilo heroïne opgeslagen lag in de kluizen van de bank?'

'Het enige wat ik wist was dat er een lening verstrekt moest worden van drie miljoen en dat er een onderpand nodig was. Ik doe geen leningen en ik doe geen onderpanden. Dat gaat naar collega's van een andere afdeling.'

'RijckeVorst Bank haalt een kleine veertig miljoen op van tandartsen, leraren en ingenieurs, die allemaal een belastingvoordeel krijgen. Multi Media peurt heel veel geld uit de begroting, onder andere om hun beursgang te financieren, wat dus in feite betaald wordt door de Nederlandse belasting. Dan wil Multi Media nog drie miljoen extra wegsluizen via het bedrijf van Ra'Kel, om aan Jagger te geven. Oké, zegt de bank, dat kan, wat is het onderpand? Een stelletje criminelen smokkelt via de filmvrachtwagens een lading heroïne uit Cadiz. Diezelfde criminelen zijn betrokken bij de kidnapping van Tony. Zij zoeken een goeie schuilplaats voor hun drugs. Waar kunnen we dat opslaan? Waarom niet in de kluis van de bank die ook bij de films betrokken is en nog naar een onderpand zoekt? De pers gaat genieten.'

'De pers gaat zijn vingers nooit branden aan dit verhaal, want het zijn alleen maar verdachtmakingen. Geen enkel concreet bewijs.'

'Behalve vijftig kilo heroïne in de kluizen.'

'Stommiteit van een paar bankemployés. Hun koppen gaan rollen.'

Leo blijft naast De Waal lopen. Hij kijkt om zich heen, ondanks de vijf meter hoge muren is het geen onprettige ruimte om te lopen. Het lijkt niet eens een onneembare vesting, al zal De Waal met zijn hernia nooit met een polsstok over de muur heen kunnen springen.

'Geef je het nu al op?' vraagt De Waal na een lange stilte.

'Ik weet dat als iemand iets niet wil zeggen, dat het dan ook niet gaat gebeuren. We zijn geen bananenrepubliek waar je iemand met geweld kan dwingen. Nagels uittrekken doen we niet meer in dit land.'

'Leo Berliner, je bent een naar mannetje. Je bent achterbaks, vol goedkope trucjes, net je vader.'

Even voelt Leo een golf van agressie opkomen.

'Achterbakse mensen hebben niet altijd ongelijk,' zegt hij beheerst.

'Ik heb niks met die kidnapping te maken. En ik heb niks met die drugsdeal te maken. En nog iets, ik denk dat Multi Media en Jagger er ook niks van afweten. De bazen van Multi Media zijn geldwolven. Ze gebruikten *Enigma* en *De ontdekking* om hun bedrijf op de aandelenmarkt te lanceren en zodra hun exclusiviteitsperiode voorbij is, verkopen ze hun aandelen, worden stinkend rijk en verlaten het zinkende schip. Zo gaan die dingen, dat maakt ze nog geen criminelen. En mij ook niet.'

'In de sauna, bij onze eerste ontmoeting, vertelde u dat u leeft volgens de principes van de Rotary: fairness voor alle betrokkenen, nieuwe vriendschappen, voordeel voor iedereen. De belangrijkste regel van de Rotary is dat daden moeten berusten op waarheid. Waarheid noemde u niet, want waarheid kent u niet. De waarheid is dat de bank miljoenen verdient aan de films, de spaargelden van de investeerders en aan de beursgang van Multi Media. En als Tony's verdwijning een paar maanden verlengd moet worden voor een gunstiger aandelenkoers, dan is de waarheid tijdelijk op vakantie.'

'Dé waarheid bestaat niet. Iedereen heeft zijn eigen waarheid.'

'Dat wordt altijd gezegd door mensen die iets vuils en gemeens te verbergen hebben. We weten allemaal dat een kind mishandelen niet goed is, dat moord uit hebzucht niet goed is. Ik moet nu weten waar Tony zit, want als morgen het verhaal van de heroïne in de krant komt, dan kelderen de aandelen van Multi Media. Dan is het jongetje niks meer waard en gaat hij eraan.'

'Laat ik je een geheim verklappen, Leo.'

Leo houdt zijn vuisten gebald, zonder in actie te komen. Hij luistert.

'Alleen domme mensen verliezen geld. De Multi Mediabazen mogen hun aandelen drie maanden na de lancering verkopen, dus vanaf 11 september. Toevallig vandaag. Het zou me verbazen als ze tot morgen wachten, want de kans is groot dat ze morgen niks meer waard zijn.'

'Grove is ervan overtuigd dat de aandelen nog flink omhoog kunnen schieten als ze Tony zogenaamd redden.'

'Ik wens hem het allerbeste. Als ik aandelen had zou ik ze vandaag verkopen en niet morgen.'

'Adviseert u dat ook aan uw vriend Jagger?'

'Ik adviseer niks. Ik heb geen telefoon hier in de gevangenis. En hij belt mij alleen als hij me nodig heeft. Niet andersom.'

Leo stopt met lopen. Wat hem betreft heeft het allemaal lang genoeg geduurd. 'West wil miljoenen en krijgt ze, de bank wil miljoenen en krijgt ze, Grove wil zijn song en zorgt dat Jagger een paar miljoen krijgt, Jagger geeft zijn cadeau aan Ra'Kel, zij krijgt haar modeshow, de vader van het jongetje wou een miljoen en kreeg het bijna. Dankzij de CV-constructie loopt de staatskas miljoenen aan inkomsten mis en geen ambtenaar wordt ontslagen. Het jongetje wordt niks gevraagd. Fuck you all.' Leo steekt zijn hand uit: 'Dank voor uw tijd.'

De Waal schudt zijn hand, niet uit gewoonte, niet uit beleefdheid, maar om een slotstatement te kunnen maken. 'Je kent de wereld nog niet, Berliner. Ja, ik verdien veel geld. En wat doe ik ermee? Ik help kinderen uit Somalië die geen enkele kans hebben, omdat alle ontwikkelingshulp van de overheid naar corrupte ambtenaren gaat.'

'En een paar kilo heroïne maakt niet uit. Het doel heiligt de middelen?'

'Mensen die heroïne gebruiken kiezen daarvoor. Kinderen in Derde-Wereldlanden kiezen niet voor hun armoede. Ik kies ervoor om hen te helpen. Als ik morgen onder een tram loop, dan erft Ruby geen cent. Het gaat allemaal naar Afrika, naar waterputten en gereedschappen om eigen akkers te verbouwen.'

De Waal blijft zijn hand vasthouden.

Leo laat het zo. 'Ik denk dat we alle tramverkeer moeten stilleggen. Dat risico kunnen we niet lopen.'

'Als dat het laatste is wat je tegen me wilt zeggen... Veel geluk met je verdere leven.'

Buiten voor de ingang van de gevangenis komt Leo Ruby tegen.

'Wat een toeval.'

Ze zegt niks en probeert langs hem te lopen. Leo pakt haar vast en draait haar naar zich toe. 'Je laat je vader arresteren en nu kom je hem schone onderbroeken en sokken brengen. Waar ben je mee bezig, Ruby?'

'Ik wil geen wraak, alleen rechtvaardigheid.'

'Dat is de ergste wraak.'

Voor Ruby is het gesprek voorbij. Ze loopt zonder verdere groet of opmerking naar de ingang en kijkt niet meer om.

Leo stapt in een taxi en vraagt de chauffeur te wachten. Drie kwartier later ziet hij Ruby het gebouw uitkomen. Hij opent de deur van de taxi en stapt op haar af.

'Kunnen we naar je vaders huis rijden en in zijn kluis kijken?'

'Zijn er nog niet genoeg drugs gevonden in de bankkluizen?'

'Ik zoek naar aanwijzingen voor de schuilplaats van Tony.'

'En waarom zou hij dat open en bloot in zijn kluis bewaren?'

'Omdat niemand erin kan, behalve jij. En jou vertrouwt hij.'

'Er liggen geen aanwijzingen. Je hebt de hele kluis al drie keer doorgespit.'

'Er ligt een telefoon in. Die interesseert me. Volgens mij kan die telefoon info bevatten die mij kan helpen.'

'Mijn vader bewaart zijn telefoon niet in de kluis.'

'Nee, het is niet zijn telefoon, het is de mobiel van Mick Jagger.'

'Denk je nu opeens dat Jagger achter de kidnapping zit?'

'Nee, maar ik denk dat er andere informatie op staat, anders zou je vader dat ding niet gejat hebben en verstoppen.'

Leo ziet even twijfel in haar ogen. Ze is echter nog niet over de streep.

'Ik heb nu geen tijd. Ik wacht op mijn vader, die zo meteen vrijgelaten wordt.'

'Over vier uur. Dan zijn we makkelijk op en neer gereden. Ik beloof je dat je op tijd terug bent.'

'En wat doe je als ik nee zeg?'

Leo zucht. Het is een nadrukkelijke zucht, om aan te geven dat hij ook slechts een gevangene is van de omstandigheden. 'Ik wil dat jongetje redden, dat is alles wat ik probeer te doen.'

'Waar kan je hem nog van redden? Zijn moeder zal maanden in het ziekenhuis liggen. Zijn vader geeft duidelijk niks om hem, anders had hij zijn zoon nooit gebruikt als wisselgeld. Wat valt er nog te redden?'

'Grootouders misschien. Een tante ergens. Of een oom? Wat staat het ventje anders te wachten? Een nomadenleven door Europa? Bedelen in Parijs, of Berlijn, of Rome?'

'Heb je er ooit weleens aan gedacht dat het jongetje nu beter af is? Dat hij nu opgroeit bij iemand die echt van hem houdt? Zei je zelf niet dat die oppas warm en liefdevol was en dat het jongetje haar zag als zijn moeder? Waarom laat je het niet zo?'

'Omdat het onnatuurlijk is.'

'Onnatuurlijk is niet altijd slechter.'

Leo pakt haar polsen vast. 'Kijk me in de ogen.'

Ze schudt haar armen om hem af te weren.

'Ruby, kijk me in de ogen en geef eerlijk antwoord. Denk je dat je halfzussen blij zijn dat ze geadopteerd zijn? Of denk je dat ze liever bij hun ouders in Somalië zouden leven, zelfs met honger en armoede?'

'Ze zijn dol op hun kamer, op hun vriendinnen van school, ze hebben *Titanic* al veertig keer gezien.'

Hij laat haar los. Ze heeft hem recht in de ogen aangekeken, zijn blik niet ontweken. Hij pakt zijn mobiel, toetst een nummer en krijgt vrijwel direct Doreen aan de lijn. 'Hoe lang duurt het voordat je toestemming krijgt om een privékluis te openen?'

Leo zorgt dat het antwoord van Doreen Ruby niet bereikt. Hij houdt zijn mobiel stevig tegen zijn oor. 'Het enige wat ik wil is toekijken en eventueel een telefoonnummer noteren,' zegt hij tegen Doreen.

Ruby hoeft niks te horen om te weten dat de andere kant duidelijk interesse heeft. 'Het adres?' Leo kijkt naar Ruby. 'De villa van Pierre de Waal.' Hij hangt op. 'Ik schat dat we twee uur hebben voordat ze op de stoep staat. Rij ik achter jou aan, of jij achter mij?'

Nine Eleven

Ruby's stiefmoeder opent de deur. De vrouw is nerveus. Ondanks al haar rijkdom, goede manieren en Rotary-chique is ze hulpeloos zonder haar man.

'Is dit in opdracht van je vader?' vraagt ze aan Ruby als ze hoort waarom ze gekomen zijn.

'Het is in zijn belang,' stelt de dochter kortaf. Ze loopt linea recta naar de werkkamer, haar stiefmoeder verder negerend.

'Soms is het makkelijker om een klein beetje te liegen,' zegt Leo, terwijl ze samen het schilderij van de haak tillen.

'Maak je geen zorgen,' antwoordt Ruby, 'dat doet zij wel. Mijn vader krijgt een versie te horen die elke fantasie overstijgt.'

'En die krijg jij weer te horen?'

'Soms. Als we uit eten gaan. Na een paar glazen wijn.'

'En toch houdt hij van haar.'

'Gewoonte, sleur, gewenning.'

'Hij kan best van haar houden, waarom niet? Houden van is niet te begrijpen.'

Ruby laat Leo's opmerking voor wat-ie is. Ze draait de schijf naar de gewenste nummers en opent de kluisdeur.

Haar arm schuift naar binnen en haar hand komt terug met papieren. Leo bladert ze snel door om te kijken of er iets nieuws tussen zit voor hij ze op het bureau neerlegt. Het blok saffraan en het blok weed behoeven geen nadere inspectie, die legt hij terzijde.

Ruby's hand graait als een kermisgrijper de mobiel uit de kluis. De accu is leeg.

'Denk je dat dit de telefoon van Jagger is?'

'Als het ding weer werkt, dan kan ik het nummer bellen. Als hij aanneemt is het zijn nummer.'

'Misschien is hij van nummer gewisseld.'

'Misschien, waarschijnlijk niet.'

'Bel Ra'Kel, vraag haar naar zijn nummer.'

'Heb ik geprobeerd. Tien keer. Ze neemt niet meer op.'

'Hoe zou mijn vader aan Jaggers telefoon komen?'

'Of je zussen hebben de mobiel gejat in de Cinetone Studio, of je vader kon zich niet beheersen.'

'Mijn zusjes zijn geen dieven.'

'Misschien dachten ze het nummer van Kate Winslet erin te vinden?'

'Waarom heb je zo'n haast om Jagger te bellen?'

'Als ik hem op tijd waarschuw dat de aandelen van Multi Media in elkaar gaan storten, dan kan hij Ra'Kel waarschuwen want zij heeft een flink pakket en dan helpt hij me als dank met Tony.'

Ze horen alle twee de voordeurbel, maar gaan door met hun klus. Leo blijft papieren uit de kluis bestuderen op zoek naar hints en Ruby probeert de accu van haar telefoon in de lege Engelse mobiel te stoppen.

Ruby's stiefmoeder opent de werkkamerdeur. 'Bezoek voor jullie.'

Doreen stapt de kamer binnen. 'Ik heb nog geen huiszoekingsbevel bij me,' zegt ze meteen. 'We wonen tenslotte niet in Amerika, hier draaien de papiermolens van justitie niet op olie maar op stroop. De vrouw des huizes heeft me vrijwillig binnengelaten, dus ik kom mijn ogen de kost geven. Interessant.' Ze wijst naar het blok saffraan op het bureau. 'Saffraan, het rode goud, vind je niet in elke keuken. Waarom ligt dat in een kluis?'

'Mijn vader heeft twee meisjes geadopteerd uit Somalië. Het saffraan is de bruidsschat, die de familie absoluut wou meegeven toen de meisjes vertrokken.'

Ruby's accu past niet. Ze legt de Engelse mobiel terug in de kluis.

De hulpofficier van justitie wijst naar het andere blok naast de saffraan. 'Dat lijkt enorm veel op wat in de kluis van de bank is aangetroffen, zelfde vorm, zelfde grootte, zelfde verpakking. Wat zou daar in zitten?'

'Geen heroïne. Pierre de Waal heeft een chronische hernia,' verdedigt Leo de bankier. 'Als de pijn werkelijk te erg wordt, en dat gebeurt helaas nogal vaak, dan gebruikt de heer De Waal op medische gronden softdrugs.'

'Voorraad van een kilo? Dat valt niet onder kleinschalig privégebruik.' Doreen pakt haar mobiel en zoekt de camerafunctie. 'Jullie hebben toch geen bezwaar als ik een geheugensteun maak?'

Voordat ze kan klikken gaat Leo tussen haar en het bureau staan.

'Ja, dat heb ik wel. Dat je belastingfraude wilt opsporen kan ik begrijpen, maar je moet je niet bemoeien met de medicijnkast van anderen.'

'En dit is jouw huis?'

'Ik verblijf hier als gast van de familie.'

'Dat maakt je mede-verdachte, Leo Berliner.'

'Mede-verdachte van wat? Heb ík de moeder van Tony het ziekenhuis in getrapt?'

'Mis ik iets? Belde jij mij niet om zo snel mogelijk hierheen te komen?'

Op dat moment krijgt Doreen een bericht binnen en ze

verkiest het te lezen, voordat ze Leo verder de duimschroeven aandraait.

'Waar is de tv? Er schijnt een grote terroristische aanval aan de gang te zijn in New York.'

Ruby loopt voor Doreen uit naar de woonkamer. Haar twee zussen liggen op de grond voor de tv en kijken naar Captain Planet. De meisjes beginnen meteen te protesteren, zodra Ruby naar CNN zapt.

Op het scherm bibberen de Twin Towers en uit de noordtoren golven immense rookwolken. Het commentaar herhaalt dat een vliegtuig tien minuten geleden in het bovenste deel van het gebouw gevlogen is.

'Wat een bizar ongeluk, hoe is het mogelijk.' Ruby negeert het gebedel van haar zusjes om terug te schakelen naar Captain Planet. Doreen is explicieter. 'Kunnen jullie stil zijn?! Dit is belangrijk voor mijn werk.'

'Dit is ons huis en onze tv,' zegt de elfjarige.

Doreen pakt de afstandsbediening van het tafeltje en zet het geluid harder. 'Stuur ze naar hun kamer,' beveelt ze.

'Het is hún huis,' zegt Leo, die meekijkt vanuit de deuropening. De tv toont beelden van lange slierten papier die als confetti naar beneden fladderen, soms weer omhoog waaien door de turbulente wind.

'Gooien ze nou wc-rollen uit het raam?' vraagt Ruby.

'Dat papier is veel te groot voor wc-rollen. Ik denk dat het computeruitdraaien zijn van beursnoteringen; die bladzijden zitten altijd aan elkaar vast.' Erg zeker is Leo niet, maar het klinkt wel aannemelijker dan wc-rollen.

'Goed moment als je aandelen kelderen om ze op deze manier het raam uit te gooien.' Doreens galgenhumor levert niet eens een glimlach op bij de anderen.

De camera zoomt schokkerig in op de tweede toren. Een

vliegtuig scheert op de glazen wolkenkrabber af. Alle volwassenen in de kamer maken korte, nietszeggende opmerkingen: 'het zal toch niet waar zijn', 'nee, hij gaat erlangs', 'misschien is dit een herhaling?'

'Het kan geen herhaling zijn want de eerste toren staat in de fik,' zucht Leo met geknepen stem. Het vliegtuig boort zich in de tweede toren en wordt opgeslokt door het gebouw.

'Meisjes, naar jullie kamer,' commandeert hun moeder.

'Waarom? Dit is zo afgelopen, dan kunnen we weer verder kijken naar Captain Planet.'

'Naar je kamer. En jullie komen niet terug totdat ik het zeg.'

Mokkend gaan de meisjes de kamer uit. Ruby ploft in de zetel waar Leo en vooral Leo's nagel geen opperbeste herinnering aan heeft. Haar ogen blijven aan het tv-scherm gekluisterd.

Doreen blijft staan, niet uit beleefdheid, maar vooral omdat het gebeuren op tv te overweldigend is.

Mensen in New Yorkse straten, een paar kilometer verwijderd van de getroffen gebouwen, kunnen ook niet bewegen. Ze staren als versteend naar de enorme rookpluimen.

'Ik denk dat we nu wel kunnen zeggen dat het geen toeval is, geen bizar ongeluk, maar een terroristische daad van de eerste orde,' stelt Doreen.

'Wie zou hierachter zitten?' vraagt Ruby.

Doreen negeert haar vraag. 'Ken je mensen die in NY werken?' vraagt ze aan Leo.

'Ja, ik heb er vrienden wonen. Ook in de buurt van Tribeca, naast het financiële district met de twee torens.'

'Kan je ze bellen?' vraagt Doreen. 'Misschien weten zij meer.'

Leo probeert de vader van Rebecca te bellen. Die is twee jaar na de moord op zijn dochter gescheiden en woont sindsdien in New York. Het enige wat hij krijgt is een in-gesprek-toon. Daarna probeert hij het nummer van Ra'Kel. Opnieuw geen verbinding. 'De hele wereld belt met New York. Daar kom ik voorlopig niet doorheen.'

Doreen is inmiddels zelf ook aan het bellen geslagen. Zij heeft meer geluk. 'Mijn contacten bij de Binnenlandse Veiligheidsdienst bevestigen de terroristische aanval. Er is blijkbaar een derde vliegtuig neergestort op het Pentagon.'

Leo gaat op de leuning van de zetel zitten en legt een arm om de schouder van Ruby, die met groeiend onbegrip naar de beelden kijkt.

'Wil iemand misschien thee of koffie?' vraagt de vrouw des huizes.

'Dubbele espresso graag,' bestelt Doreen zonder zelfs maar op te kijken. Het stoort Leo, al zegt hij er niks van.

De beelden die CNN toont zijn slechte, schokkerige amateurbeelden. Tegelijkertijd is, net zoals bij de Kennedy-moord in Dallas, de inhoud buitengewoon fascinerend.

De stemmen van omstanders klinken vol ongeloof en onbegrip. Er breekt pas totale paniek uit als het eerste gebouw implodeert en als een slappe taart inzakt, met gigantische stofontwikkeling als gevolg.

'Als dit een film was, zou je het niet geloven,' zegt Leo verbijsterd.

'Waar is het toilet?' vraagt Doreen, terwijl de stofwolken op het tv-scherm onrealistische vormen aannemen.

Leo merkt pas tien minuten later dat Doreen nog steeds niet terug is. Hij loopt naar het toilet. De deur is dicht. Hij klopt. Geen antwoord.

In de werkkamer treft hij Doreen met papieren in haar handen. Leo herkent de begroting die hij zelf ooit bestudeerde. Hij grist de papieren weg.

'Maakt niet uit,' zegt ze. 'Ik heb gezien wat ik wilde zien.'

'Hoe kan je zo'n misbruik maken van een wereldramp? Heb je geen greintje fatsoen in je lijf?'

'Doe niet zo schijnheilig, man. Het is vreselijk wat er nu gebeurt. En tegelijkertijd gaan heel veel mensen dit in hun voordeel gebruiken. Als je de helft van je personeel moet ontslaan is vandaag een goeie dag, geen krant die ernaar kraait. Of als je belastingfraude moet opbiechten, beter vandaag dan over een week. Het hele heroïneverhaal van RijckeVorst is nu net zo interessant als de waterstanden. Niemand leest het. Bedank mevrouw De Waal namens mij voor de koffie, en groet Ruby. De twee meisjes boven zullen me niet missen, neem ik aan.'

Met een stevige handdruk en een bitter klinkend 'veel geluk met je verdere leven' verlaat Doreen het huis.

Ruby zit nog steeds voor de buis gekluisterd. 'De tweede toren gaat ook instorten,' zegt ze, met haar ogen gefixeerd op het scherm. 'Ik kreeg al drie sms'en van mensen die vragen of ik wil meedoen aan een weddenschap over het exacte tijdstip. Inleg een ouderwetse snip.'

'Wat zijn er toch veel zieke geesten op deze wereld,' verzucht Leo.

'Het zijn allemaal crewleden van *De ontdekking van de hemel*.'

'Daaruit kunnen we concluderen dat mensen ondanks hun geestelijke gestoordheid toch in filmcrews kunnen werken.'

'Er lopen weddenschappen hoeveel doden er zullen zijn. En hoeveel mensen naar beneden springen.'

Leo maakt een grommend geluid, hij wil het verder niet horen. De onvoorstelbare menselijke tragedie die zich voor de ogen van de wereld via tv afspeelt, leent zich in zijn ogen niet voor humor noch voor weddenschappen.

Ruby's stiefmoeder komt binnen met de huistelefoon in haar hand. 'Je vader. Hij vraagt waar je blijft.'

Ruby schrikt op. ‘Shit, ik ben hem totaal vergeten.’

‘Hoe kun je je vader nou vergeten?’ zegt de vrouw aan wie Ruby zo’n hekel heeft.

‘Er is nogal wat aan de hand.’

‘Doe nou niet alsof jouw wereld vergaat. Het is niet om de hoek. Hebben wij er last van?’

‘We gaan er zeker last van krijgen,’ komt Leo tussenbeide.

‘Wat nu belangrijk is, is dat je vader bij de gevangenis staat. Al vergaat de wereld, hij staat te wachten en jij had beloofd hem op te halen.’

‘Ik ga zo,’ zegt Ruby en ze staat alvast op. Maar ze blijft naar de tv kijken.

‘Wat is er zo belangrijk?’ vraagt haar stiefmoeder.

‘Over vier minuten ben ik weg. Ik wil zien of de noordtoren instort voor 10 uur 24, 4 uur 24 Nederlandse tijd.’

‘Elke minuut die je nog wacht, sta je langer in de file.’

‘Er zijn nu geen files, idioot, iedereen zit voor de tv.’

‘Zei je idioot?’ Beledigd loopt haar stiefmoeder de kamer uit met de huistelefoon, waar ze meteen in zegt: ‘Je dochter noemde me net “idioot”.’

De twee meisjes stormen de trap af en de woonkamer binnen. ‘Hoe lang nog?’ vraagt de jongste.

‘Wanneer is Captain Planet weer aan de beurt?’

Leo loopt terug naar de werkkamer. Hij grijpt in de kluis naar de mobiel. Jaggers telefoon ligt er niet meer.

Hemelpremière

‘Fry krijgt het woord niet,’ buldert Ruys door de telefoon. ‘Er hangt al zo’n onweerswolk boven ons door dat verdomde New York-gedoe. Als hij over de aanslag gaat praten, verpest hij mijn hele avond.’

‘Wat dacht je van Harry Mulisch? Zonder hem was er geen film,’ oppert Leo.

‘Mulisch? Die heeft een dikke cheque gekregen om zijn mond te houden.’

‘Een première is geen privéfeestje,’ onderbreekt Klaas-Jan zijn regisseur. ‘Het gaat vooral om pr voor de film: hoe meer foto’s en artikelen, hoe beter.’

‘Vermeend redt Hemel van ondergang. Is dat zulke goeie pr?’ snoert Ruys hem de mond. Hij verwijst naar de kop op de voorpagina van *de Volkskrant*. Het is het eerste voorpagina-artikel met een Nederlands onderwerp sinds de aanslagen in New York.

‘De feiten kloppen. Dus iemand die dicht bij de bron zit moet gelekt hebben.’ Leo kan maar vier kandidaten bedenken: Speck, De Waal, Ruby of Doreen.

Over Speck staat in het artikel dat hij zich ziek heeft gemeld na het ingrijpen van Vermeend. De Waal wordt genoemd als directeur van RijckeVorst en als financieel brein. Dankzij hem loopt de Nederlandse schatkast tientallen miljoenen mis. Maar geen woord over de heroïne in de kluis. Zijn dochter komt in het verhaal niet voor. Doreen ook niet, en vooral dat verbaast Leo. Zou zij de anderen verraden hebben om zelf buiten schot te blijven?

‘We gaan naar de Raad voor de Journalistiek,’ schuimbekt Ruys.

‘Niet verstandig,’ zegt Leo. ‘Het is een goed artikel. Er staat meer waarheid dan onwaarheid in.’

‘En het is geen slechte publiciteit voor ons,’ voegt Klaas-Jan er zonder enige ironie aan toe.

‘Precies! Door te protesteren krijgen we nog meer aandacht. Alles voor de goede zaak,’ concludeert Ruys.

Leo pakt de draad van het gesprek weer op over de première. ‘Dus Fry en Mulisch mogen niks zeggen. Mick Jagger, wil je die ook muilkorven?’

‘Jagger komt niet.’ Ruys zegt het met grote stelligheid. Leo hoort het complot in de drie woorden. ‘Ik heb zijn mensen een bericht gestuurd, namens de producenten, uitgelegd dat hij zou afleiden van de film. Hij is een professional. Hij begrijpt dat. Hij komt niet.’ Klaas-Jan verontschuldigt zich. ‘Ik moet naar het ziekenhuis. Bezoekuur.’

‘Voor Klaas-Jan zou het veel betekenen als hij iets kan zeggen over Moniek en Tony,’ oppert Leo aan Ruys nadat de geteisterde producent heeft opgehangen.

‘Absoluut niet,’ balkt de regisseur. ‘Vanavond gaat over de film. We moeten positief zijn. Na afloop is het feest. Je wil de mensen niet in een grafstemming de zaal uit sturen.’

‘Klaas-Jan heeft zijn nek uitgestoken met jou als regisseur en je een enorme kans gegeven. Ken je geen enkele dankbaarheid?’

‘Hij heeft zichzelf in de nesten gewerkt. Mijn film is geen zakdoek om zijn ellende in uit te snotteren.’

‘Wist jij dat jouw Roma-familie in de filmvrachtwagens drugs Nederland binnen smokkelde?’

Voor een paar seconden stopt Robert Ruys met egoïstisch oreren. ‘Met drugssmokkel heb ik absoluut niets te maken,’ zegt hij uiteindelijk.

'Drugssmokkel is veel lucratiever dan films produceren. Hoeveel kan je nou uit het budget stelen? Peanuts vergeleken met drugswinsten,' beweert Leo stellig met een beschuldigende ondertoon.

Ruys bijt meteen in het aas: 'Drugshandel is veel gevaarlijker. Diefstal uit de begroting is niet zo erg. Budgetgeld is belastinggeld. Je kan niet stelen van de belasting.'

'En kinderopvang van Tony via jouw Roma-familie in Venetië valt ook binnen de filmbegroting?'

'Een goed betaalde vriendendienst,' beaamt Ruys zonder aarzelen.

'Is Klaas-Jan nog steeds je vriend?' vraagt Leo. 'De Italiaanse logeerpartij van zijn zoon is hem toch niet zo goed bevallen, lijkt me. Of praten jullie daar nooit over?'

Ruys doet er het zwijgen toe.

Leo laat het er ook bij zitten. Hij is ervan overtuigd geraakt dat alleen Mick Jagger Tony nog kan redden. Tony verblijft ergens bij een Roma-groep in Europa, maar waar? De enige die dat kan weten is Grove. En de enige die macht heeft over Grove is Jagger. Alle pogingen om de rockster te bereiken zijn op niets uitgelopen.

Het verdwenen mobieltje uit de kluis van De Waal moet de missing link naar de oplossing zijn. Met het mobieltje is ook Doreen verdwenen. Ze heeft niet meer gebeld, geen berichten meer gestuurd en Leo's oproepen niet beantwoord.

De bel gaat. Leo springt met vier, vijf treden tegelijk de trap af. Hij trekt de deur open met een snelheid waar de aanbeller van kan omwaaien.

'Wat een enthousiasme, Leeuw.' Na de stevige omarming doet Roel weer een stap terug en knoopt zijn regenjas los. 'Wat vind je? Zie ik er niet geweldig uit?' Onder zijn opengeknoopte jas verschijnt een perfect zittende smoking. 'Negen kilo afgevallen in zes weken. Anders kon ik dat ouwe pinguïnpak niet meer aan en als ik naast een jonge vrouw over de rode loper paradeer, moeten er geen knopen afknallen.'

Leo laat zijn vader voorgaan en sluit de deur. Hij ziet dat er een envelop door de brievenbus steekt.

Terwijl ze naar boven klimmen, scheurt Leo de envelop open en trekt de inhoud eruit. Het is een puzzel met nummers, geen gemakkelijke, dat ziet hij in één oogopslag. Zijn vader ratelt onafgebroken. 'Geen rijst meer, geen brood, geen patat en geen pasta. En dan heel veel hout hakken. Werkt prima. Saai, dat wel. En je schijt konijnenkeutels zo hard als knikkers.'

Roel snuift de lucht op zodra ze het appartement binnenstappen, alsof hij in een delicatessenwinkel Noorse geitenkaas ontdekt. 'Ahhh, ongewassen studentensokken. Dat heb je van je moeder, ze waste nooit iets, leende bh's van vriendinnen. Niet dat ze die lang aanhield als we samen waren.'

'Paps...'

'Ik weet dat je dat soort dingen niet graag hoort, Leeuw. Maar je moeder was een kanon van een vrouw, totdat ze zwanger werd. Toen veranderde ze in een uitgedroogde paddenstoel zonder stippen.'

'Het is allemaal mijn schuld, ik weet het.'

'Ja. Rotjoch.' Roel klopt zijn zoon liefdevol op de schouder. 'Moet je niet een beetje opschieten? Wat zat je te lanterfanten?'

Leo begint zijn Armani-smoking aan te trekken. 'Kun je deze puzzel oplossen?'

Zijn vader kijkt naar de cijfers met een ernst in zijn gezicht die hij zich niet bewust is.

'Leuk. Dit soort puzzels is razend populair in Japan. Waait langzaam over naar Europa. Sudoku noemen ze het.'

3				7			8	
		4				6		
	2				1			9
1						4		
							3	
	5		9					7
		9				2		
7				3			1	
					6			5

Na een stilte vervolgt hij: 'Ik denk dat de oplossing een banknummer is. Ik zou het aan een whizzkid geven. Tieners hebben de flexibiliteit en fantasie om codes te breken, omdat ze niet logisch nadenken.' Roel verandert, zonder dat hij het zich realiseert, in een kwetsbare, oudere man. 'Hoe gaat het met Ruby?'

'Goed, denk ik,' antwoordt Leo.

'Zijn jullie vrienden geworden?'

'Vrienden? Nee, je weet hoe dat gaat. Je zit met elkaar in de auto. Je vertelt elkaar dingen. En dan zit je niet meer bij elkaar in de auto en dan denk je er niet meer aan.'

'Nou, ik denk wel aan haar. Als ik aan het houthakken ben of beelden snij. Ze komt niet zo vaak meer langs. Ik vraag me af of er een ander in het spel is. Weet jij wie dat zou kunnen zijn?'

Leo schudt rustig zijn hoofd, terwijl zijn hartslag omhoog vliegt.

'Jammer. Ik ben een jaloerse ouwe bok. Als ik die vent ooit te pakken krijg, dan snij ik zijn ballen eraf. Pierre wist niks van Ruby en mij. Dat heb je toch wel zo gelaten?'

Leo knikt alsof het vanzelfsprekend is dat hij niet over het liefdesleven van zijn vader praat met zijn voormalige opdrachtgever.

'Mooi zo,' zegt Roel Berliner, 'dan kan het vanavond alleen maar een geweldige avond worden. Ik heb in ieder geval mijn kleine reistandenborstel meegenomen voor het geval ik ergens anders logeer.'

Klaas-Jan heeft Leo gesmeekt om zijn producentschap voor de première opnieuw in ere te herstellen. Hij is een wrak sinds zijn vrouw als een uitgeknepen vaatdoek in het ziekenhuis ligt. Als een maniak vol speed heeft hij zich op het vinden van zijn zoon gestort, maar elk spoor is doodgelopen en niemand, zelfs Ruys niet met zijn Roma-connecties, kan of wil hem helpen. Vol rouwbeklag telefoneert hij nu uren per dag met vrienden die deel uitmaken van zijn suicide-watchgroep. Hij wil graag de première bijwonen, maar zonder enige verantwoordelijkheid. Niemand heeft bezwaar gemaakt, zelfs De Waal niet. De bankier heeft de eer aan zichzelf gehouden en zich bij voorbaat ziek gemeld.

Leo schudt handen van binnenstromende gasten, groet, kust, omarmt, en op het scherm in zijn hoofd ziet hij geen film, maar de sudoku zweven. Wie kan die voor hem oplossen?

Ruby's stiefmoeder loopt glunderend met haar twee Somalische dochters in prachtig gala over de rode loper het premièretheater binnen langs een haag van fans in spijkerbroeken en T-shirts. Verdekt opgesteld tussen de fotografen houdt Speck zich schuil.

'Hallo meisjes, leuk dat jullie erbij zijn,' begroet Leo hen.

'Jammer dat Kate Winslet niet meespeelt,' zegt de oudste.

'Stephen!' Leo wuift naar Fry, die in de lobby van de bioscoop staat met zijn verveeld kijkende vriend. 'Deze meisjes zijn grote fans van *Titanic*, en vooral van Kate Winslet.'

'Kate is een schat, een goeie vriendin.' Stephen speelt het spel graag mee. 'Ik zal haar vertellen dat ze fans heeft in Nederland.'

'Stephen vraagt een handtekening aan Kate Winslet voor jullie. Maar voor wat, hoort wat.' Leo haalt het blaadje met de sudoku uit zijn zak, vouwt het open en laat het aan de meisjes zien.

'Dat is een drie.' De jongste wijst zonder enige aarzeling naar een vakje en ze wordt in haar oplossing gesteund door haar zus. Leo geeft ze een pen en de meisjes gaan meteen aan de slag.

Leo kan de koningin in zijn welkomstwoord overslaan, want zij heeft de uitnodiging niet aangenomen. Er zijn wel veel politici. En natuurlijk investeerders. Terwijl hij voor de zaal staat, ziet hij de meisjes op rij zeven druk cijferen.

Tegen de uitdrukkelijke wens van Robert Ruys in loopt Leo met de handmicrofoon naar Harry Mulisch en zijn vrouw Carla. 'Harry, veel critici beweren dat je boek gaat over toeval. Gaat het over toeval?'

Mulisch buigt zich naar de microfoon. 'In plaats van "toeval" zeg ik liever: het valt mij toe.'

‘Niet echt een antwoord op de vraag,’ plaagt Leo hem.

‘Sommige vragen zijn zo goed, dat het jammer zou zijn ze met een antwoord te verknoeien.’

De zaal lacht hartelijk.

‘Ben je dat met je man eens, Carla?’

‘Al die mannen maken al die meesterwerken – muziek, beeldende kunst, wetenschap – als surrogaat voor het feit dat ze geen kinderen kunnen krijgen. Een vrouw kan volgens vele van die mannen geen relativiteitstheorie bedenken. Maar wel een Einstein baren.’

De zaal barst opnieuw in lachen uit en geeft Carla een enthousiast applaus.

Leo loopt naar Stephen Fry een paar rijen verder. ‘Stephen, kan de hemel ontdekt worden?’

‘Na wat er in New York gebeurd is, zal de lucht nooit meer dezelfde kleur hebben, de maan nimmer meer dezelfde vorm, voedsel smaakt niet meer hetzelfde. Elk woord dat ik ken heeft nu een andere betekenis, alles wat we ooit als waar aannamen, is nu onzin en zo dun als een vleugje wind. Het enige wat telt is familie. De hemel bestaat uit familie en liefde hier op aarde.’

Na afloop is er een opperbeste stemming in het Pathé Arena Theater. De premièregasten, vooral de investeerders, hebben genoten van een bijzondere avond.

Leo ziet PvdA-politici bij elkaar staan met om hen heen het nieuwe statussymbool: bodyguards. Sinds de aanslagen in New York worden belangrijke politici permanent geschaduwd door spierballen.

Hij stelt zich voor aan Willem Vermeend, die samen met Wouter Bos, Rick van der Ploeg en Jeltje van Nieuwenhoven aan het napraten is. ‘Ik wil u persoonlijk bedanken voor uw hulp. Zonder u zou de film er niet gekomen zijn. Het krantenartikel in *de Volkskrant* vandaag betreur ik.'

'Maak je geen zorgen, ik lig er niet wakker van,' zegt Vermeend genereus.

'Ik ben wel benieuwd wie het lek is,' gooit Van der Ploeg in de groep. 'Wie denk je?'

'De informatie in het artikel is behoorlijk accuraat. Het moet een insider zijn,' constateert Wouter Bos.

'En wie beschouw je als een insider?' vraagt Jeltje aan Leo.

'Weet je aan wie ik denk als lek?' komt Vermeend ertussendoor. 'Die Fiod-dame. Ik kon die extra ambtenaren er alleen doorduwen als de Fiod bij de besprekingen mocht zijn. Doreen Groenewegen, kennen jullie die?'

'Groenewegen? Ja, die naam ken ik,' reageert Bos, al ziet hij de persoon niet meteen voor zich. 'Limburg?'

'Hulpofficier van justitie. Behoorlijk pittige vrouw. Weet van wanten.'

'Ik hoor het al, iemand met politieke ambities,' besluit Van der Ploeg.

'Jij zegt het,' lacht Jeltje. 'Ik ken haar uit het Haags vrouwenoverleg, een informeel clubje vrouwen met topfuncties bij de ministeries en in de Tweede Kamer. Ze was lid van de PvdA, kortgeleden overgestapt naar D66.'

'Jezus, staan we er zo slecht voor in de peilingen?' vraagt Vermeend quasi-geschokt.

'Had jij aandelen in dat Engelse filmbedrijf Multi Media, Leo?' vraagt Bos. Hij geeft Leo niet eens de kans om te antwoorden. 'Dan zou je tot 12 september vijfenhalf keer zoveel terugverdiend hebben. Volgens de financiële berichten hebben de bazen van Multi Media tachtig miljoen verdiend door hun aandelen de dag voor 9/11 te verkopen voor drieëntwintig dollar per stuk. De dag na de aanslag waren ze nog zeven cent waard. Alle documenten zijn blijkbaar in vlammen opgegaan, behalve die van hun verkoop. De één zijn dood is de ander zijn brood.'

Grove heeft minder geluk, weet Leo. Zijn twee procent waren op 10 september nog ongeveer zeven miljoen waard, nu nog twintigduizend.

'Ik heb een paar aandelen,' liegt Leo. 'Als *De ontdekking* een doorslaand succes wordt, stijgt het Multi Media-aandeel misschien weer een beetje.'

'Hoe bedoel je "als"?' plaagt Jeltje hem. 'Een enorm succes staat toch boven elke twijfel, na al het werk dat wij als PvdA erin hebben gestoken?'

'Die koersdaling zou anders ook wel gebeurd zijn,' verzekert Van der Ploeg zijn partijgenoten. 'Alleen nu kan iedereen de schuld afschuiven op Al Qaida.'

'Pas over een week of twee kun je weer scoren met goed nieuws. Tot die tijd kun je beter je mond houden,' lacht Vermeend.

De zusjes van Ruby tikken Leo tegen zijn arm. Ze geven hem het blaadje met de sudoku. Elk getal is ingevuld.

Leo verontschuldigt zich tegenover de politici. Oké, nu heeft hij een nummer, het begint waarschijnlijk bij de zeven omdat daar een kruisje bij staat. Maar dan? Gaat het per rij? Per blokje? Per kolom? Gaat het eerst van rechts naar links en dan van links naar rechts? Of van beneden naar boven en andersom? Er zijn flink wat varianten mogelijk.

En zelfs als Leo de juiste variant weet, wat moet hij met een banknummer? Is het een Zwitsers banknummer? Hollands? Brits? Een kluiscode? Bovenal: wie zou dit sturen? Waarom? Wat is de link naar Tony?

Leo duikt met zijn hand in de binnenzak van zijn Armani-jasje en haalt er zijn mobiel uit. Zijn intuïtie schreeuwt 'bel Pierre de Waal'. Hij toetst diens nummer in en wacht op verbinding. Niemand neemt aan, zelfs geen voicemail.

Stephen Fry observeert hem, nippend aan een glas champagne. 'Je hebt een tri-band,' merkt hij geboeid op.

Leo laat hem het toestel zien. 'Zodat ik in het buitenland kan bellen.'

'Dat is nu nog bijzonder. Over een paar jaar helemaal niet meer. Dan is bellen de minst belangrijke functie van een telefoon.'

'Stephen, ben jij een techno-nerd?'

'Ik heb achttien mobieltjes, als je dat bedoelt. Sommige omdat ze mooi zijn, meestal omdat ik nieuwe gadgets niet kan weerstaan.'

'Begrijp jij iets van dit nummer?'

Stephen bekijkt de getallen op Leo's blaadje. 'Het is een Engels mobiel nummer, die hebben tien getallen plus een nul. In het buitenland moet je eerst 00 en dan 44 en dan het nummer zonder de nul intoetsen.'

Leo kent de Engelse codes, hij had er alleen niet aan gedacht dat de sudoku een UK-telefoonnummer zou kunnen bevatten.

Nu moet hij alleen nog links, rechts, boven, onder oplossen. Hij probeert een eerste variant. Hij krijgt niet eens verbinding, het nummer bestaat niet. Bij de derde variant klinkt een voicemail met een giechelende meisjesstem.

'Slagerij Buck,' hoort Leo bij zijn volgende poging. En ineens heeft hij geen idee wat hij moet vragen. Hij kan moeilijk vragen: 'Heeft u Tony van Gent ontvoerd?'

'Uw nummer is uitgekozen, u heeft een prijs gewonnen!'

'Een prijs? Voor wat?'

'Een skivakantie naar Chamonix tijdens de Kerstdagen.'

'Meneer, kunt u dat herhalen?'

'Chamonix. In de Zwitserse Alpen.'

'Meneer, ik ben nog nooit in Zwitserland geweest. Leuk dat ik die prijs krijg. Het is toch wel voor twee personen?'

Leo verbreekt de verbinding. Hij toetst het volgende nummer in.

'Yeah?'

Hij herkent de stem meteen. 'Mick, je spreekt met Leo.'

'Wie?'

'De producent van de films. De sokkenwasser.'

'Leo! Hoe is je première gegaan? Dat was toch vanavond?'

'Ik sta op de afterparty. Je had hier moeten zijn.'

'Nee, jij zou hier moeten zijn. Ik heb wat je zoekt.'

'Waar is hier?'

'Het Kartuizerklooster La Grande Chartreuse bij Grenoble. Kom meteen, want morgenmiddag om twaalf uur vertrek ik.'

Het duurt even voordat hij Ruby in de mensenmassa vindt. Ze staat samen met zijn vader oesters te eten. Die kan met zijn houthakkersvingers nauwelijks van haar afblijven.

'Je moet me helpen.' Hij trekt haar een paar stappen bij zijn vader vandaan. 'Ik weet waar Tony is, we moeten nu in de auto stappen en ernaartoe rijden.'

'Waarnaartoe?'

'Vlak bij Grenoble, in de Alpen.'

'Grenoble? Neem morgen een vliegtuig.'

'Die vertrekken te laat. Als we nu wegrijden zijn we er over een uur of tien.'

'Doe je dit omdat je jaloers bent dat ik vannacht met je vader...'

'Nee,' onderbreekt Leo haar. 'Ja, ik ben ook jaloers, maar dat heeft er niks mee te maken. Je krijgt een minuut om een smoes te verzinnen en dan rijden we weg.'

Zelf vermijdt hij zijn vader. Dat moet hij later oplossen. Nu niet.

Alpenroute

Al voor de grens met België merkt Leo dat zijn vermoeidheid toeslaat. 'Je moet wel praten,' zegt hij verwijtend tegen Ruby, 'tenzij je in de vangrail wil belanden.'

'Waar wil je het over hebben?'

'Maakt niet uit.'

'Jij kiest het onderwerp en ik praat, en straks als ik rij, kies ik het onderwerp en dan praat jij.'

'Vertel eens over je eerste vriendje.'

'Hij was romantisch en gepassioneerd.'

Leo wacht op meer. Dat komt niet. 'Wat was er zo romantisch en wat deed hij dat zo gepassioneerd was?'

Ruby kijkt uit het raam en zucht dan nadrukkelijk. 'Hier heb ik echt geen zin in.'

'Prima, vertel dan iets waar je wel zin in hebt.'

'Ik vraag me af waarom ik zo stom ben om met je naar de Alpen te rijden. Welke gek heeft je nu weer getipt?'

Leo trekt de sudoku uit zijn binnenzak. 'Het was een stuk eenvoudiger geweest als je me gewoon het nummer had gegeven.'

Leo kijkt haar zo lang mogelijk aan. Ze kijkt naar de sudoku, dan naar hem en hij ziet geen leugenachtige, gespeelde domheid in haar gezicht. Zijn norsheid verdwijnt.

'Het is het nummer van Mick Jagger. Heb jij het uit zijn mobiel gevist?'

'De accu was leeg, er viel niets te vissen.'

Nu is het Leo's beurt om te zuchten. 'Ik geloof gewoon niet

dat Doreen me het nummer zou sturen en zeker niet via een lastige sudoku.'

'Kent zij het nummer?'

'Ze heeft de mobiel uit de kluis gejat.'

'Lijkt mij genoeg bewijs.'

'Doreen heeft totaal geen fantasie. En nog minder interesse om mij te helpen.'

'Wie blijft er dan nog over?'

'Je vader. En... je stiefmoeder.'

Ruby denkt na. 'Mijn vader is een bittere, achterbakse man. Hij speelt graag de rol van heilige, maar zal nooit iemand vergeten of vergeven die hem een voet dwars zet.'

Er komt een auto naast hen rijden. Ze zien Speck achter het stuur.

'Remmen!' roept Ruby zó hard dat de overspannen ambtenaar in de andere auto het kan horen.

Leo remt af. Speck doet hetzelfde. Auto's achter hen kunnen niet passeren. Een vrouw in een Porsche knippert met haar lichten.

Leo geeft vol gas.

'Ga je ons nu te pletter rijden?' vraagt Ruby bang.

'Helemaal niet. We rijden net zo hard als we mogen, niet harder. En als hij weer naast ons rijdt, dan negeren we hem volledig, alsof-ie niet bestaat.'

Speck haalt hen na korte tijd in en kruipt weer naast hen. Leo doet wat hij beloofde, hij negeert de ambtenaar en rijdt met dezelfde snelheid door zonder opzij te kijken. De knipperende auto's achter hen negeert hij, tenslotte rijdt hij in de rechterbaan.

'Je stiefmoeder?' Leo kijkt even naar Ruby. Ze kijkt hem niet aan en dat is alle bevestiging die hij nodig heeft. 'Ze is slim. En warmhartig.'

'Het is een afschuwelijk dom mens, een vreselijk kreng.'

Leo wacht, als Schiphol-beveiliger heeft hij destijds geleerd dat zwijgen meestal de snelste manier is om meer informatie te krijgen. Deze keer lukt het niet. Koppig houdt Ruby haar mond.

'Je stiefmoeder interesseert me niet echt. Ik wil gewoon dat je praat, doet er niet toe waarover. Ik zal je een woord opgeven zodat je zonder nadenken kan losbarsten.'

'Vind je dat opeens geen kinderachtig spelletje meer?'

'Het is niet kinderachtig, het kan gevaarlijk zijn. Als je werkelijk alle remmingen verliest, als het je lukt om elke filter in je hersenen uit te schakelen, dan kan je hartslag op hol slaan, je bloed gaat koken, je raakt in een trance. Geen boeddhistische verhevenheid, je bent niet stoned of high, je krijgt geen delirium, maar je staat wel buiten jezelf en je bent alle controle kwijt. Dan is er niet veel nodig om het stuur een kwartslag te draaien of de trekker over te halen.'

'En jij wil dat ik alle remmen losgooi?' Haar ondeugende lach keert terug.

Leo's woorden verliezen meteen hun dreigende toon. 'Zo ver kom je vast niet. Ik ken eigenlijk niemand die dat stadium ooit bereikt heeft. Maar ik weet dat het bestaat.'

'Heb je een uitdagend woord voor me?' vraagt ze speels.

'Met *liefde* en *romantiek* ben je snel klaar. Wat denk je van *"aardigheid"*.'

'Als ik tussen mijn stiefmoeder en mijn vader moet kiezen, dan wint hij. Niet in aardigheid maar in het tegenovergestelde: valsheid, achterbaksheid.' Ze begint rustig, afgemeten, doordacht. Al snel beginnen haar woorden te stromen, de voet gaat van de rem. 'Mijn vader is zo aardig zo ontzettend behulpzaam naar anderen zo sociaal dat hij nooit tijd voor zijn dochter had toen ik afzwom voor mijn zwemdiploma zat hij waterputten te graven in Afrika mijn verjaardag is op 20 november en dat is ook de dag van de Rechten van het Kind dus mijn vader ging als ambassadeur van de Verenigde Naties dan altijd cadeaus brengen naar weeshuizen in het buitenland of nam arme kinderen mee naar pretparken en dierentuinen en twee dagen na de begrafenis van mijn moeder reisde hij met zijn nieuwe vriendin mijn slimme warmhartige stiefmoeder naar Somalië om twee nieuwe dochters uit te zoeken terwijl ik alleen thuis zat met zijn secretaresse die elke avond een andere aanstormende bankier op bezoek kreeg.'

Ze neemt een mini-pauze, lang genoeg om haar ogen te sluiten, te kort om de stortvloed te stuiten.

'De getallenpuzzel komt uit zijn koker zij verzint zoiets niet stel je voor dat het lukt dat Jagger Tony bevrijdt dan kan mijn vader claimen dat hij een sleutelrol speelde dan krijgt-ie een gouden handdruk van de bank en als het niet lukt dan heeft-ie er niks mee te maken dan was het een initiatief van zijn lieve en oh zo domme vrouw wat een nare man wat een nare mensen allemaal behalve mijn moeder haar liefde voel ik nog steeds haar hand voel ik nog steeds de kou en de warmte vooral de warmte zij gaf me warmte hij gaf cadeaus als ik een cadeautje kreeg dan moest ik eerst een lastige som oplossen toen ik achttien werd kreeg ik een duur horloge maar alleen als ik eerst een boek over kabbalistiek zou lezen ik heb het nooit gelezen het horloge ligt nog steeds in de kluis voor-wat-hoort-wat is zijn stelregel de erfenis krijg ik alleen als ik dit doe dat nalaat zus handel en zo reageer ik wou dat ik een bloedtransfusie kon krijgen en al zijn bloed eruit spoelen nieuw bloed het liefste van een boerenknecht of een vroedvrouw in ieder geval geen bankier.'

Ruby valt stil. De trance is niet gekomen, te veel boosheid houdt haar gevangen. Leo kijkt geconcentreerd op de weg.

Het duurt even voordat ze horen dat Speck hard toetert, eerst een paar keer kort, dan langer, ritmisch.

'Ben je niet bang dat hij iets gaat doen?' vraagt Ruby bezorgd.

'Nee, blaffende honden bijten niet.'

'Misschien moeten we even stoppen. Ik zou me een stuk veiliger voelen als hij zijn ei kwijt kon en ons daarna met rust laat.'

'Hij laat ons nooit met rust, totdat zijn benzinetank leeg is.'

'Ik moet ontzettend nodig plassen.' Het behoeft geen toevoeging, die ze echter wel geeft. 'En ik ben ongesteld.'

'De bosjes of het eerste benzinestation?'

'Wat een domme mannenopmerking.'

Leo tankt, terwijl Ruby naar de wc gaat. Speck staat bij een andere pomp. Ook hij steekt de slang in zijn benzinetank, zegt niets, roept niet, gebaart niet naar Leo.

Hij is eerder klaar met tanken en blijft bij zijn auto staan. Leo ziet hem een sigaret uit een pakje vissen en in zijn mond steken.

Leo hangt de benzineslang terug, doet de dop op de tank en stapt kordaat op Speck af. Hij pakt de man bij zijn arm en zijn broekriem en sleurt hem mee naar de zijkant, weg van de pompen. 'Was je van plan om ons naar de hemel te blazen?'

'Ik rook niet.'

'O nee? Wat is dat in je mond? Zoethout?'

'Een filter. Voelt lekker in mijn mond. Geen rook. Roken is slecht voor mijn gezondheid.'

'Weet je wat slecht is voor jouw gezondheid? Mij irriteren.'

Speck begint te lachen, een vreemde lach die Leo niet kan plaatsen. Hij laat de man los. 'Wat wil je van ons?'

'Jullie mogen niet in slaap vallen. Ik hou je wakker.'

'Jij rijdt terug, of je blijft hier, kan me niet schelen. Je volgt ons niet meer. Begrepen?'

Speck grijpt Leo vast, gooit zijn armen om hem heen, omklemt hem als een innig geliefde broer. 'Je kan vrouwen niet vertrouwen,' roept hij. 'Mijn moeder niet. De meisjes op school niet. Doreen Groenewegen niet. En Ruby de Waal ook niet.'

Het kost Leo moeite om zich los te wrikken.

'Doreen Groenewegen was het lek. Zij heeft ervoor gezorgd dat het jongetje op tijd weg was uit Venetië.'

'Waarom? Waarom wil de Fiod een kind laten verdwijnen?'

'De Fiod bestaat uit vrijmetselaars. Die wilden samen met de bankiers en de katholieken van *de Volkskrant* de heroïne uit de bankkluizen gebruiken om niet-katholieke kinderen verslaafd te maken.'

Genoeg complottheorie voor Leo. 'Het was een oud vrouwtje. Zij heeft de ontvoerders getipt. Ik was zo stom om haar een foto van Tony te laten zien. Het is mijn eigen schuld. Amateur eerste klas.'

Eindelijk laat Speck hem los.

'Ruby de Waal heeft me alles verteld over je vrouw en je kind. Ze zegt dat jij Rebecca haatte en haar doodschoot en daarna jullie kind kapot knalde.'

Leo hoort de woorden van een zieke man en toch raakt het hem in zijn ziel.

'Ja, je gaf de schuld aan een fan die een handtekening kwam vragen. Niet waar, je hebt het zelf allemaal gedaan, omdat je van hen afwilde.'

Leo's vuist haalt uit en ramt hard tegen de kaak van Speck.

De ambtenaar tuimelt achterover in het gras van de berm. Leo stompt de man nog een paar keer hard op het lichaam. 'Je volgt ons niet meer,' zegt hij daarna hijgend van inspanning.

Hij loopt terug naar zijn auto. De adrenaline zou hem in

staat stellen om de honderd meter in een recordtijd te lopen en zelfs over de auto heen te springen als het moest.

Ruby zit al in de auto, achter het stuur. 'Alles oké met Speck?'

'Hij is de kluts kwijt. En hij gaat ons niet meer lastigvallen.'

De eerste paar kilometer komt er geen woord over Leo's lippen. Dan pakt hij een flesje water en drinkt. Ruby ziet zijn gehavende hand, die nog trilt van de knokpartij luttele minuten geleden.

'Wat is er gebeurd?'

Leo wuift het weg, terwijl hij doordrinkt.

Ruby pakt zijn hand en zoent de vingers, zoals een moeder dat doet met een gevallen kind. Daarna drukt ze haar tong nadrukkelijk tegen de schaafwonden, iets wat een moeder niet zou doen bij haar kind.

Leo trekt zijn hand terug.

'Wat is er gebeurd?'

'Speck wou vechten. Hij onderschatte me.'

'Speck wou vechten? En hij onderschatte je? En dat is het hele verhaal?'

Leo antwoordt niet.

'Je kan niet goed liegen, Leo Berliner.'

'Fuck it, Ruby, heb je Speck iets verteld over mijn vrouw en dochter?'

'Ik ken je vrouw niet. Ik wist niet eens dat je een dochter had. Hoe heet ze?'

'Dat is geen antwoord op mijn vraag.'

'Als ik je vrouw en dochter niet ken, hoe kan ik dan over hen vertellen?'

Leo laat zijn raampje naar beneden zoeven. Hij steekt zijn hand naar buiten om wind te vangen.

'Heb je het warm?' vraagt ze.

'Eigenlijk wil ik de deur opengooien en naar buiten springen. Maar daar ben ik te laf voor.'

'Waarom wil je zoiets belachelijks doen?'

'Ik probeer een kind te redden, en jij werkt alleen maar tegen. Ik heb geen zin meer in pubergedrag.'

'Waarom zit ik uren naast je, midden in de nacht? Ik had in bed kunnen liggen met iemand die dol op me is.'

'Ja, want mijn vader is zo gepassioneerd, hem kan het niks schelen dat je ongesteld bent.'

Ze geeft hem spontaan een pets, raakt eerst zijn schouder, daarna zijn hoofd. Leo blijft ijzig rustig na haar uitval. Ruby draait snel bij, al klinkt de woede nog door in haar stem.

''t Spijt me, Leo.'

'En spijt het je ook wat je mijn vader hebt aangedaan?'

'Ik heb hem niks aangedaan. Hij weet niks van ons.'

'En verwacht je dat ik het hem ga vertellen?'

'Ik maak het uit, zodra ik terug ben.'

'En ik? Hoe makkelijk kom je van mij af?'

Ze neemt een slok, veegt met de rug van haar hand de gebarsten traan weg. 'Vertel eens iets over Rebecca. Waarom hield je van haar?'

'Ze was gelukkig, ik was gelukkig, we waren verliefd.'

'En waar was die liefde op gebaseerd?'

'Intimiteit is geen dagboekverhaaltje dat plotseling openbaar wordt.'

'Je vader is een stuk volwassener. En zijn romantiek ook. Hij doet alles wat jij niet deed. Hij verrast me. Hij brengt me een zacht gekookt ei met toast en thee op bed. Hij kan ook een ei hard koken en dat stopt hij in me...'

'Hij is gewoon een ouwe geile beer,' onderbreekt Leo haar.

'En dan eet hij het uit me op.'

'Dan is zacht gekookt toch veel beter? Dan kan je het eigeel lekker weglikken.'

Ruby reageert niet.

'Of is dat niet romantisch?'

'Met hem was het een ontdekkingstocht, alsof ik op de bodem van de oceaan zwom en het licht plotseling aanging.'

'En bij mij was er kortsluiting?'

'Bij jou is er geen bodem.'

'En met mijn vader heb je het bodemonderzoek nu beëindigd?'

'Je vader was heel leuk, maar...'

'Maar wat? Is hij geen oceaan meer, alleen nog een troebel binnenmeertje?'

'Het was een heel prettige ervaring, maar het heeft geen toekomst. Stel je voor, ik en je vader, kinderen, voetballen met een rollator.'

'En wij hebben ook geen toekomst?' vraagt hij.

Ze drinkt weer. Neemt nog een tweede slok. En een derde.

Als Leo wakker schrikt en niet weet of hij vijftien minuten of twee uur geslapen heeft, of iets er tussenin, staat de auto op een parkeerplaats met vrachtwagens.

Ruby is weg.

Er ligt een briefje op de bestuurdersstoel. 'Ik hoop met heel mijn hart dat je Tony vindt. En daarna je eigen rust. Het ga je goed, Leo. Ik zal je blijven koesteren en op mijn manier van je blijven houden. Alle liefs. Ruby.'

Ze heeft het op de achterkant van de sudoku geschreven.

Leo vouwt het papier netjes op, grijpt zijn smokingjasje van de achterbank en stopt het aandenken in zijn binnenzak.

Zodra hij de parkeerplaats verlaten heeft en kilometers lege snelweg voor hem opdoemen, pakt hij zijn mobiel en belt

Ruby. Ze neemt niet aan. Haar voicemail vraagt een bericht na te laten. ''t Spijt me, Ruby.' Hij wil een vriendelijke zin uitspreken, hij wil beloven dat hij haar snel zal bellen zodra hij terug is in Nederland, maar dat doet hij niet. Na een korte aarzeling stromen zijn woorden naar buiten. 'Liefde is altijd gebaseerd op vertrouwen. Dat voelde ik bij Rebecca en ook bij jou.' Gestaag wellen de klanken op uit zijn lijf, uit zijn middenrif, en niet langer zakken ze uit zijn hersenen naar beneden. 'De vertrouwdheid tussen mij en Rebecca werd opgeroepen door vrolijkheid speelsheid plagerigheid het kon per seconde omslaan naar alledaagsheid en terug ik was blij om thuis te komen zij had haast om te vertellen over irritaties en voorvallen we wilden luisteren in dezelfde ruimte zitten samenzijn ik verzon grappen om haar te verrassen bepleisterde mijn mond en droeg dan gedichten voor stuurde haar liefdesbrieven per post terwijl we samenwoonden ze kon zo dankbaar zijn na afloop zo vertrouwd ze klemde mijn ene hand tussen haar benen de andere hand legde ik op haar borst ze was gelukkig ze was verliefd en ik ook nooit heb ik tegen haar kunnen zeggen ik hou van je te veel pijn gezien tussen mijn ouders kinderachtig want ik hield zielsveel van haar ook van jou ja ook van jou ik deed alles voor haar maar hardop zeggen ik hou van je dat kon ik niet het zou makkelijker zijn om haar te vermoorden om haar keel dicht te knijpen en haar ik hou van je waar ze zo gul mee was te blokkeren ze zeurde er nooit om terwijl we op een dag bij de koelkast stonden zei ik zomaar ik hou van je en de volgende dag is Rebecca doodgeschoten wat een geluk dat ik het nog gezegd heb ik hou ook van jou Ruby we hebben geen toekomst dat weten we allebei maar je moet het wel horen ik hou van je ja ik hou van je ik hou ook van jou.'

Klooster

Het landschap wordt steeds indrukwekkender. Zelfs in het vroege ochtendgloren, waarbij de late nacht krampachtig alle details probeert te verbergen, reizen de bergen triomfantelijk omhoog, onverzettelijk en onverzoenlijk. De mens kan er alleen naar kijken en wordt uitsluitend gedoogd.

Het kan geen toeval zijn dat de monniken deze omgeving uitgezocht hebben om dichter bij God te zijn. Als God bestaat, speelt het door Leo's hoofd, dan zal hij eerder tussen de Alpentoppen met de maagdelijke sneeuw huizen dan in de slecht onderhouden Amsterdamse Marnixstraat met verroeste tramrails.

Het klooster is tot Leo's verrassing geen onneembare vesting, geen bolwerk waar andersdenkenden door het gebouw als onwenselijk verklaard worden. De indrukwekkende vorm en grootsheid dwingen bewondering en respect af. Het klooster presenteert zich aan de bezoeker met soberheid en tegelijk vastberadenheid.

Uiteindelijk vind Leo de ingang. Die bestaat uit een blauwgeschilderde houten wand, met daarin een met hetzelfde blauw bedekte eenvoudige deur, een deur in een deur zoals veel boerenstallen in deze streek bezitten. De grote deur gaat alleen open als het niet anders kan, de kleine deur alleen als het moet.

Op ooghoogte is er een kijkluik met vier klavergaatjes in het raster en er hangt een ijzeren klopper.

Leo klopt. Dat gebeurt zo te zien niet vaak want het hout waar de klopper tegenaan botst is niet gebutst. Leo kan zich moeilijk voorstellen dat er een conciërge aan de andere kant zit, die nu het kloppen hoort en de deur zal openen.

En inderdaad gebeurt er niks. Harder en langer kloppen brengt geen verandering.

Leo loopt langs de muur die de hele abdij omringt. Aan de strak gemetselde stenen hangen op diverse plekken houten borden met daarin gebrande letters. De letters zijn ruw en met de hand gemaakt, niet via sjablonen. In het Frans vraagt de tekst om respect voor de stilte waar de bewoners van de abdij zich in hullen.

Een bord biedt Leo meer dan alleen informatie. Omdat het een klein beetje uitsteekt door de lijst, maar wel goed vast zit, trekt Leo zich eraan op, gebruikt het als opstap om boven op de muur te klauteren.

Het lukt hem op de rand, bedekt met schuine dakpannen, te gaan zitten, als een ruiter, zodat hij de binnenplaats kan overzien. Dichtbij staan schuren en iets verder weg kleine woningen, met daarachter het hoofdgebouw van de abdij.

Een herdershond rent naar hem toe. Het beest springt tegen de muur op en zijn happende bek wil het hangende been van Leo te grazen nemen. Hij trekt zijn been naar boven en kan het niet nalaten om de opgewonden hond te pesten door wolvengehuil na te bootsen. Het werkt als een rode lap op een stier, de herdershond barst in nog woester blaffen uit, neemt een kleine aanloop en springt opnieuw met de bedoeling Leo te bijten. Vriendschap is uitgesloten. Over de muur springen lijkt geen verstandige optie meer.

Hij pakt zijn mobiel. Midden in de Alpen op deze afgelegen plek is er goed bereik en Leo belt het sudoku-nummer.

'Yeah,' klinkt het.

'Ik sta buiten voor de poort.' Dan merkt Leo dat er al opgehangen is. Hij kan alleen afwachten.

Tien minuten lang zit hij vlak bij de poort op een rotsblok naar het geverfde hout te kijken. Dan hoort hij het geluid van een scharnierend luik. Hij ziet een gezicht door de klaverbladgaten.

'Ik kom voor Mick Jagger.' Er komt geen antwoord. 'Hij weet dat ik kom.' Ook dat levert geen reactie op. Leo probeert het nog eens. 'Ik kom het kind ophalen.'

Dan wordt er een opgerold papiertje door het raster naar buiten geschoven. Leo leest tot zijn verbazing een Nederlandse tekst. 'We zijn een stilteklooster. Respecteer onze stilte, spreek met geen enkele monnik. U krijgt vijftien minuten bezoektijd. U mag geen foto's of opnames maken en wij verzoeken u nooit met anderen te spreken over wat u in de abdij ziet.'

'Ik zal me aan uw richtlijnen houden. Dat beloof ik,' zegt hij plechtig, alsof hij een heilige eed aflegt.

De blauwe deur kraakt open.

Nu Leo weet dat de abdij een actief stilteklooster is, krijgt elk geluid een groter gewicht. De kraak van de deur vertelt een verhaal over onderhoud en geschiedenis. Hun voetstappen over de kasseien van de binnenplaats, die middeleeuws aandoet, echoën dat hier geen kinderen zullen spelen, geen voetballen zullen rollen en dat hier nooit de klanken van smachtende liefdesgedichten tegen de klinkers zullen ketsen.

De monnik die hem voorgaat leidt Leo vanaf de binnenplaats naar een gang met ruwstenen pilaren die, als ze een andere hoek omslaan, overgaat in een brede, lege gang begrensd door een glimmende houten vloer met aan beide kanten een twintigtal gesloten deuren.

De monnik klopt op een deur en opent onmiddellijk de deur voor Leo. Blijkbaar is privacy geen issue hier. Leo stapt de sobere, uiterst spaarzaam gemeubileerde kamer binnen. Hij ziet dat het matras met stro gevuld is. Onder het kleine raam staat een zelfgetimmerd tafeltje met een door houtworm aangetaste stoel ervoor.

Op de grond zit Mick Jagger met een jongetje van nog geen drie jaar oud. Ze spelen een spel, gooien kleine muntjes in een kom die een meter bij hen vandaan staat. Het jongetje scoort.

'Goed zo. Nog eens?'

Het jongetje knikt en kruipt gretig naar de kom om de muntjes eruit te halen en alle muntjes die eromheen liggen te verzamelen. 'Spreek je Italiaans?' vraagt Jagger.

'Nee, wel Nederlands.'

'Dat is hij nu verleerd. Komt snel terug, kinderen leren een taal in een mum van tijd.'

Het jongetje geeft Jagger een aantal munten en gaat weer tegen hem aanzitten. 'Meespelen?' vraagt de popster. Leo gaat op zijn knieën naast hen zitten. Hij krijgt een paar munten van Jagger, want het jongetje wil zijn munten niet delen.

'Hoe kom je aan Tony?'

'Ra'Kel wou dat hij vrijkwam. Ze kan heel erg haar zin doordrijven. Dus ik heb Grove beloofd dat ik overweeg zijn song op mijn nieuwe solo-album op te nemen als hij mij het jongetje bezorgde.'

'En, ga je de song op het album zetten?'

'Wat denk jij?'

Leo gooit een muntje. Mis. Het jongetje gooit, en dan Jagger.

'Waarom geef je hem niet gewoon aan de politie?' vraagt Leo.

'Wilde ik doen. Complicatie.'

Jagger legt het niet uit. Leo besluit niet meteen aan te dringen.

'Waarom zit je in dit klooster?' vraagt Leo terwijl het spel doorgaat.

'Soms wil ik een paar dagen lang het woord Rolling Stones

niet horen. Een van onze allereerste roadies is hier monnik geworden na een foute LSD-trip. Dankzij hem kan ik hier af en toe anoniem logeren.'

'Is hij Nederlander?' Jagger kijkt Leo verbaasd aan. 'Bij de poort gaf een monnik me een tekst in het Nederlands.'

'De abt is van origine Nederlands, een oom van de justitiedame.'

Nu kijkt Leo verbaasd.

'De abt heeft stiekem zijn nicht gebeld. Ineens staat die feeks voor mijn neus en eist het jongetje op.'

Mick opent de deur. Ergens diep in het klooster klinkt Gregoriaans gezang en via de gangen bereikt het ook de fluisteraars.

'Zingen is geen praten?' vraagt Leo zacht.

Terwijl ze door de lege gangen lopen, speelt Jagger de toergids. 'Voor de Kartuizers is stilte geen doel op zich, maar een noodzakelijke voorwaarde om God en zichzelf te vinden. Ze bidden in hun cel acht uur per dag. Zes uur zitten ze in de kerk en soms zingen ze daar, samen, verder geen woord. Ze komen nooit buiten het klooster, zelfs niet voor een begrafenis.'

De begrafenisgedachte komt niet uit de lucht vallen. Door de ramen van de zijmuur ziet Leo een binnenplaats met een gebeeldhouwd kruis waaromheen identieke, uiterst simpele kruisen staan die van deze afstand gemaakt lijken van twee stokjes, te dun om zelfs een naam op te schrijven.

Ze slaan een andere hoek om en gaan door een gang met opnieuw veel deuren. Jagger tilt het jongetje op omdat het lopen hem te langzaam gaat en Tony vindt het niet erg om door Mick gedragen te worden.

'Ra'Kel wil hem graag adopteren.'

'Jij niet?'

'Ik ben dol op kinderen, maar ik heb er al genoeg.'

Jagger stopt bij een deur. De deuren in deze gang hebben kleine luikjes. Hij opent het luikje en Leo begrijpt dat hij naar binnen moet kijken.

Hij ziet Doreen in de kale kamer. Haar handen zitten met eenvoudige boeien vast aan ringen in de muur. Over haar mond een flinke pleister.

'Haar oom de abt laat zijn eigen nicht in de boeien slaan?'

'Ze gedroeg zich niet erg christelijk,' legt Jagger uit. Leo begrijpt hem niet. 'Die vrouw kan harder schreeuwen dan vijf groupies vol speed.'

'Heb je met haar...?'

'Als ze mij niet wil, dan wil ik haar niet.'

'Ze willen jou altijd.'

'Nee, ze willen de zanger van de Rolling Stones.'

'Dat is hetzelfde.'

'Niet voor mij.'

'Waarom heb je Tony niet aan haar gegeven? Zij kon hem terugbrengen.'

'Ze wilde wachten omdat de aanval op de Twin Towers nog steeds alle media-aandacht opeist. Zo lang kan ik niet wachten.'

'Een gekidnapt kind langer vasthouden om meer publiciteit te krijgen? Einde politieke carrière.' Leo zegt het zonder plezier, eerder met verbaasde desillusie.

'Prima!' roept Jagger alsof het een voorwaarde is. 'Dan krijg je haar er gratis bij.'

Leo opent de deur. Zijn verschijning is voor Doreen zowel een verrassing als een gruwel.

Hij loopt op haar af en zijn vingers betasten de pleister. 'Ga je niet schreeuwen?' Ze schudt haar hoofd.

Leo weet uit ervaring dat het langzaam wegtrekken van een pleister meer pijn doet dan een harde ruk. Zodra zijn vingers greep krijgen, trekt hij in één felle beweging haar mondbedekking weg. 'Aaaggghhh,' ontsnapt als een lange zucht uit haar open mond, alsof de lucht al een hele tijd gevangen zat en eindelijk bevrijd wordt.

'Je had een held kunnen zijn. En dan staatssecretaris.'

'Ik doe mijn werk.'

'Jagger heeft niks met drugssmokkel te maken.' Leo grijpt het sleuteltje van de handboeien van de vensterbank. Hij steekt het in het oude, roestige slot, maar wacht met omdraaien.

'Zijn bedrijf ontduikt de belasting. Via De Waal. En die heeft weer met drugssmokkel te maken. Er is een link.' Doreen is stellig.

Leo doet een paar stappen terug, laat het sleuteltje in het ongeopende slot. 'Daarvoor hoef je niet naar de Alpen te reizen. Hoe kan jij Jagger chanteren om jou Tony te geven?'

'Waarom geloof je niet dat ik gewoon dat ventje wilde redden?'

'Je bent niet bepaald moeder Teresa.'

'Fuck you.'

'Nu herken ik je weer.' Hij begint de boeien te openen.

'Weet je hoe het voelt als vrouw om vastgeketend te zitten? Ik kon niet eens zelf eten, werd gevoed als een baby door stinkende monniken.'

'Probeerde je monniken achterover in het stro te duwen?'

'Monniken zijn ook mannen. Elke keer als ze een lepel van die gore pap in mijn mond stopten, duwden ze in hun fantasie heel iets anders naar binnen.'

Jagger hobbelt als een paard met Tony op zijn nek over de binnenplaats. Zodra Leo en Doreen op hem toelopen is het spel voorbij. Hij tilt het jongetje van zijn schouder en geeft hem aan Leo.

Doreen schudt de hand van de rockster. 'Meneer Jagger,

dank voor uw inzet om het kind te redden. Wie weet kruisen onze wegen nog eens in de toekomst.'

Jagger geeft haar een hoofdknik vol typisch Britse onderdanigheid.

'Wat een beleefdheid,' merkt Leo op terwijl hij Jagger ook de hand schudt.

'Schijn is de ruggengraat van ons imperium,' verzekert Mick hem.

'Ik bedoelde haar beleefdheid. Ze is nooit aardig, zelfs niet tegen mensen met wie ze neukt.'

Mick heft zijn hand op in onschuld. Leo volgt Doreen in de richting van de poort. Na een paar stappen draait hij zich terug naar Jagger. 'Heb je je oude telefoon teruggekregen?'

Jagger kijkt hem verbaasd aan. 'Wie krijgt er nou ooit een gestolen telefoon terug?'

'Doreen heeft de telefoon.' Hij roept naar haar, hoewel ze hem goed kan verstaan en alles gehoord heeft. 'Doreen, jij hebt toch Micks oude telefoon?'

'Waar heb je het nu weer over?'

'Je hebt Micks telefoon gestolen uit de kluis van De Waal. Dit is een prima moment om 'm terug te geven.'

Doreen maakt weinig aanstalten om de telefoon uit haar tas te pakken. Leo stapt op haar af en grijpt naar haar handtas. Tony maakt van de gelegenheid gebruik om terug te rennen naar Jagger.

Doreen draait zich snel van Leo af. Hij geeft niet op, grijpt opnieuw. Ze duwt hem van zich af, waarop Leo de riem van haar tas van haar schouder aftrekt.

In een snelle beweging haalt Doreen haar Walther P5 uit haar tas en richt op Leo. Hij deinst terug.

'Is dat ding echt?' vraagt Jagger verbaasd. Hij tilt het jongetje op en houdt hem stevig vast.

'Wil je mij neerschieten, Doreen?' vraagt Leo.

'Als je cruciaal bewijs wilt vernietigen.'

'Mick, wat staat er voor geheime informatie op je telefoon?'

'De nummers zijn geheim.'

'En verder?'

Jagger kan zich niet voorstellen dat er iets anders van waarde op zijn oude mobiel staat. Leo wel. 'Staan er voicemailgesprekken op over belastingzaken?'

'Is het illegaal om met je bankier over belasting te praten?'

'Praten is niet illegaal. Belastingontduiking is wel illegaal. Voicemails zijn genoeg aanleiding voor een onderzoek.'

'Genoeg gekletst. Ik doe jullie een eenmalig voorstel,' onderbreekt Doreen hen. 'De voicemails zijn niet belastend voor meneer Jagger, wel voor Pierre de Waal. Desalniettemin geef ik de oude telefoon met de berichten terug. Ik krijg Tony, en jullie zijn nooit betrokken geweest bij zijn bevrijding. Deal?'

'Denk je dat je nog steeds staatssecretaris kan worden?' Leo spreekt de zin zo neutraal mogelijk uit, want op de achtergrond ziet hij Speck door de open gebleven deur van de poort stappen en langzaam naar Doreen toe sluipen. Zij ziet hem niet. Ze heeft geen ogen in haar rug.

Jagger begrijpt Leo's bedoeling: tijd rekken. 'Ik kan leven met de deal. Ik ben niet bang voor de voicemails, maar het bespaart me wel veel gezeur.'

'Wat wil je hiermee bereiken, Doreen?'

'Maakt het iets uit?' Ze wil meer zeggen, maar Speck slaat van achteren het pistool uit haar handen. Met een duw en een uitgestoken voet laat hij de hulpofficier van justitie op de grond tuimelen.

Een halve tel is Doreen verward. Dan springt ze op, neemt meteen een karatepose aan en nadert Speck.

Zonder na te denken haalt hij de trekker over en raakt

Doreen in haar onderbeen. Ze slaat dubbel en valt neer op de stenen.

Speck richt het pistool op Leo en Jagger. 'Achteruit!' roept hij.

Leo, die het dichtste bij de oud-ambtenaar staat, schuifelt terug tot naast Jagger.

'Waarom zou u ons willen neerschieten, meneer Speck?' vraagt Leo uiterst beleefd.

'Waarom niet? Jullie zijn niet te vertrouwen.'

'Heeft u daar bewijzen voor?'

'De een probeert me om te kopen met een cd en een boek van Mulisch. En zij?' Hij zwaait even met zijn pistool richting Doreen, die met haar gewonde been op de grond blijft zitten. 'Zij is helemaal niet te vertrouwen. Een hulpofficier die mij, een overspannen belastingambtenaar, het vuile werk laat opknappen. Belachelijk.'

'Ik bloed dood,' kermt Doreen.

Het schot heeft de aandacht getrokken. Een handvol monniken verschijnt op de binnenplaats. Ze zijn verbaasd als ze zien dat er een klein beetje bloed door Doreens broek sijpelt, maar ze blijven zwijgen.

'Zet dat jongetje neer,' beveelt Speck.

'Nee,' antwoordt Jagger simpelweg.

'Je kan hem beter laten gaan,' fluistert Leo opzij. 'Hij denkt dat je het jongetje als schild gebruikt.'

'Ik bescherm hem,' zegt Jagger bijna beledigd.

'Tuurlijk, maar dat begrijpt hij niet.'

Jagger zet Tony op de grond. Die pakt meteen het been van de zanger vast en verbergt zich erachter alsof het een boom is.

'Wat ben je van plan, John?' vraagt Leo.

'Ik verkies aangesproken te worden met mijn achternaam. Laten we het zakelijk houden.'

‘Graag, maar als u van plan bent ons neer te schieten, dan zijn voornamen wel op hun plaats.’

‘Gelul. U bent net als iedereen doodsbang.’

‘Nou nee, de dood zie ik als een bevrijding,’ verzekert Leo Speck.

‘En u meneer Jagger, bent u ook blij als ik de trekker overhaal?’

‘Na de dood is er niks meer, daarom moet je nu genieten.’ Jagger begint een nieuw vertragingsgesprek, al sluipt er niemand naar Speck toe om hem te overmeesteren. ‘Na jouw schot is er geen lijden meer, geen begin van lijden en geen einde van een oplossing. Geen verlangen en geen gebrek aan verlangen. Na de dood is er perfect geluk zonder genieten.’

‘Dat ben ik niet met je eens,’ argumenteert Leo. ‘Je veronderstelt dat er na de dood nog steeds een vorm van bewustzijn is die waarneemt dat er geen lijden is, of geen verlangen, of geluk. Er is niks meer, en zelfs dat niet.’

‘God is er!’ roept de abt met een Limburgs accent.

Speck draait zijn uitgestoken pistool naar de groep monniken en schiet de abt in een reflex neer. Een paar van de andere monniken vangen hem op en dragen hem snel naar binnen.

Speck laat hen ongehinderd ontsnappen. Hij richt zich weer tot de mannen. ‘Waarom zou ik jullie niet neerschieten als het toch niks uitmaakt?’

‘Mij maakt het wel iets uit,’ zegt Jagger, die langzaam zijn kalmte begint te verliezen. ‘Wil je de nieuwe Mark Chapman worden?’

‘Wie is Mark Chapman?’

‘De moordenaar van John Lennon,’ verduidelijkt Leo. ‘Mij maakt het ook iets uit, meneer Speck. Mijn Rebecca was een goed mens en toch werd ze bruut vermoord. Mijn dochtertje wist nog niet eens het verschil tussen goed en slecht toen ze verdween. Als ik niet meer aan hen denk, of niet meer aan hen kan denken, dan verdwijnen ze helemaal. Door aan hen te denken kan ik slechtheid overwinnen, andere mensen helpen. Tony redden.'

'Misschien wordt het later een rotjoch.' De ambtenaar lijkt er niet aan te twijfelen.

'Dat is dan zijn keuze en de regels van de maatschappij moeten dan hun werk doen om dat bij te sturen.'

'Als je voor God wil spelen, mij best,' zegt Jagger met hervonden bravoure. 'Schiet alsjeblieft op, ik krijg het koud.'

'Nog een laatste wens?' Speck strekt zijn armen om beter te kunnen richten.

'Er zitten wolven in deze streek. Ik heb altijd mijn wolvenkreet willen uitproberen. Kijken of ze me herkennen.' Leo zuigt een volle borstkas lucht in en laat een luide wolvenkreet ontsnappen. Hij herhaalt de kreet en het agressieve geblaf van een hond komt snel dichterbij.

Om de hoek van een schuur verschijnt de herdershond die Leo eerder belaagde. Speck ziet het beest aan komen rennen. Hij richt zijn pistool en schiet. Of hij raakt is onduidelijk, maar in ieder geval stopt de hond niet en door het schot is het beest nu gericht op de ambtenaar.

Met een enorme sprong springt hij tegen Speck op. Die valt op de grond, vlak bij Doreen. De hond grijpt met zijn tanden een onderarm en schudt die woest heen en weer.

Het pistool belandt binnen handbereik van Doreen. Ze pakt het wapen snel op.

'Wodan. Af!' roept een monnik met een Engels cockneyaccent. De hond laat meteen los en gaat braaf op zijn achterpoten zitten. De monniken snellen toe om zowel Speck als Doreen te verzorgen.

Ook Leo komt dichterbij en raapt de handtas van Doreen op. Hij haalt de mobiel eruit en geeft hem aan Jagger.

Zo goed en zo kwaad als ze kan richt Doreen haar pistool op Leo. 'Geef die mobiel terug.'

Leo stapt rustig naar haar toe. 'Doreen, ik ben nu het alphamannetje.' Met een goedgeplaatste schop trapt hij het pistool uit haar handen. Het vliegt meters verder buiten haar bereik.

Nadat de wonden zijn verzorgd, het alibi van Jagger verzekerd is, wat met zwijgende monniken geen hersenchirurgie vereist, en de benodigde officiële instanties zijn gewaarschuwd om Doreen en Speck te komen arresteren, heeft Leo nog een laatste taak. Hij haalt de attachékoffer uit de auto en laat Jagger de inhoud zien. 'Dit was bedoeld als losgeld voor Tony. Ik ga het niet teruggeven. Misschien wil jij het doneren aan Ra'Kel en een deel aan het klooster?'

Jaggers beroemde brede lach verzekert Leo dat het geld de juiste bestemming zal krijgen. Jagger begeleidt Leo met Tony naar de uitgang.

'Weet je wanneer ik wist dat de Beatles groter zouden worden dan de Stones? Ik was erbij toen John Lennon een tekening zag van zijn zoon. "Prachtig," zei hij tegen het kind, "wat is het?" En zijn zoontje zei: "Het is Lucy in the Sky with Diamonds."'

'LSD,' voegt Leo eraan toe.

'Welnee, onzin, gewoon een kinderfantasie. Maar Lennon en McCartney konden naar anderen luisteren. Wij niet, wij waren alleen maar bezig met het najagen van onze eigen dromen en pleziertjes.'

Zwijgend lopen ze naar de buitendeur. Daar pakt Jagger zijn oude mobiele telefoon, laat het apparaat op de klinkers vallen en stampt er met zijn hak op. 'Een handjevol mensen die belangrijk voor mij zijn, kennen dit nummer; mijn kinderen natuurlijk, de belangrijkste Stones, mijn moeder, die is nu dood, mijn drugsdealer, maar ik heb nu nieuw bloed, en mijn financieel expert gaat een paar jaar naar de gevangenis. Tijd voor een nieuw nummer.' Hij stampt nog eens extra op de brokstukken.

'En Ra'Kel?' vraagt Leo. 'Geef je haar wel je nieuwe nummer?'

'Wat denk je? Zonder de liefde van mijn geliefde ben ik nergens.'

Hei-ho

Zeeuws-Vlaanderen zit midden in de suikerbietenoogst. Alle polderwegen liggen vol slik en Leo rijdt al een paar kilometer achter een tractor met een volle aanhangwagen.

Hij houdt afstand want af en toe dondert er een biet uit de lading, die stuiterend op de weg nog een tijdje doorrolt.

Leo geniet van de modder en de uitgestrekte bietenvelden. Ze herinneren hem aan vroeger, toen zijn leven nog eenvoudig was en moord, doodslag, bedrog en belastingfraude niet bestonden, omdat hij als kind geen kranten las en niet naar het journaal keek.

De afgelopen dagen heeft Leo een overdosis media-aandacht gekregen. Het terugvinden van Tony beheerste de voorpagina's en dat het nagenoeg samenviel met de première van *De ontdekking van de hemel* bleef niet onopgemerkt.

Elk aanbod om in tv-shows over zijn belevenissen te komen vertellen heeft hij afgeslagen. Ruys accepteerde wel en claimde dat de kidnapping van Tony een rode draad in zijn regie vormde. Hoe? Dat vertelde hij er niet bij en niemand stelde de vraag. Mulisch wilde alleen interviews geven als het over zijn boek ging, niet over de kidnapping.

Tot Leo's verrassing noemde geen enkele journalist hoe de Britse Multi Media-bazen miljoenen binnen harkten, dankzij de door de Nederlandse belastingbetaler gefinancierde beursgang en de goed getimede hulp van nine-eleven. En ook Jagger bleef helemaal buiten schot.

Niemand van de pers leek te weten dat Tony constant huilt,

omdat hij terug wil naar de vrouw die hem de laatste tien maanden in Venetië verzorgd heeft. Zijn oma van moeders kant, bij wie hij nu woont totdat Moniek uit het ziekenhuis ontslagen zal worden, is radeloos en slikt zware kalmeringsmiddelen. Geen journalist ontdekte dat Tony's vader onvermijdelijk aan de bedelstaf zal raken door alle advocatenkosten. De teloorgang van de politieke carrière van Doreen is geen nieuws. Speck verblijft in een inrichting achter gesloten deuren; het is niet eens een bijzin. Grove hangt een gevangenisstraf van bijna drie jaar boven het hoofd wegens oplichting, wat onbesproken blijft in de Nederlandse media. De Waals ontslag met gouden handdruk wordt alleen door bankiers tijdens de vrimibo besproken. Ruim 3500 investeerders krijgen hun voorgespiegelde 7 procent winst, geen cent meer, de overheid verliest tweehonderd miljoen en geen krant besteedt er nog een druppel inkt aan.

Leo is van plan om na vandaag een dikke streep onder *Enigma* en *De ontdekking* te zetten. Zijn laatste taak in dit avontuur is een bezoek aan zijn vader.

Het oude boerderijtje ligt een kilometer buiten het gehucht Sint-Kruis, gezegend met krap driehonderd inwoners, merendeels Belgen, zonder een enkele winkel of benzinepomp.

Leo parkeert zijn auto voor het stalen buishek en klimt eroverheen, omdat het vastzit in de modder.

Hij loopt naar de boerderij, her en der liggen houtblokken op het erf, klaar om in stukjes gehakt te worden. Naast de boerderij ligt een geweldige moestuin, op andere plekken laat zijn vader expres onkruid bloeien.

De deur zit niet op slot. In de keuken is niemand, en op Leo's roepen komt geen reactie. Hij loopt om het huis, naar de achterkant. Ook de schuur is leeg. Een stukje voorbij de schuur, tussen een groep bomen langs de kreek, ziet hij een

Scandinavisch ogende blokhut, die er bij zijn vorige bezoek nog niet stond.

De hut is grof van vorm, duidelijk zelf gebouwd. Het is een privésauna. Leo wil de deur niet zonder waarschuwing openen. Hij pakt een rondslingerend blokje hout van de grond en klopt ermee tegen de wand. 'Pap?'

'Kom binnen!' hoort hij. 'Wel je schoenen uitdoen.'

Leo trapt zijn schoenen van zijn voeten. 'Je kan het beste ook uit de kleren. Heel heet hier.'

De blokhut is ruim. Achter de buitendeur is een kleine hal met kleerhaken aan de muur. 'Ik zit in Finland,' hoort hij. Er zijn drie deuren, elk met een bordje erboven: Finland, Zweden en IJsland, de letters grof ingebrand.

Hij stapt naakt Finland binnen en de hitte slaat hem tegemoet. Tussen het stoom ziet hij zijn vader zitten. Die verroert zich niet, geeft geen enkel teken en doet geen moeite om zijn zoon te omarmen.

'Wat is er gebeurd met Noorwegen?' vraagt Leo, terwijl hij op de houten bank gaat zitten.

'Veel te veel letters, had ik geen zin in.'

'De letters lijken op de letters van de borden op het klooster van de Kartuizers. Ook met de hand gesneden en ingebrand.'

'Die abdij ken ik. Dat christendom van hen is overjarig varkensvet, maar die broeders bewonder ik wel. Zwijgen biedt de mogelijkheid om pas op de plaats te maken, om afstand te nemen van egoïstisch genot, om af te dalen naar de diepte van de ziel. Dat zoeken we toch allemaal? Ik koester ook de kracht van de allesoverheersende stilte. Het is heerlijk om een paar dagen achter elkaar geen woord te zeggen. Opeens hoor je hoe een plant in de wind beweegt. Je hoort zelfs hoe het zonlicht zich over een houten vloer verplaatst, kraakjes opgekieteld door de temperatuur. Stilte maakt je bewust van de vreugde van het bestaan. Stilte verbant angst.'

Om zijn gezwollen woorden nog meer kracht bij te zetten, zwijgt Roel.

Leo merkt dat zijn vader niet ontspannen tegen de houten wand leunt. Hij blijft op zijn handpalmen naast zijn lijf steunen en sluit zijn ogen niet.

'Mooie sauna. Wanneer heb je die gebouwd?'

'Paar maanden geleden. Ruby wou het graag.'

De naam is eruit. Nu is er geen weg terug meer. Nu moet Leo verder lopen op het pad dat óf zijn laatste stap naar volwassenheid symboliseert, óf zijn eerste stap naar onvolwassen berouw.

'Als ik doodga moet je me in de sauna leggen, vuur goed hoog opstoken, snikheet en dan de fik erin. Een Viking-crematie.'

'Dan gaat je hele bos ook in de fik, de schuur en de boerderij. Alles.'

'Mooi. Zo hoort het. Geen sporen nalaten.'

Opnieuw valt er een stilte. Roel verbreekt pas na een paar minuten het ongemakkelijke zwijgen. 'Genoeg gezweet voor vandaag.' Hij schuift van de houten bank af en verlaat de Finse sauna. Leo volgt hem.

Ze kleden zich aan. Als Roel klaar is en naar buiten wil gaan, spreekt Leo het heilige woord: 'Sorry.'

'Sorry voor wat?'

'Ruby.'

Roels hand schiet uit en petst tegen de wang van Leo. Het doet geen pijn, maar Leo schrikt er wel van. 'Je hebt me nog nooit geslagen.'

'Nee, dat liet ik over aan je moeder.'

De tranen springen in Leo's ogen.

‘Stel je niet zo aan. Wat dacht je dan? Dat ik je met bloemen en een fles wijn zou opwachten?’

‘Ik drink niet meer.’

Roel schiet in de lach, maar zijn grimmigheid keert snel terug. ‘Wat valt er te snotteren? Voel je je opeens weer een kind?’

‘Ja.’

Roel denkt er even over na. ‘Ik sloeg je met mijn platte hand, niet met mijn vuist, omdat je altijd mijn zoon zal zijn en ik altijd van je zal houden, zelfs al haat ik je op dit moment, omdat je me vernederd hebt en me als een oude man hebt weggezet.’

Leo kan geen woorden vinden. Zijn vader wel, al is het er maar één. ‘Waarom?’ vraagt hij.

‘Ze herinnerde me aan Rebecca.’

Het is een antwoord dat zijn vader lijkt te accepteren.

‘Waarom begon jij een verhouding met haar? Ze is vijfendertig jaar jonger.’

‘Ze herinnerde me aan je moeder, toen ik haar leerde kennen.’

‘En toen je verliefd werd op mumsi, aan wie herinnerde mumsi jou?’

‘Aan mijn eigen moeder.’

De woede, die vooral onmacht is, heeft lang genoeg geduurd. Roel omarmt zijn zoon, ze houden elkaar vast. ‘Waarom heb je het gedaan? Voor jou was Ruby een lolletje. Voor mij...’

‘Papa, je praat onzin. Straks zeg je nog dat je haar nodig had, omdat je bang was om oud te worden en dood te gaan.’

‘Ik ben nooit echt volwassen geworden, Leo. Jij gelukkig wel. Weet je wanneer ik er overheen was? Toen ik opa werd. Door jouw dochter viel er zo’n ballast van me af. Eindelijk had ik iets bereikt.’

‘Je steelt mijn verdriet.’

'Verdriet kun je niet claimen. Dat is niet alleen van jou. Een dood kind is van niemand en van iedereen.'

Roel laat zijn zoon los, blijft hem wel bij zijn schouders vasthouden, kijkt hem aan. 'Bega in godsnaam niet dezelfde vergissing als ik begaan heb.'

'Is dat die god die handelt in overjarig varkensvet?'

Roel loopt naar een stapel houtblokken. Naast de stapel ligt een grote zaag, die door twee man tegelijk gebruikt moet worden. 'Help me even met een grote tak afzagen.'

De roestige zaag zwabbert heen en weer, terwijl de twee mannen tussen de bomen van het kleine bos lopen.

Bij de rand van de kreek gaat Roel op een afgezaagde stronk zitten om zijn voetzolen schoon te wrijven van kleine takjes en bladeren. Omdat hij geen schoenen draagt zijn zijn voetzolen heel vuil, er zit een vettige modderlaag op.

'Was jij je voeten ooit?' vraagt Leo.

'Wassen is overdreven. De natuur bouwt afweer. Er is niks fouts aan afgevallen bladeren van een treurwilg. Ze rotten op de grond. En dan beschermen de bacteriën je voeten.'

'En dan stap je in een puntige tak, je krijgt een wond, de bacteriën krijgen honger en eten hun weg naar binnen, zodat je helemaal weggevreten wordt.'

'Dat is ook de natuur. Als je dood bent word je opgevreten, terug in de voedselketen. Leef met de natuur, is mijn motto.'

'De natuur geeft niks om plezier.'

'Daar heb je gelijk in, Leeuw. Het leven van ieder mens ontrolt zich met een walgelijk, onafwendbaar toeval.'

'Dat is niet waar,' werpt Leo tegen. 'Dat is een tegenstrijdige uitspraak.'

'Nee hoor. Wat als Robert Ruys geen Roma in zijn bloed had? Dan konden zijn verre neven niet de kidnapping regelen en de drugssmokkel was anders gelopen. Wat als Moniek geen exhibitionistische zangeres geweest was, dan had haar man Klaas-Jan geen extra geld nodig gehad.'

'Zo kun je wel doorgaan. Wat als Mulisch het boek niet geschreven had. Wat als de ouders van Mulisch elkaar niet ontmoet hadden. Wat als de eerste vrouw van De Waal niet jong overleden was.'

'Je laat Ruby hierbuiten,' waarschuwt zijn vader. 'Anders kom ik met je moeder, die had de meest verleidelijke benen. Wat als ze O-benen gehad had?'

Leo lacht erom. Roel lacht mee, en reikt hem dan het andere einde van de zaag. Ze lopen naar de treurwilg die geknot moet worden en deels over het stilstaande water hangt. Ze beginnen te zagen, wat helemaal niet goed gaat, omdat Roel de zaag steeds laat zwiepen.

'Wat een kluns ben je toch,' verwijt Leo hem. 'Je moet beginnen met kleine inkepingen, totdat de zaag houvast krijgt.'

'Ik ben een kluns. Wat maakt het uit? Ik heb er plezier in.'

Dankzij Leo's aanwijzing krijgt de zaag greep op het hout en nu maken ze lange halen. De droge, verroeste zaag piept af en toe door de wrijving.

Roel begint te zingen. 'Heigh-ho, Heigh-ho, we dig up diamonds by the score, A thousand rubies, sometimes more. Heigh-ho, heigh-ho. It's home from work we go.' Hij pauzeert even, spuugt in zijn handen en wrijft de spuug als balsem in zijn palmen. 'Weet je nog wat we veranderden? Als we kampeerden en sprokkelhout voor het kampvuur zochten? Je was toen een jaar of zes.'

'Vier,' verbetert Leo hem. 'De eerste keer dat jij scheidde was ik vijf.'

Roel luistert niet en laat zich niet onderbreken, want hij weet dat als er een geluksgevoel wordt losgewoeld – acht van de negen keer is dat een vroege herinnering – je het direct moet grijpen, anders verdampt het meteen.

'Dan kwamen we terug naar de tent, zingend, jij en ik als echte werkmannen, armen vol takken. En je moeder stond voor de tent trots te lachen en ze bakte op zo'n lullig campingpitje pannenkoeken. Hei-ho, hei-ho, de Berliners doen het zo, we hebben lol, we lachen veel, we zijn elkaars cadeau.'

Leo valt in en zingt samen met zijn vader. 'Hei-ho, hei-ho, de Berliners doen het zo...'